007典藏系列

007 *Goldfinger*

金手指

伊恩·弗莱明 著

顾 瑶 译

JIN SHOUZHI

图书在版编目(CIP)数据

金手指/(英)伊恩·弗莱明著;顾瑶译.—合肥:安徽文艺出版社,2016.1(2016.6重印)

(007典藏系列)

ISBN 978-7-5396-5564-2

Ⅰ.①金… Ⅱ.①伊…②顾… Ⅲ.①长篇小说-英国-现代 Ⅳ.①I561.45

中国版本图书馆CIP数据核字(2015)第248193号

出 版 人:朱寒冬
责任编辑:姜婧婧 刘 畅　　　　　装帧设计:张诚鑫

出版发行:时代出版传媒股份有限公司　www.press-mart.com
　　　　　安徽文艺出版社　www.awpub.com
地　　址:合肥市翡翠路1118号　邮政编码:230071
营 销 部:(0551)63533889
印　　制:合肥星光印务有限责任公司　(0551)64235059

开本:880×1230　1/32　印张:8.125　字数:210千字
版次:2016年1月第1版　2016年6月第2次印刷
定价:28.00元

(如发现印装质量问题,影响阅读,请与出版社联系调换)

版权所有,侵权必究

007 *Goldfinger*

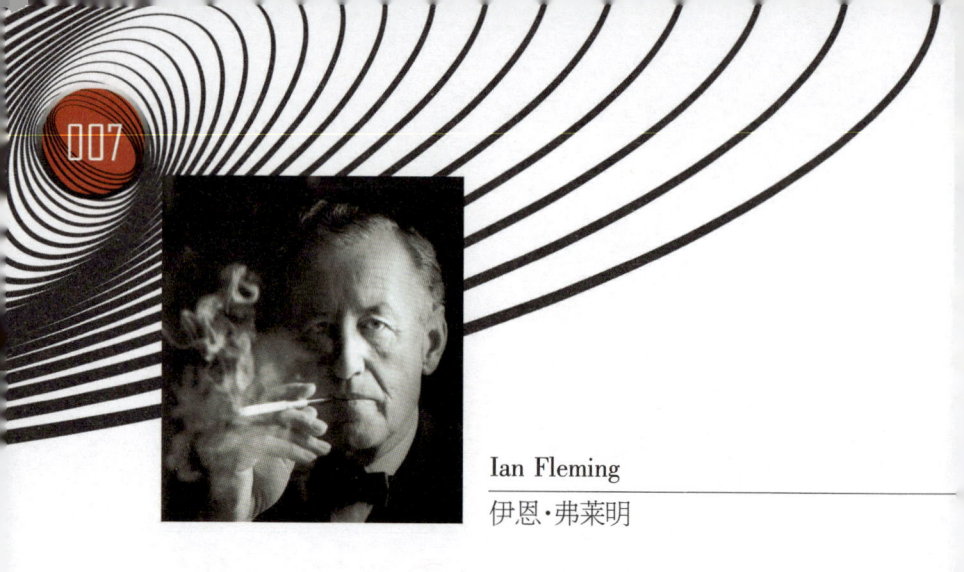

Ian Fleming
伊恩·弗莱明

1953年，正在牙买加太阳酒店度蜜月的伊恩·弗莱明百无聊赖地坐在打字机边，他的脑子里正在酝酿"一部终结所有间谍小说的间谍小说"——这部小说的主角就是通俗文学世界里最为人知晓、商业电影范围内生命最长的詹姆斯·邦德。

和其笔下的007一样，弗莱明的现实生活中也充满了炮弹味和香水味，年轻有为、风流倜傥的程度和詹姆斯·邦德有的一拼。弗莱明1908年出生在英国，他从小就希望过上一种自由刺激的生活，可是他的性情却和英国的传统教育格格不入。1921年，在著名的伊顿公学念书的弗莱明因为行为不端而被开除。1926年，他在家庭的安排下进入了桑德赫斯特军校，所有人都希望他这次能吸取教训并顺利完成学业，可是弗莱明本性难移，因为酗酒和斗殴，弗莱明提前结束了自己在军校的生活。1931年，他进入了著名的路透社，成为了一名专门报道间谍案件的记者。1933年，他回到了英国，做了一个银行职员，百无聊赖的生活让弗莱明忍无可忍。二战的到来为弗莱明带来了"换种活法"的机会——战争让弗莱明变成了邦德。

1939年5月，弗莱明成为英国皇家海军情报局中尉，上任时年仅31岁，从司机到海军大臣人人都喜欢他那充满了生气的堂堂仪表。因工作出色，弗莱明深得局长约翰·戈弗雷海军上将的赏识，后者以作风强硬著称，是007邦德的老板——M的原型。弗莱明曾多次陪同戈弗雷上将去美国与联邦调查局局长胡佛会晤，交流情报。弗莱明为戈弗雷起草了无数的报告和备忘录，他的写作才华开始展现，枯燥的案件被他描述得跌宕起伏。这些文件至今还是英国谍报部门授课的范文。

由于出色的工作表现，弗莱明被直接提拔为海军中校，并作为戈弗雷的助理直接领导代号为30AU的间谍部队。这是一个由间谍精英组成的小分队，队员个个身怀绝技，从神枪手、化妆师、武器专家到解密高手、间谍美女，一应俱全。他们的主要任务是帮助纳粹占领国的高级官员逃亡以及窃取德军重要档案。

第一次行动，弗莱明率领30AU来到葡萄牙的卡斯卡伊斯，策划阿尔巴尼亚国王索古从德国、意大利占领区潜逃。他设想的营救计划是这样的：清晨，在国王寓所门前，两名清洁工（英国特工）出现了，严密监视国王寓所的德国卫兵问了两句，就让他们进了门。待了一会儿，两个清洁工（已是国王夫妇）再次出现，拖着垃圾袋正向大门走来。这时，事先安排好的一场车祸准时在街对面发生，德国卫兵赶紧召集人手灭火救人。一个蒙太奇镜头：两个"高贵的清洁工"登上垃圾车渐渐远去。待德国人发现国王夫妇失踪时，国王夫妇已化装成葡萄牙人搭乘一艘意大利游轮安全抵达卡斯卡伊斯。结果，伊恩·弗莱明的策划与行动一样顺利，犹如他在执导拍摄一部007电影。

二战期间，弗莱明与"疯狂比尔"——美国战略情报局局长威廉姆·多诺万将军关系密切。1941年，多诺万计划成立新的情报机关，要弗莱明策划一个蓝图。弗莱明为他撰写的计划共七十二页，描述了一个完美特工应具备的特质，"年龄在40岁到50岁，经过特工训练，拥有出色观察、分析、评价能力，完美判断力，能随时保持头脑清醒，对情报事业有献身精神,并有广博的生活经历"。这和詹姆斯·邦德的形象几乎一致。1947年中情局正式成立,很大程度上借鉴了"邦德标准"。弗莱明毫不掩饰得意之情,向多个朋友吹嘘"我创造了中央情报局"。

1945年11月4日,弗莱明离开了海军情报局,戈弗雷上将对他做出了闪光的评语:"他的热情、才能和见识都是无与伦比的,他对海军情报局的战时发展和组织活动做出了巨大贡献。"

自《皇家赌场》大卖之后,弗莱明就成了一架被烟草和酒精驱动的写作机器,在他人生的最后十二年里,一共写了十四部007小说。在弗莱明生前,他的007系列小说就销出了四千万册,迄今为止,该系列小说在世界各地的销售量已超过一亿册。

1964年8月12日,56岁的弗莱明由于心脏病发作倒在儿子的生日宴会上。

尽管他一生烟酒不离,女人无数,但最后陪伴在他身边的依然是他的妻子。他热爱社交,但也曾因执着写作险些被上流社会抛弃。然而,五十多年过去了,那些曾经试图抛弃他的"贵族们"早已烟消云散,他所留下的作品却享誉全球、妇孺皆知。在全世界,无数的人在阅读007小说或观看007电影,以此向这位传奇人物表达敬意和缅怀之情。

目 录
Contents

第一部分　事出偶然

第一章　双料波旁酒的回想 / 3

第二章　丰盛的晚餐 / 10

第三章　恐旷症男子 / 22

第四章　拉线木偶 / 33

第五章　夜间值勤 / 42

第六章　大话黄金 / 53

第七章　车内遐想 / 65

第二部分　意外巧合

第八章　嬉戏的目的 / 79

第九章　球洞边的较量 / 88

第十章　庄园探秘 / 106

第十一章　奇怪的杂役 / 117

第十二章　跟踪"银魂" / 129

第十三章　"如果你碰我那儿……" / 140

第十四章　黑夜里的搏击 / 152

第三部分　敌对行动

第十五章　压力室 / 165

第十六章　最后的与最大的 / 172

第十七章　劫匪大会 / 183

第十八章　诸罪之罪 / 195

第十九章　秘密的附录 / 208

第二十章　大屠杀之旅 / 219

第二十一章　历史上最富有的人 / 226

第二十二章　最后的伎俩 / 236

第二十三章　TLC 治疗 / 247

第一部分 事出偶然

第一章　双料波旁酒的回想

迈阿密机场候机大厅。詹姆斯·邦德在喝下两杯双料波旁酒后，坐在那里思索生命与死亡。

杀人是他职业的一部分，他不喜欢这行当，但不得不干时，身手倒也干净利索，完事便忘得一干二净。邦德持有00代号执照，这是特情局特批的杀人许可证。他像外科大夫一样冷静地面对死亡，发生了就发生了。懊悔是不专业的，甚至更糟，犹如灵魂中的报死虫。

那个墨西哥人的殒命来得有些蹊跷，倒不能马上抛在脑后。他也不是不该死。他是个恶棍，这种人在墨西哥被叫作"卡庞哥"（意为浑蛋）。卡庞哥是那种为了区区四十比索（也就二十五先令）就能杀人越货的劫匪。这浑蛋，敢来取邦德的性命，大概这次拿的酬金稍微多些。据他的面相看，这家伙一辈子穷困潦倒，没错，他的确死到临头了。可就在不到二十四小时前，邦德一枪毙了他，生的气息瞬间彻底地离开躯体，生命如海地土著画的小鸟一样从那浑蛋的嘴中飞走了！

一个生机勃勃的人和一副空荡荡的皮囊竟如此不同，真不可思议这人刚才还在，说没就没了。毕竟他是个有名有姓的墨西哥人，有居住地址，有就业登记卡，可能还有驾照。可那口气离开了他，从皮肉和廉价衣服的包裹中飞走之后，只剩下一个空壳子，等着清洁车处理。这口气，从这个臭烘烘的墨西哥绑匪身上飘走的东西比整个墨西哥都来得重大。

邦德垂下头，看着又红又肿的右手，那儿很快会出现瘀伤。他屈了屈五指，揉捏着右手。在等短程飞机的间隙，他一直在揉，挺疼的，不过保持血液循环，右手恢复会快些，谁也不清楚他这"武器"啥时又会派上用场。想到这，邦德扬起嘴角，颇有些玩世不恭。

"全美航空，明星航班，飞往纽约拉瓜迪亚机场的 NA106 航班即将起飞，请所有乘客到七号门登机，现在登机。"

天朗音箱咔的一声关上了。邦德瞄了一眼手表，至少还要再等十分钟才会有他要搭乘的泛美航空的通告，于是又要了一杯加冰的双料波旁酒。一会工夫，女招待就送来了一个大开口矮墩墩的酒杯。他摇晃着酒水盖过冰块，呼噜喝下一半，掐灭了香烟，左手托着下巴，坐在那里，郁闷地盯着远处亮闪闪的停机坪。最后的半抹斜阳傲然地将余晖洒入海湾之中。

这次的差事肮脏而危险，真他妈的糟心！除了让他躲开总部，没有任何补偿，墨西哥人之死算是了结了此次公干。

墨西哥的大佬都有些罂粟田，罂粟花可不是用来装饰的，而是被分解制成鸦片,并在墨西哥城诸如"可可之母"的小酒吧由服务生以低廉的价格快速出售。"可可之母"的保护是多重的。你如果需要鸦片,就直接进去,先点要喝的东西,在收银台把酒水钱付清时,收银员就会问你账单还要加多少码。这档子生意有它的规矩,跟墨西哥以外的人八竿子都打不着。在万里之外的英格兰,受联合国打击贩毒举措的影响,英国政府宣布全面禁毒,SOHO 一族(自由职业人)对此很惊愕,还有很多德高望重的医生还指望这玩意儿免除病人的痛苦。全面禁毒就是犯罪的导火索。没过多久,英国的非法藏毒几乎挖干了中国、土耳其和意大利的常规贩毒渠道。墨西哥城有位名叫布莱克·威尔的进出口商人,谈吐优雅。他在英国有个妹妹,吸毒成瘾。他爱妹妹,替她难过。妹妹写信告诉他,如果再没人出手相救,她就快死了。

他相信她的话是真的,于是开始调查墨西哥的非法贩毒。过了一阵子,通过朋友和朋友的朋友,他摸到了"可可之母",并从那儿追到更大的墨西哥种植商。在这过程中,他逐步了解了这些交易的来龙去脉,觉得如能借此发笔财,同时帮助苦难的人们,他怎么也算发现了生命的奥秘。布莱克·威尔原本是做化肥生意的,他有一座仓库和一家小型工厂,手下有三名雇员进行土壤测试和农作物研究。有这样体面的伪装,很容易让墨西哥大佬相信,布莱克·威尔这帮人正忙着从鸦片中提取海洛因。墨西哥人很快安排好了到英国的运输事宜。每个月外交部的外交专机可多带一个行李箱到伦敦,每趟的费用不过一千英镑。价码还算合理。墨西哥大佬将行李箱寄存在维多利亚车站的托运处,把行李票寄给一个叫施瓦布的男子。此人的地址是位于 WC1 的 Boox–an–Pix 有限公司,箱里的货物价值两万英镑。

没想到施瓦布也是个二混子,哪里管瘾君子们正在遭罪?他觉得,如果美国的不良少年一年花上百万美元吸食海洛因,那么他们的英国老表们也该差不多。于是他和手下人在皮姆利科的两间房里,把海洛因和健胃散搅和在一起,一并发给各大舞厅和娱乐场所。

等刑事侦查部的影子小队盯上施瓦布时,这家伙已经猛赚一笔了。苏格兰场在调查毒品来源时,决定让他再得意一阵子。他们紧盯了施瓦布一阵子,先是挖出了维多利亚车站,接着又把墨西哥邮递公司摸了出来。到此阶段,由于牵涉到境外国家,需要特情局加入,于是邦德接到命令——调查邮递公司从哪儿得到货源,并从源头彻底摧毁这一渠道。邦德接到执行任务的命令后,飞到墨西哥城,很快就到了"可可之母",接着假装成伦敦线上的买家,追踪到墨西哥大佬处。大佬和颜悦色地接待了邦德,又介绍了布莱克·威尔给邦德认识。邦德对布莱克·威尔相当有好感,虽然对其妹妹一无所知。显然,布莱克在毒品方面只是个门外汉,对于英国海洛因禁令颇多不满,不得不说是有点道理的。有天晚上,邦德闯入他的仓库,放置了一枚灼热炸弹。他接着跑到一英里外的咖啡馆坐下,看着火焰腾地蹿到屋顶上空,听着银铃般的救火车警铃声。第二天一大早,他给布莱克·威尔打电话,蒙块手帕在话筒上,说:"真可惜,昨晚你生意赔大了。恐怕保险公司也不会赔付你正在研究的土壤化肥了。"

"你是什么人?是谁在说话?"

"我从英格兰来。你倒腾的那些玩意儿已经让很多年轻人丧命,桑托斯也不会再带着外交公文包来英国。施瓦布今晚就得进局子。和你见过面的家伙——邦德,也不会溜掉,警察正在追捕他。"

电话那头惊慌失措。

"就这些,不要再干了。好好做化肥生意吧!"邦德挂了电话。

布莱克·威尔大概不会有这个脑子,显然是墨西哥大佬看穿了邦德的伪装。邦德小心翼翼地换了酒店,可到了晚上,他在科帕卡巴那喝完最后一杯酒,正往回走时,一个男子突然挡住了他的去路。这家伙穿着脏兮兮的白色亚麻西装,戴着一顶过大的白色司机帽,阿兹特克式颧骨下面是两抹深蓝色阴影。这家伙一边嘴角插着牙签,另一边叼着香烟,双眼因为吸食大麻而发亮。

"要找娘们吗?跳个舞什么的?"

"不要。"

"小妹子呢?丛林土著妹怎么样?"

"不要。"

"要不来点图片?"

他的手伸进外套,这种老套路,邦德再熟悉不过。他的手一闪出来,银白的长刀眼看就要刺向邦德的脖子,邦德几乎自动切入到教科书中"防范偷袭"的规避动作。他的右臂横挡过去,全身旋到一边,前臂挡在两人中间,啪地将墨西哥人的砍刀掀到一边,接着使出一记破碎性掌击打碎了他的下颌。邦德硬挺的腕关节,加上他手掌根部的力量,他向上张开五指,朝那家伙下巴猛劈过去。这一捶击差点把那家伙从人行道上举了起来。或许就是这致命的一掌折断了他的脖颈,就在他摇晃站起来时,邦德收回右手,从侧面猛击他紧绷的喉头。他那一记侧手拳,五指锁成刀锋状,是突击队员的备用招数,真可谓一剑封喉。即使墨西哥人没有马上断气,但他在倒地之前,也必死无疑了。

邦德喘着气站了一会儿,看着尘土中那堆皱巴巴的廉价衣服,打量了一眼街道四周。没有人,有些车子开过,格斗时可能有人经过,不过他俩在暗处。邦德蹲下身察看,那个身体没有脉搏了。墨西哥人因为吸食大麻而闪亮的眼睛渐渐黯淡下来。

邦德扶起尸体,把它靠墙放在更暗的地方,之后在自己的衣服上蹭了蹭双手,看看领带还算笔挺,就往旅店走去。

破晓时分,邦德起了床,刮好胡子,驱车到了机场,准备搭乘最早的航班离开墨西哥。恰好有到委内瑞拉首都加拉加斯的飞机,他飞到那儿之后,在转机大厅里晃荡,等到了泛美航空的一趟航班飞到了迈阿密,当天晚上还能去纽约。

天朗音箱又嗡嗡地响起来,"泛美航空非常抱歉地宣布,由于机械故障,飞往纽约的TR618航班推迟起飞。新的起飞时间定在明早8点,请所有乘客到泛美航空检票处,以便安排夜间住宿。谢谢。"

怎么又是这样!他是改签另一趟航班,还是在迈阿密过夜呢?酒都忘喝了。邦德端起酒杯,仰着头,把波旁酒一饮而尽,冰块轻轻地碰击着牙齿。对,就这样。还不如在迈阿密过一个晚上,酩酊大醉,全身酒气,管什么小妹把他抬到床上。他有好几年没醉了,也该烂醉一次。这从天而降的一晚,难得休闲,就该好好放松一下。他真该好好利用这个机会放纵一下。他太紧张了,顾虑太多了。妈的，就算这个卡庞哥被派来杀他，何必替他瞎操心？要么杀人，要么被干掉，就是这样。全世界一直在相互残杀：有些人开着汽车去杀人；有些人携带传染性疾病，当着别人的面散播细菌；有些人不关煤气嘴；还有人往密闭的车库灌一氧化碳。就拿氢弹的生产来说，从采铀的矿工到持有采矿股票的股东，有多少人卷入其中？这个世界上有没有人与邻居的谋杀案无关？即使从数据上来说，也没什么意义。

最后一缕白昼光消失了。宝蓝色的天空下，停机坪泛着黄绿色的光，油腻腻的地面上尽是细碎的光点。伴随震耳欲聋的一声巨响，一架DC7飞机停在了绿色的主跑道上。转机大厅的窗户有些咔咔作响，不少人站起来张望。邦德琢磨着他们的表情，难道他们希望飞机撞到什么地方，搞出点事来，好有点聊头、看头，好来填补空虚无聊的生活？或许希望飞机安然无事？他们又希望机上的六十名乘客怎样呢？生存抑或毁灭？

邦德咬了咬嘴唇。够了！犯不着这么变态了！真该死，不就是一项恶心的任务吗？这些后续反应只说明你厌倦了，厌倦了必须这么冷血无情。看了太多人的死亡，你想换一换，想要一丝轻松、温柔而又令人兴奋的生活。

邦德感觉有人走过来，在他身旁停下。他抬起头，是个中年男子，衣着整洁，看上去挺富有的，但神色有些尴尬，有些不好意思。

"打搅了……请问您是邦德先生吗，呃，詹姆斯·邦德先生吗？"

第二章　丰盛的晚餐

邦德喜欢不为人知,但还是低声回答:"没错,我就是。"

"天哪,简直太巧了!"来人伸过手来,邦德慢慢起身,只是碰了碰,就松开手。来人的手软绵绵的,没什么骨感,像泥捏的模型,或是一只充气的橡胶手套。

"我叫杜邦,朱耶思·杜邦。您可能不记得我了,但我们见过面。您不介意我坐下来吧?"

这张脸,这个名字,没错,有点熟悉,那是很久以前,但不是在美国。邦德一边总结此人的特点,一边查着大脑里的内存文档。杜邦先生五十岁左右,脸色红润,颜面光鲜,身穿常规的布鲁克兄弟牌的套装,以此掩盖美国富豪的底气不足。他的深黑色热带套装是单排扣的,内衬一件白色丝质衬衣。一枚金质的安全别针将领子的两端固定在领结下面,这种红蓝相间条纹的领带多半是军旅卫队牌。衬衫的袖口露出来半英寸,露出圆宝石的水晶链,上面有微型鳟鱼饵的图案。他穿着灰黑色的丝质袜子,鞋子擦得锃亮,是赤褐色的经典老款,还算有点气派。此人戴着一顶深色窄沿的洪堡草帽,上面系着一根深红色的宽丝带。

杜邦先生在对面坐下,掏出香烟和金色的芝宝牌打火机,微微有些出汗。从外表看,杜邦先生可能是一个极其富有的美国人,只是有些不好意思。之前两人的确见过面,但邦德不记得何时何地了。

"吸烟吗?"

"多谢。"英国国会式的客套。邦德假装没看见递过来的打火机,拿起自己的打火机点燃。他不爱用别人的打火机。

"1951年的法国,在王泉小镇的赌场。"杜邦先生急切地看着邦德,"那个赌场,我和太太艾瑟儿就坐在您旁边,那天晚上,您跟那个法国佬玩了很大的一局。"

邦德的记忆如潮水般涌了回来。哦,当然没忘。在百家乐纸牌桌上,杜邦两口子分别拿了4号和5号,邦德是6号,这两个人应该没什么恶意。那真是个奇妙的夜晚,幸好左边有这样坚固的防御,他击败了拉契夫。当时的情景还历历在目:绿色的台面,上方灯光如注,红彤彤的手臂纷乱地伸过来摸牌,空气中混杂着烟味和浓烈的汗味。真是难忘的一晚!邦德望着杜邦,若有所思地说:"没错,我当然记得。不好意思,我反应慢。但那个夜晚的确很特别,我除了打牌,也没多想什么。"

杜邦咧着嘴笑笑,开心地松口气:"看您说的。邦德先生,我当然明白,还望您别介意我多嘴多舌,您知道的……"他打了个响指,"我俩一定要喝点什么,庆贺一下。您来点什么?"

"那就多谢了,加冰的波旁酒。"

"再来一杯添宝海格威士忌和水。"女招待走了。

杜邦先生向前探着身子,笑得很灿烂,桌子对面飘来一阵香皂的气味(要么是护理液的气味),是运动香水喷雾吗?"我一看到您在这儿坐着,就认出了您。不过,我暗自说:'朱耶思,你通常不会认错人,要不去确认一下。'我坐今晚的泛美航空,宣布延误时,我看到您的表情。别介意,邦德先生,很显然,您也坐泛美的航班。"他等着邦德点头,又说下去,"于是我跑到检票台,看了一眼乘客名单。果真如此,詹姆斯·邦德。"

杜邦先生得意扬扬地往后一坐。酒水送来了,他举起酒杯:"阁下,为您的健康干杯。今天我实在太走运了。"

邦德敷衍地笑了笑,喝了一口酒。

杜邦先生又向前靠了靠,环视四周,邻近的座位都没人,他却低声说:"我猜您正嘀咕着,嗯,又碰到朱耶思·杜邦,有点意思。不过,那又怎么样?今晚他见到我,为什么那么喜出望外呢?"杜邦皱了皱眉毛,像是扮演邦德的角色。邦德配合地客气一下。杜邦又朝前靠了靠。"邦德先生,请不要介意,我并不喜欢打探别人的隐私。不过,皇家赌局之后,我的确听说,您不仅牌打得相当漂亮,而且您还是……唉,怎么说好呢?您还是某类侦查员,就是那种开展情报工作的。"杜邦的措辞有些鲁莽,他满脸通红,向后一坐,掏出手帕,擦擦前额,急切地看着邦德。

邦德耸耸肩,一双灰蓝的眼睛盯着杜邦。他有些难堪,目光却冷硬而谨慎,混杂着一丝坦率、一丝嘲讽和那么一点自谦自卑。"那档子事我玩过一阵子,算战争后遗症吧!扮成印地红鬼,还是挺好玩的。不过现在是和平时期,也没什么前途。"

"没错,没错。"杜邦夹香烟的手随意摆了摆。他避开邦德的眼睛,又提了个问题,等着又一个谎言。邦德想,真是个身披着绵羊图案布鲁克外套的狼,好个精明的家伙。"那您现在稳定下来了吗?"杜邦先生慈父般地笑笑,"请别介意。您在哪里发展呢?"

"进出口贸易,我是在环球公司工作,您可能跟他们打过交道。"邦德接着跟杜邦玩躲猫猫。"哦,环球公司,我想想,没错,的确有所耳闻,还没跟他们做过生意,不过任何时候都不算太晚。"他乐呵呵地说,"我对所有领域都有兴趣。但老实说,唯一对化学领域没什么兴趣。邦德先生,这可能是我的不幸,但我不是化学行当的杜邦。"

杜邦也算某类大品牌,这家伙对此挺自豪的。邦德什么都没说,看了一眼手表,想让杜邦早点出手。他提醒自己,小心出牌。杜邦先生的脸红润而和善,有些婴儿肥,嘴角向下噘着,有点女性化。他看上去跟站在白金汉宫外拿着相机的中年美国人一样,没什么恶意,不过这老古董的面具下隐藏着不少敏锐和强硬。

邦德瞄了一眼手表,杜邦也敏感地看看自己的。"天哪,7点了,我还净啰唆,没说到重点。真对不住,邦德先生,的确有个问题,非常需要您帮忙。今晚您如能在迈阿密停留,能抽出点空,让我尽东道之谊,那真是帮了我大忙。"杜邦举起手,"我保证让您舒舒服服的。碰巧我在佛罗里达有块产业，圣诞刚开业，没准您听说过，生意挺火爆的。"

接着，杜邦得意地笑笑："我们管这儿叫枫丹白露。您觉得怎么样？您可以住最好的套房，即使这意味着把开高价的顾客赶到人行道上也在所不惜。您能来就是帮了我一个大忙。"杜邦简直是在哀求。

邦德懒得多想，早决定接受了。杜邦先生大概遇上什么问题：敲诈、黑社会纠缠或是女人的问题，这些是有钱人通常的麻烦。眼前的轻松生活正是他想要的，但他先是婉拒，却被杜邦打断了。"邦德先生，别客气，什么都不用说。请相信我，实在太感谢了。"他打了个响指。女招待走来后，他转过身，避开邦德结了账。跟很多富人一样，他觉得当着别人面付小费，无异于粗鲁的炫富。埋完单后，他立刻将钱包放回裤子的口袋（富人一般不放在口袋），接着一把拉住邦德的手臂，感到邦德不习惯，便又松开。他俩从楼梯走到候机大厅。

"现在先把机票预订好。"杜邦先生朝泛美航空检票台走去，简单说了几句，显示出在自己地盘上的权势和高效。

"是，杜邦先生。没问题，杜邦先生。我来处理，杜邦先生。"

室外一辆闪亮的克莱斯勒君威轿车慢慢驶进道口。一位腰板结实、身穿褐黄色制服的司机连忙开了车门。邦德走上前去，靠在松软的坐垫上，车内一股清凉的芬芳，简直有些冷了。泛美航空的工作人员忙着把邦德的行李交给司机，接着半鞠躬，走回机场大厅。

"去比尔海滩餐厅。"杜邦先生对司机说。大轿车倏地穿过拥挤的停车场,向外开上了大车道。

杜邦先生向后一靠:"邦德先生,有没有尝过石蟹?希望您喜欢。"

邦德说吃过,的确很喜欢。

杜邦先生聊了聊比尔海滩餐厅,又比较了石蟹和阿拉斯加螃蟹各自的优点。此时克莱斯勒君威一路快速驶过迈阿密市区,沿着比斯凯乐大道经由道格拉斯·麦克阿瑟大堤穿越比斯凯乐湾。

轿车停在一幢仿摄政王风格的建筑外,大楼外墙呈白色,使用了挡雨板和灰泥。一圈粉红的霓虹灯显示着"比尔海滩餐厅"。邦德走出车外,听到杜邦正给司机下指令。"比尔海滩。阿罗哈套间。如果有什么麻烦,让费尔利先生给我电话。清楚了吧?"

他俩拾级而上。大堂内部以白色为主色调,窗户上装饰着粉红的细布,餐桌上摆着粉色餐灯。餐厅里挤满了晒得黑黝黝的人,他们穿着价值不菲的热带休闲装,花哨艳丽的衬衫,佩戴叮当作响的金手镯、珠宝饰边的墨镜,还有奇巧的土著草帽。空气中弥漫着被炙烤一天的身体的奇怪体味。

比尔,一个娘娘腔的意大利男子,急忙奔过来:"啊,是您,杜邦先生。太荣幸了,先生。今晚人有点多,马上给您安排,请往这边走。"他将一大本皮封的菜谱举过头顶,穿过食客,将两人引至大厅里最好的餐台,一张角落里的六人桌。他拉出两把椅子,打了个响指,把大堂经理和酒保叫了过来,铺开两本菜谱,跟杜邦客套几句后,便离开了。

杜邦啪地合上菜谱,对邦德说:"不如这样,这些都交给我,如果有什么不中意的,让他们拿回去好了。"然后对大堂经理说,"石蟹。不要冰冻的,要新鲜的,再来点黄油和厚的吐司面包。清楚吗?"

"好的,杜邦先生。"酒保净了手后,站在大堂的位置。

"两品脱的粉红香槟,1950年的伯瑞香槟,用银质大口杯装。清楚吧?"

"好的。杜邦先生,先来点鸡尾酒吗?"

杜邦扭头望着邦德,他笑笑,扬了扬眉毛。

邦德说:"请来杯伏特加马汀尼,再来片柠檬。"

"我也来一杯。"杜邦说,"双份的。"酒保急匆匆退下。杜邦向后一靠,掏出香烟和打火机。他环顾室内,瞄了邻近的几张桌子,不时朝一两个招手的人笑一笑。他把椅子向前拉,抱歉地说道:"恐怕这儿有点吵。只有吃螃蟹才到这儿,这玩意儿快要消失了,但愿您不过敏。有次带个小姐来吃螃蟹,结果她的嘴肿得像轮胎。"

杜邦先生的变化有些好笑。他将邦德钓上钩,感觉邦德可供自己驱使时,便加快语速,一副颐指气使的样子。在机场那个胆小难为情,乞求邦德的家伙像是换了个人。他想得到什么?现在他随时会下达指令。邦德说:"我对什么都不过敏。"

"好,太好了。"

片刻的停顿。杜邦噼啪噼啪地掀开打火机盖,又合上,反复好几次,吵得人心烦,接着又把打火机丢到一边。他双手放在桌面上,打定好主意,开口说:"邦德先生,玩过拉米纸牌吗?"

"玩过,挺好玩的,我喜欢玩。"

"是双人打的吗?"

"那种也打过,没什么意思。如果你不装傻瓜,如果两个人都不服输,大概就是平手。这种牌局中的输赢比较平均,所以,玩这种牌,大输大赢的可能性不大。"

杜邦果断地点点头。"是这样的,我也知道是这样。就是玩上上百局,两个势均力敌的对手也就是个平手,这跟'金酒'牌局或'俄克拉荷马'牌局很不一样。但我就喜欢这种牌风,既玩了很多牌,起起落落,打发了时间,又不会有人受伤。您说是不?"

邦德点点头,马汀尼酒送来了。杜邦对酒保说:"过十分钟,再来两杯。"他俩碰了杯。杜邦扭过头,皱着眉头,赌气地说:"邦德先生,假如我跟您说,因为打双人制的拉米纸牌,我一个礼拜赔了两万五千美元,您怎么看?"邦德没来得及回答,杜邦又抬起手说,"您要知道,我的牌打得也不错。我是摄政王俱乐部的会员,跟查利·乔仁和乔尼·克劳福德这样的人交手很多次,我是说桥牌,是在牌桌上,我知道自己的分量。"杜邦试探地望着邦德。

"如果你一直跟同一个人打,肯定是被骗了。"

"的确——如此。"杜邦啪地拍了一下桌子,向后一坐,"就是这样!我连输四天后也这样说。这个杂种在作弊,他妈的,我一定要查出他怎么干的,让他从迈阿密滚蛋!于是我下了双倍的筹码,而且又追加一次,他高兴得不行。我观察他的每一张牌,每一步。什么都没发现!没一点破绽!牌面上没有记号。每次我要的都是新牌,都是我自己的。他从不看我的手,我一直雷打不动地坐在他的对面,也没有什么家伙暗中递眼色,而他还是赢了又赢。今早又胜了一把,今天下午又赢了,我彻底疯了,但没表露出来,您别介意。"

他原来不是在开玩笑,"我礼貌地付了钱,什么都没说,打好包来到机场,预订了飞往纽约的头班飞机。想想吧!"杜邦突然甩开手,"就这样逃走了。我实在受不了这该死的牌局,受不了。没法逮住这家伙,只能撤了。您怎么看呢?我,朱耶思·杜邦,因为再也输不起,只能认输。"

邦德同情地咕哝一声。第二拨酒水送来了。邦德其实挺感兴趣,只要跟牌有关,他一直都有兴趣。不难想象那个场景:两人一直在打牌,一个人安安静静地洗牌、发牌、记下得分;而另一个人总是把牌甩到牌桌中央,抑制住内心的反感。杜邦显然是被骗了,怎么被骗的?邦德说:"两万五可是不少钱。你出多少赌注?"

杜邦先生有些难堪:"开始一个点二十五美分,接着是五十美分,最后是一美元。对于平均两千点的牌局而言,这算是很高了。即使是二十五美分,一局打下来也是五百美元,如果不停地输,一个点一美元,简直是要人的命。"

"你肯定也有赢的时候。"

"那是当然。不过也不知怎么的,我刚想将这畜生一举歼灭时,他就调动所有的牌,趁势溜走。我的确赢过一些钱,但只要他需要二十、一百的票子,打下去时,各种怪牌全跑到我这儿了。您知道拉米纸牌的路数,不要的牌马上就扔掉。一个人设下圈套,好让另一个人把牌给你。见鬼的是,那家伙是个灵修大师!每次他设套,我都钻进去。但每次我一设套,他就躲开了。他会挑最该死的牌,把什么鬼晓得的单张牌、大王牌扔给我,然后还能溜之大吉,他好像知道我手里的每张牌。"

"房间里有镜子吗？"

"哈，没有！总是在户外打。他说要晒太阳，这家伙的确红得像只龙虾，只在白天打，说什么晚上打就睡不着觉。"

"这人到底是谁？叫什么名字？"

"戈德芬格。"

"名字呢？"

"奥里克。也是金色的意思。人如其名，头发红得像着火一样，大家都叫他金手指。"

"哪国人？"

"无论如何，您不会相信，是英国人。在拿骚岛定居，从名字看像是犹太人。但如果他真是犹太人，是不能进我们佛罗里达的秘密小圈子的。他持有拿骚人护照，四十二岁，未婚，职业嘛，是个经纪人，这是从护照上看到的。我跟他玩牌时，让私探偷看了一眼。"

"哪一种经纪人？"

杜邦沮丧地笑笑："我问过他，他说'哦，什么顺手就干什么'。那种含糊其辞的家伙。只要直接提个问题，他就闭口不谈，然后闲扯些无关紧要的东西！"

"他身家多少？"

"啊哈！"杜邦猛地叫起来，"这是最该死的。他很有钱，简直富可敌国！我让银行在拿骚查过。他很滑头，拿骚的百万富翁一抓一大把，但他可是数一数二的财阀。他好像把钱都换成金条了，然后满世界地调配，利用金价的波动获利，有点像联邦银行。他不相信现钞。也不能说他这样不对。他既然是世界上非常富有的人，那他的系统还是奏效的。但问题是,既然他都富成那样了,那还见鬼地从我这儿骗两万五到底是为了什么。"

这时,几位服务生围着桌台忙碌起来,邦德用不着立刻回答这个问题。桌子中央正儿八经地放了一个银质大盘,里面盛了只个头很大的石蟹,蟹壳和爪子都已被敲开。餐盘旁还摆了一件银质船形盏,盛满熔化黄油,还有一条长吐司。大酒杯里的香槟泛着粉粉的泡沫。最后,领班挤出油滑的假笑,站到座位后面,依次替他俩系上白色的丝质围兜,正好拖到大腿上。

邦德想起了扮演亨利八世的查尔斯·劳顿,不过杜邦和周围的食客都未对如此饕餮显得吃惊。杜邦先生开心地叫了一声"请随意",便叉了几块蟹肉放在盘子上,将熔化黄油泼到上面,大嚼起来。邦德也依葫芦画瓢,跟着吃起他平生最美味的大餐。

石蟹肉是他品尝过的甲壳鱼类中最柔嫩、最鲜美的,同面包片和稍微熔化的黄油配着吃,简直堪称完美。香槟似乎散发着草莓的清香,冰凉的。每吃完一块蟹肉,他就喝点香槟,咀嚼一下,准备吃下一块。他俩不紧不慢全神贯注地吃着,直到整盘菜被一扫而空,几乎就没吭一声。

杜邦微微打着嗝,最后用丝质围兜擦掉下巴上的黄油,往后一靠。他满脸涨红,自豪地看着邦德说:"邦德先生,世界上恐怕没有哪顿晚饭能像今晚这样棒,您这么看?"

邦德心想,感觉怎样?我想过轻松丰富的生活,怎么会喜欢像猪一样吃吃喝喝,还听些这样的话?突然他感到反感,对在跟杜邦这样的人大吃大喝感到反感,甚至是羞愧。这是他要求的,也得到了,但他的清教徒性格不能接受。他许过那种过轻松而丰富的日子的愿,眼下这个愿望不仅得到满足,而且还一股脑儿地从他喉头要嗝出来。邦德说:"是不是最好我不知道,但的确很好。"

杜邦先生心满意足,叫了咖啡。邦德没有接递过来的雪茄或酒水,他点燃一支烟,饶有兴致地等着听下面的隐情。肯定会有隐情,显然这是他所有圈套的一部分,放马过来吧。

杜邦清了清嗓子。"邦德先生,我有个提议。"他目不转睛地看着邦德,想预估下他的反应。

"您说?"

"能在机场碰到您实在太凑巧了。"杜邦的话音低沉而真诚,"皇家赌场的首次见面令我终生难忘,您的冷静、胆略和打牌的路数,每个细节都历历在目。"邦德看着桌布。不过杜邦也厌倦了夸夸其谈,急忙说:"邦德先生,我会付您一万美元,请您作为客人待在这儿,直到您发现这个叫金手指的家伙打败我的秘密。"

邦德直视着杜邦说道:"杜邦先生,您开的条件很优厚。但我必须先回伦敦,必须在四十八小时内到纽约赶飞机。如果你能在明天上午和下午像往常一样打几局,我便有足够时间找出答案。但不管能否帮上忙,明晚我都得走,成吗?"

"成交!"杜邦先生说。

第三章　恐旷症男子

　　窗帘噼啪的扇动声吵醒了邦德。他掀开单层床单,走过厚厚的地毯,来到景观窗户边,拂开窗帘,踏上洒满阳光的阳台。
　　黑白相间的马赛克地砖热乎乎的,可能还不到 8 点,但已有些烫脚了。一缕凉爽清新的微风从近海吹过来,扯动着私人游艇码头上的各国国旗。风的湿气很重,吹来了海浓烈的味道。邦德估摸游客喜欢这种风,但本地居民反感。家里的金属配件会生锈,书页模糊不清、墙纸、壁画也会被腐蚀,衣服也会受潮发霉。
　　十二层的房间楼下面是中心花园,棕榈树和明艳的巴豆花坛点缀其间,几条整洁的碎石小径将九重葛大道连接起来,景观华美,整体却乏味单调。园丁们正忙碌着耙平小径,帮工懒洋洋地捡着树叶。两台修剪机一直在草坪上忙碌,喷水器优雅地喷着一阵阵水雾。

就在邦德的房间楼下,卡巴那俱乐部雅致的弧形曲线一直延伸到海滩上。扁平的屋顶上配有躺椅和桌台,还不时能见到一把红白条纹的太阳伞,下方是双层的更衣室。弯弧内侧嵌有一个碧波荡漾的奥运规格的长方形泳池,四周是成排的气垫躺椅,很快就有顾客每天花上五十美元来晒日光浴。穿白色外套的工作人员将躺椅顺成行,翻打着靠垫,将前一天的烟头扫干净。更远处是狭长的金色沙滩和大海,很多人逐浪追波,撑着阳伞,铺下躺垫。邦德衣柜中的洗衣卡标明,阿罗哈套房每天两百美元,粗略算一下,如果自己掏钱,他一年的薪水只够住三个礼拜的,他心里呵呵直笑。他返回卧室,打电话定了一份奢侈的美味早餐、一盒特大号吉时牌香烟和当天的报纸。

邦德刮好胡子,冲了凉水澡后,穿戴整齐,正好8点。他走进典雅的客厅,窗台边有位穿紫金色制服的服务生正在摆放早餐。邦德瞥了一眼《迈阿密先驱报》,整个头版都在关注前一天美国洲际弹道导弹在邻近的卡拉维拉尔角发射失败的事情,这对于海厄利亚的大竞赛可以说是一大损失。

邦德将报纸扔到地板上,坐下来慢慢享用早餐,想着杜邦先生和金手指这摊子事。

他没法下结论。要么杜邦的牌技实在太烂,但这家伙精明强硬,不怎么可能;要么金手指是个骗子。假如金手指在牌桌上作弊,虽然他不需要钱,那他肯定也是通过更大规模的诈骗发迹的。邦德对大骗子更有兴趣,期待着和金手指碰面,并挖出他神秘的成功敲诈法。这一天将令人兴致盎然,邦德懒懒地盼望着。

他和杜邦先生约定 10 点钟在花园碰面。设计的情节是,邦德从纽约飞来,要把一家英国控股公司持有的加拿大天然气集团名下的产业股份卖给杜邦先生,这事显然很机密。金手指也不会过问邦德太多细节。股票、天然气、加拿大,邦德只需记住这些就可以了。他俩上了卡巴那俱乐部的屋顶平台,牌局设在此处。邦德就在牌桌旁看打牌。杜邦和邦德会在午饭时谈点"生意"。在那之后,一切照旧。

　　杜邦问有没有其他需要安排的。邦德问了金手指的房间号和开门密码。他解释说,如果金手指真是专业棋牌骗子,或者还算半专业的业余选手,他肯定会带上一些常用的工具,比如有标记的牌、微缩牌,还有短途运牌工具。杜邦说等在花园见面时,会把金手指房间的钥匙给他,从经理处拿一把没问题的。早餐吃完,邦德很放松,凝视着不远处的海面。手上这活应该不太费脑筋,玩起来还挺有兴致,这样的差事能帮他摆脱墨西哥之行的可怕气味。

　　9 点半邦德离开套房,为了摸清酒店的布局,他在楼梯上转悠,找电梯时迷路了。他两次碰到同一名女清洁员,连忙问路,乘电梯下到菠萝购物长廊,穿梭在零星的早起客人中。他扫了一眼竹林咖啡店、聚会酒吧、托皮卡纳餐厅,还有儿童基蒂俱乐部和浜浜夜总会。他特意走到花园里,杜邦先生换了阿贝克隆比·费奇的海滩衣裤,把金手指套房的门卡交给他。他俩慢吞吞地朝卡巴那俱乐部走过去,登上两级不长的台阶,来到顶层露台。

　　邦德看到金手指的第一眼,很是吃惊。就在酒店崖壁下方,在平台远处的一角,一个男子弓着腿躺在气垫椅上。他戴着墨镜,除了一条比基尼黄色缎面底裤,几乎全身赤裸,下巴上镶了一套锡质的宽大耳翼。这副耳翼恰好卡在他的脖颈上,两端微微有些翘起。

邦德说:"他脖子上是什么玩意儿?"

"你从没见过?"杜邦先生有些吃惊,"这玩意儿可以帮助皮肤晒黑。这种打磨过的锡片将阳光反射到下巴下面和耳朵后面,就是一般晒不到阳光的部位。"

"哦,这样的。"邦德说。

在离这个斜躺着的家伙还有几步远时,杜邦开心地大喊起来:"嗨,你在啊!"邦德觉得太大声了。

金手指一动不动。

杜邦先生低声说:"他听力不行。"他俩又靠近金手指,杜邦又大叫一声。

金手指摘掉墨镜,猛地坐起来:"嗨,是你呀。"他从脖子上摘下耳翼,小心地放在旁边,站起身来,身子很沉,好奇地打量着邦德。

"这是邦德先生,詹姆斯·邦德。我在纽约的朋友,你的同胞,想跟我谈点生意。"

金手指伸出一只手。"很高兴认识你,邦德先生。"邦德握了握,他的手干干的、硬硬的,有片刻的压迫感,但很快消失了。那一刹那,金手指睁大淡蓝色的双眼,定睛锁住邦德,目光似乎穿过脸,一直到他的后脑勺。不过金手指很快就垂下眼睑,像是X光的快门落下,他取出曝光的影盘,收到自己的文件箱中。

"今天我不打牌。"金手指语调平缓,更像是一个声明。

"什么,你什么意思,不打牌?"杜邦故意吼起来,"你骗了老子的钱,老子肯定要赢回来,不然就不会离开这家倒霉的酒店。"杜邦乐不可支地说:"我让大萨姆摆好了桌子,詹姆斯不怎么会打,倒想学两手。对吧,詹姆斯?"对着邦德说,"你肯定只看看报纸,晒晒太阳吗?"

邦德说:"最近老出差,只想好好休息。"

金手指死盯着邦德,然后垂下眼。"那我去穿点衣服,本来打算下午跟博拉卡顿的阿穆尔先生上一节高尔夫球课。不过打牌是我的优先爱好。看来,我用铁头中杆太早翻腕的毛病只能以后纠正了。"他淡淡地打量着邦德,"邦德先生,打高尔夫吗?"

邦德提高嗓门:"在英格兰时偶尔会打。"

"在哪儿打?"

"亨特康姆。"

"哦,那个小球场挺不错的。我刚刚加入了皇家圣马克俱乐部。桑维奇靠近我开的一家商业机构,知道那儿吗?"

"在那打过。"

"你的差点是多少?"

"九。"

"真巧啊,和我一样。哪天咱俩一定要打一局。"

金手指弯下腰,拾起锡质耳翼,对杜邦说:"我五分钟后过来。"然后慢慢地朝台阶走去。

邦德觉得挺好玩。金手指跟那些大亨一样,对小人物漫不经心。但是呢,邦德他一个大活人既然在这儿了,金手指还是会将他放在一个大致的类别上。

杜邦正在指挥一个穿白外套的服务生,另外两个已经放好了棋牌桌。邦德一边琢磨着金手指,一边朝屋顶平台的环形扶栏走去,下面便是花园。

金手指是邦德见过的最放松的人,令人难忘。他的行动干净利落,不苟言笑。当他静止不动时,便隐藏着某种内敛深沉的气质。

金手指正走过花园,邦德猛然发现,他的四肢极不成比例。金手指是个矮个儿,不过五英尺高,体态肥硕,两条笨拙的粗象腿,双肩扛着一个巨大的、圆得不能再圆的脑袋,全身仿佛是由别人的身体部位东拼西凑组装起来的,没一样是自己的。邦德暗想,可能是自惭形秽,这家伙才这么着迷日光浴。如果没有褐红色的掩盖,他白花花的身体会更显古怪。他留个平头,在橘红色头发的掩衬下,脸如一张大圆盘却没有月亮的光泽,虽不像身体那样丑陋,也难看得吓人。高高的前额还算精致,细细的淡褐色眉毛挂在一双淡蓝色的大眼之上,淡白的睫毛绕了眼睛一圈,高高的颧骨之间镶着肉乎乎的鹰钩鼻,两颊倒还有些肌肉,不算肥胖。嘴唇细薄,直挺挺的,但线条还算雅致。下颌坚挺有力,闪着健康的光泽。邦德心想,总之,这张脸无情而肉感、坚忍而强硬,是个思想家或者科学家的脸,多么古怪的组合!

他还能有什么感想?邦德从不相信矮个子家伙,他们从小就有自卑情结,一辈子拼命想成为大人物,超过所有嘲笑他们的人。拿破仑是矮个子,希特勒也是,全世界的麻烦都是矮个子引起的。面前这个红头发,长相古怪的矮个子又能好到哪儿去呢?这些特征组成了他这个可怕的小矮人,他内心的压抑不难体察。打个比方,他的活力像一座嗡嗡作响的发电厂,如果真安个灯泡在嘴上,肯定能亮的。想到这,邦德不禁笑了。金手指通过什么途径释放体内的活力呢?追求财富、性爱,还是攫取权力?可能三者都有。

他什么来历?就算是英国人,可他的出身呢?不是犹太人,或许他有犹太血统。不是拉丁血统,也不是从更南的地方来,不是斯拉夫人,可能是德国人,不会吧!波罗的海人,他可能从那边来,古老的波罗的海属地,可能是逃避俄罗斯人。可能有人提了个醒,要么就是他父母嗅出了麻烦,及早带着他出来。当时发生了什么?他怎样一步步成为世界上最富有的人?或许有那么一天就全被抖搂出来。这肯定很好玩,但目前只要摸清他怎么赢牌就行了。

"好了。"杜邦大声说。金手指正穿过平台,朝牌桌走来。他换上一件舒适合身的深蓝外套,配着白色的开口衬衫,外形还算过得去。但他巨大的红褐色足球脑袋没半点遮掩,只是在左耳插了一副肉色耳塞。

杜邦背对着酒店坐下,金手指坐在对面抽牌。杜邦抽好牌,将另一盒推给金手指,拍了拍,说明牌洗好了,用不着再抽。牌局开始。

邦德晃过来,拉了把椅子在杜邦胳膊肘边坐下。他轻松地向后一靠,故意将报纸翻到体育版,看他们打牌。

牌局的进展,邦德已料到了几分,但看不出动了什么手脚。金手指出牌既快又稳,看不出使了老千。他的三个手指都蜷在牌的长边,食指压在上面的短边,这样握牌方便出底牌或者下次等牌。他也没有戴图章戒指敲戳,指头上也没缠胶布做记号。

杜邦对邦德说:"一次十五张牌,拿两张,扔掉一张,其他都是摄政王规则。不用红色三牌来算,欧洲人那一套一、三、五、八的把戏用不上。"

杜邦拿起了牌,他拿牌的方式很老到,不是按牌面从左往右排列,也不是将百搭牌(他有两张)都放在左边,这种模式只对警惕的对手有利。杜邦把好牌集中到手的中间,两头是单张牌,一些零散的组合。

牌局开始,杜邦先抽两张神奇的百搭牌。他不动声色,随意地抛掉一张。他只需再抽两次好牌,就可以轻松过关,但那要靠好运气,抽到两张牌可以让你抽到想要的牌的概率翻倍。但抽到无用牌的概率也能翻倍,这样只会让人手忙脚乱。

金手指出牌则更谨慎,慢得要命。抽到牌后,他会来来回回地洗牌,再决定丢掉哪张牌。

到第三张牌时,杜邦手气好了不少,他只要再拿到五张牌中的一张好牌,就能击败对手,大获全胜。金手指像对危险有所觉察,要了五十点,接着用三张百搭牌和四张五点牌组成了一副对手牌,他还扔了几张多余的组合牌,最后手上只剩四张牌。无论如何这牌都糟得可笑,可结果是,他赢了大概四百点,而不是输了一百点。原来杜邦在抽下一副牌时,金手指用两副必要的对手牌,粉碎了杜邦的优势,不声不响地逃脱了。

"真见鬼,我差点就把你揉碎了!"杜邦怒不可遏,"你他妈的怎么使诈逃走的?"

金手指冷冷地说:"我闻到麻烦了。"他加了加赢点,宣布得分,记录下来,然后等着杜邦做同样的动作。接着他发牌,往后一靠,饶有兴致地看着邦德。

"鲍姆先生,还要待很久吗?"

邦德笑了笑:"我叫邦德,詹姆斯·邦德。没多久,今晚就回纽约。"

"哦,真难过。"金手指礼貌地嘟起嘴表示可惜。他又面向纸牌,继续打牌。邦德拿起报纸,一边听着牌局的常规动作,一边盯着垒球分数,却什么也没看。金手指赢了那一手,又一手,又赢了一手,最后他大获全胜。两人比方相差一千五百点,金手指赚了一千五百美元。

"你又赢了!"杜邦先生很是凄惨。

邦德放下报纸:"通常都是他赢吗?"

"通常?"杜邦气愤地说,"他一直赢。"

他们又分了牌,金手指开始出牌。

邦德说:"为什么不换换座位呢?我常觉得换换座位,手气也会不错,赢钱挡都挡不住。"

金手指停下手中的牌,郑重其事地盯着邦德:"邦德先生,很不幸,这不太可能,那样的话我没法打。我跟杜邦先生头一回打时,就对他说,自己患了一种少见的病——恐旷症,惧怕开放的空间。开阔的视野会让我发疯的,所以我必须面朝酒店坐着。"他们又继续发牌。

"哦,真抱歉。"邦德显得很关切,严肃地说,"这种障碍很少见。我能理解幽闭症,反过来却没听说过。你有什么样的症状?"

金手指理好手中的牌。"我也不清楚。"他轻描淡写地说。

邦德站起身:"好了,我出去活动一下,想去看看泳池。"

"你去吧。"杜邦乐呵呵地说,"别着急,詹姆斯,午饭时再谈生意。我看看这次手气如何,能不能把牌推给朋友金手指,而不是接他的烂牌。待会儿见。"

金手指没抬头。邦德慢悠悠地从房顶平台走下去,经过一两个四仰八叉的人,在泳池另一端的护栏边站了一会儿。下面气垫椅上的人有的肌肤粉红,有的褐色,有的白花花,像是有相应的级别。一股浓烈的防晒油味飘上来。游泳池里有几个小孩和年轻人,一个男子显然是专业跳水员,大概是这里的游泳教练,像一位希腊神话里的大力神,满头金发,肌肉发达。他站在跳水高台上,以大脚趾为平衡点,弹跳了一下,两手如双翼张开,轻松地纵身跃下,双手如箭矢一般劈开水面,全身穿过水面,只激起低低的水花。跳水员在水中游了个V字形,又浮到水面,孩子一般摆了摆头。水池中响起零星的喝彩声。男子费劲地在泳池里踩水,露出了头,轻松地甩开双臂。邦德心想:祝你好运,小伙子!你这种状态再保持个五六年就不错了。高台跳水运动员都干不长,反复的冲撞对头颅伤害太大了。高山滑雪也一样,对骨骼损伤很大,和高台跳水一样是最短命的运动。邦德隔空对跳水员在心里暗喊道:拿了现金走人!趁着还是金黄头发,去拍电影吧!

邦德转过身,下面的两个人还在酒店崖壁下打拉米纸牌。金手指喜欢面朝酒店,喜欢杜邦背对着他。"为什么,对了,金手指的客房是多少号来着?两百号,夏威夷套房。"邦德在顶楼的房号是一千两百号，那么金手指的房间就在他下端的二楼，大概是高出卡巴那俱乐部屋顶二十码左右的地方，距离牌桌也就二十码。邦德数了一下，仔细观察着金手指的房间。什么都没有，阳台空荡荡的，客房里面黑乎乎的，房门却敞着。邦德丈量了一下角度和距离。没错，应该是这样，肯定是这样的！多么狡猾的金手指！

第四章　拉线木偶

　　午餐的头道菜是传统的拉斯维加斯鸡尾酒虾,接着是本土鲇鱼配小纸杯的鞑靼酱,接下来是原汁烤牛排,还额外上了一道菠萝果盘。之后是午休时间,然后杜邦3点钟再继续跟金手指打牌。

　　杜邦又输了一万多美元。经他确认,金手指的确有个秘书。"从没见过,总待在屋里,可能不过是他拉过来招风的歌舞女郎。"他笑嘻嘻地说,"我是说每天都在这儿。怎么了?你在想什么?"

　　邦德没什么反应。"还说不好,下午我可能不下来。你就说我烦了,进城去玩了。"他停了停,"不过,如果我猜得没错,如果你看到金手指举止古怪,用不着惊讶,只要安静地坐着就行。事实应该跟我想得差不多,但也可能不对,我没法保证什么。"

　　杜邦来了兴致。"太棒了你!"他激动地说,"巴不得马上看到那杂种受制于人的样子,让他的眼睛见鬼去吧!"

邦德坐电梯进了套房，从行李箱中取出一架 M3 徕卡相机、一个 MC 曝光计、一个 K2 滤光器和一台闪光仪。他给闪光仪装上灯泡，检查了相机。接着他走到阳台上，瞥了一眼太阳，预估它在 3 点半时的位置，便回到客厅，敞开阳台的门。他站在阳台门旁，调准曝光计，速率是百分之一秒。他将曝光计在徕卡相机上安好，将快门调至 F11，距离为十二英尺。他掀开镜头盖，拍了张照片，看是否运转正常。接着他回转胶卷，收回闪光仪，收好相机。

邦德又从行李箱里取出一本厚厚的《圣经故事》。翻开书，从伯恩斯·马丁皮套中抽出瓦尔特 ppk 型手枪。他把枪套挂到左边裤带内侧，比画了一两次，快速掏枪，结果令人满意。他审视了套房的方位格局，估摸着夏威夷套房也大致一样。他设想着跨过房门时眼前的场景，又用不同的钥匙开锁，还练习无声地开门。最后他拉了把舒服的座椅放在阳台门前，坐下来一边抽烟，一边眺望远处的大海，琢磨着等时间一到，如何实施此项计划。

3 点 15 分，邦德起身向外面阳台走去，小心地看着下面绿呢广场上两个渺小的身影。他回到房间，检查了徕卡相机上的曝光计，曝光率没变。他套上深蓝色的热带精纺外套，理直了领带，将徕卡相机悬绳挂在脖子上，相机就垂在胸部。他又打量了一眼四周，出了门朝电梯走去。到底层，他看了看前厅的商店橱窗。当电梯上去时，他走台阶到了二楼。二楼的格局跟十二楼一模一样，两百号房间的位置跟他预计的一样。没碰到人。他掏出钥匙，悄悄地开了门，又合上。小小的门厅挂钩上挂了一件雨衣、一件淡色驼绒外套、一顶浅灰色洪堡帽。邦德右手紧扣着徕卡相机，轻轻推了一下客厅的门,门没锁,一推就开了。

还没看见房间的布置,先是听见什么,是个女生低沉迷人的声音,英国口音。"出5和4,用两张2配合5完成一个对手牌,扔掉4。他还有几张单牌,老K、J、9和7。"

邦德溜进房间。

桌面上有一个女子,坐在两个坐垫上,桌子离阳台门有一码远,两个坐垫是用来加高的。正是下午最热的时段,她除了戴黑色文胸,穿一条丝质黑色内裤,其他什么都没穿。她无聊地晃着双腿,刚把左手的指甲涂完,又把手伸到眼前,看看效果,再放回嘴边,往指甲上吹气。她的右手伸到一边,将指甲刷放回桌面上的露华浓指甲油瓶中,几英寸外是一架倍数强大的双筒望远镜的一副目镜。望远镜支在三脚架上,卡在晒黑的双腿和地板之间。望远镜下方伸出一个麦克风,跟桌下的音盒相连,大小同便携式录影器一样。音盒上还有些线圈,连着墙上橱柜的室内天线。

女子向前一靠,对着望远镜,内裤紧绷绷的。"他抽了张王后和老K,王后对牌,可以把老K和小鬼配在一起,扔掉7。"她关掉麦克风。

趁她正在寻思,邦德赶紧走到她身后,站在一把椅子上,祷告椅子千万别吱吱作响。他居高临下,什么都看得一清二楚。他对准取景器,没错,女孩的头、望远镜的侧边和麦克风是在一条直线上,甚至二十码以外的牌桌,杜邦握牌的手和黑色红色都能分清楚。他按了快门,闪光灯猛地一炸,闪亮的光晕吓了那个女子一跳,大叫起来。她猛地转过来。

邦德跳下椅子,说道:"下午好。"

"什么人?你要干什么?"女孩捂着嘴巴,惊恐地瞪着他。

"别怕,我已经拿到想要的,都结束了。哦,我叫邦德,詹姆斯·邦德。"

邦德小心地把相机放在椅子上,走上前来,女孩的芬芳令他陶醉。她很迷人,淡淡的金色长发,长得有些过分,厚厚地披在肩膀上,一双深蓝色的眼睛,皮肤微黑,嘴角的线条大胆而宽厚,笑起来应该很迷人。

她站起身,放下手。她大概五英尺高,四肢健壮,像是位运动员。黑色丝质文胸下面,双乳呼之欲出。

姑娘并不惊恐,低声说:"你打算干什么?"

"跟你没关系,就是逗逗金手指。好姑娘,乖,到一边去,让我看看。"

邦德站在女孩的位置上,透过望远镜看着。牌局还在正常进行,通讯虽然中断,金手指并没什么反应。

"收不到信号,他无所谓吗?还会接着打吗?"

女孩犹豫地说:"过去也掉过耳塞,或者类似的问题,他会等我把线接上。"

邦德冲她笑笑:"嗯,那就让他自个儿琢磨一下。抽支烟,放松一下。"他掏出一盒吉时香烟,女孩取了一支。

她的嘴角浮出一丝微笑:"你来多久了?把我吓了一大跳。"

"不好意思,才来一会儿。整个礼拜,金手指都让可怜的杜邦老先生惊恐不安。"

"没错。"她犹疑地说,"的确相当卑鄙,但他不是很有钱吗?"

"没错。金手指其实该挑个输得起的家伙,我也犯不着替杜邦放弃午休。不管怎么说,金手指自己是个亿万富翁,富得流油,这样做是为了什么?"

女孩来了兴致。"我也搞不懂。这个人走火入魔,赚钱赚疯了。我问过他为什么,他说一个人运气好时不赚钱就是傻子。他为了好运总是干同一件事。他劝我一起干时,"女孩朝着望远镜挥挥香烟,"我问他,这么麻烦,冒这些愚蠢的风险,有什么意义,他只说了一句'时运不济,自当转运,此乃人生第二经验'。"

邦德说:"是吗?算他走运,我不是平克顿私家侦探,也不是迈阿密警署派来的人。"

女孩耸耸肩。"哦,他用不着担心,他能收买你,能摆平所有的人,没人能抗拒黄金。"

"你什么意思?"

她不以为然地说,"除了通关时,他系一条全是金币的皮带,其他时候他总是携带价值百万美元的黄金,再不然他就在行李箱两侧和底部铺满金箔,这些是名副其实的黄金皮箱。"

"那肯定重一吨。"

"他到哪儿都开车,那种配有特种弹簧的汽车。他的司机体格庞大,帮他拿行李,没有其他人碰箱子。"

"他为什么带着黄金到处转悠?"

"就是怕万一什么时候用得着。他明白,黄金能买到他想要的一切。这些全是24K金的。不管怎样,他热爱黄金,真喜欢,就像大家爱珠宝、邮票,要么,嗯……"她笑笑,"女人。"

邦德也冲她笑笑:"他爱你吗?"

女孩脸一红,愤愤地回答:"当然不爱。"接着理智地说,"当然,随你怎么想,不过他的确不爱。我意思是他喜欢别人认为我们俩是情侣,或者我是爱他的。你懂的。他外貌并不怎样,这个问题,嗯,怎么说,涉及虚荣心或其他什么的。"

"是的,我明白了。你算是秘书吗?"

"陪伴。"女孩纠正道,"我不用打字,或者干其他什么的。"

她突然捂住嘴。"天哪,我真不该告诉你这一切!你不会告诉他,对不对?他会解雇我的。"她目光有些恐惧,"要么就是其他惩罚,天知道他会干什么,他是那种什么都干得出来的家伙。"

"我当然不会讲。但这就是你想要的生活吗?你为什么要做呢?"

女孩直截了当地说:"一周能赚一百英镑。"又指着屋内,"况且这一切都不是长在树上的。我把钱攒起来,等攒够了,我就离开。"

邦德想,金手指会让她走?她知道得太多了吧。他凝视着女孩迷人的脸,美妙的肌体。她可能还没怀疑什么,但为了他的钱,她已经招惹上不小的麻烦。

女孩有些坐立不安,尴尬地笑笑:"不好意思,我穿得太少了,能出去一下,让我穿上点衣服吗?"

邦德有点不放心,毕竟不是他每周付给女孩一百英镑。他轻快地说:"你这样挺好的,跟泳池边的几百号人一样得体。"他伸伸胳膊,"不管怎样,该让金手指放点血了。"

邦德时不时地向下瞥一眼牌局,进展正常,又俯身看双筒望远镜。杜邦已经像变了一个人,动作放开,面色红润,侧面看斗志昂扬。就在邦德观察这会儿,他取出一把牌,平铺下来,清一色的老K双手牌。邦德把望远镜向上翘了一英寸,金手指那张褐红色的圆盘大脸木讷无神,似乎耐心等着自己转运,他抬手按了按耳机,把扩音器又往耳朵里塞了一下,等着信号再次传来。

邦德后退一步,说道:"精巧的小玩意。信号是用哪个波段传递的?"

"他跟我说过,但我忘了。"她眯着眼,"好像是一百七,是什么兆来着?"

"兆周,或许是吧。奇怪的是,他在跟你的交谈中没有混杂许多关于出租车和警局的讯息,这信号的集中强度肯定达到魔鬼级。"邦德咧嘴笑了,"行了,都准备好了!是抽掉魔毯的时候了。"

女孩猛地伸出手,拉了拉他的袖子,她的中指有一枚爱尔兰克拉达戒指,两只金质的手呵护着一颗金质的心。女孩哭着说:"你一定要这么做吗?能别惹他吗?我不知道他会对我做什么,求你了。"她迟疑了一下,满脸绯红,"我喜欢你,很久没遇见像你这样的人了,你能多待一会儿吗?"她低头看着地板,"只要你别惹他,我……我什么都愿意。"

邦德笑了,从胳膊上拿开女孩的手,捏了一下。"对不起,有人出钱让我干,我必须干。"他很干脆,"不管怎样,我想这么做,也该把金手指打回原形了。准备好了吗?"

还没等女孩回答,邦德俯身去看望远镜,焦距还对着金手指。

他清清嗓子,仔细打量那张烧饼脸,摸到麦克风开关,按了下去。

助听器肯定发出一声停滞的咔嚓声,金手指的表情还是那样,但他慢慢抬起头,望着天,又垂下来,像是在做祷告。

邦德对着话筒,轻声但不无威胁地说:"听着,金手指。"他停了一下,金手指稍稍低了头,像是听见什么,表情没丁点变化。他专注地算着牌,手一动不动。

"我是詹姆斯·邦德,没忘吧!游戏结束,付钱吧。你的整套装备,包括金发美女、望远镜、耳机和你的助听器,我全拍了照。只要完全按我的意思来,照片不会落到联邦调查局和苏格兰场的手里,听明白了就点点头。"

金手指还是面无表情,慢慢地向前伸着大圆脑袋,又挺了挺。

"把牌放下,面朝上。"

金手指把手放下,松开手时,牌滑落到桌面上。

"拿出支票本,签一张五万美元的支票,这里面三万五是你骗取杜邦先生的钱,一万是我的酬金,剩下的五千是杜邦先生的时间损失费。"

邦德盯着他一切照办,杜邦正往前靠,呆呆地张着嘴。

金手指慢慢撕下支票,在后面签了名。

"好极了!现在你在支票本的背面记下一句话。今晚到纽约的'银色之星'给我订个包间,在里面放瓶冰镇香槟和一些鱼子酱三明治,要最好的鱼子酱。不要让人过来,别耍滑头。如果明天我在纽约出了事,相片连同整篇报道就会上报纸。明白了就点点头。"

金手指慢慢垂下那颗大脑袋,又抬起来,平滑的额头上冒出点汗渍。

"很好,现在把支票递给杜邦先生,说'我谦卑地道歉,我一直在作弊',然后你就可以走了。"

金手指伸手过去,把支票放在杜邦面前,张开嘴说了些什么。他目光呆滞平和,显然放松下来,不就是钱,买通了出路?

"慢着,金手指,还有点事没完。"邦德抬头看了女孩一眼。她正怪怪地打量着他,既夹杂着痛楚恐惧,又有一丝顺从憧憬。

"你叫什么名字?"

"吉尔·玛斯顿。"

金手指站起来,正要转身溜走。邦德厉声说:"不许动。"

金手指刚跨出半步,便停住了,向上望着阳台。阳台的门敞开着,同邦德第一次见到的那样。金手指冷酷的目光如射线般地水平移动,似乎发现了望远镜的镜头,从邦德的眼睛绕到他的后脑勺,仿佛在说,"我会记住这些的,邦德先生"。

邦德轻声说:"还有一件事,我差点忘了。我要带个人质到开往纽约的列车上。玛斯顿小姐,她会在列车上。对了,把那节车厢布置成休息室。就这些。"

第五章　夜间值勤

一周后。摄政公园旁的一幢高楼。邦德站英国情报部总部七楼一间办公室的窗边。伦敦正在酣睡,城市上空高悬的满月穿过一湾斑驳的云彩,大本钟敲了三下。黑乎乎的房间里有一台电话响起,邦德转身走向房间中央的书桌,一盏绿帘写字灯洒下一圈明亮的光。他拿起四号黑色话筒,说道:"值班室。"

"这里是 H 站。"

"把他们接过来。"

香港那端的电话总是嗡嗡响,无线电设备连线也不稳定。为什么中国上空总有太阳黑子运动?这时传来起伏有致的声音:"环球出口公司吗?"

"是的。"

一个低沉而亲密的伦敦口音说:"香港那边接通了,请说吧。"

邦德不耐烦地说:"请先理一下电话线。"

起伏的声音说:"已经接通了,请讲。"

"喂!喂!是环球出口吗?"

"是的。"

"我是迪克森,能听清吗?"

"可以听见。"

"运送那批芒果的电报,是我发的。水果,明白吗?"

"知道了,已收到。"邦德抽出那份文件,他明白是怎么回事。H站(即香港站——译者注)要些水下地雷,安在三艘某敌对国家的间谍帆船上,这些人专门拦截英国货船,搜出该国来的流亡者。

"十号之前必须付款。"

这是说,那些帆船即将离开,或者船上警卫数量会翻倍,甚至会出现其他什么紧急情况。

邦德直截了当地说:"一定照办。"

"谢了,再见。"

"再见。"邦德放下电话,拿起绿色话筒,拨通了Q线,跟那里的值班长说了一下。一切都安排好了。早上正好有英国海外航空的一趟班机起飞,Q线人员负责准时把货箱送到飞机上。

邦德往后一靠,摸出一支香烟点燃。他想起了位于香港水运码头的那间狭小的办公室,空调很糟,279的白衬衫上有明显的汗渍,他和这个叫迪克森的小伙还挺熟的。279号可能对2号说:"行了,伦敦说能干,再把操作流程过一遍吧。"邦德苦笑一下,他们真够厉害,他从没想跟中国人做对,中国人太多了。H站大概要捅马蜂窝,但M也该提出反对,香港的情报局并非真的无事可做。

三天前,M告诉邦德,把他列入夜间值勤的名单,当时邦德不是很想接受。他并不了解工作站的日常事务,况且又在〇〇特勤部干了六年,工作站的事差不多忘了,现在把这个职务交给他,责任未免太重了。

"你很快就会上手。"M似乎不愿多想,"如果真出了什么事,还有值勤长官或者办公室主任,还有我在那儿担着。"(邦德想到M半夜被在亚丁或东京的什么大惊小怪的家伙叫醒,不禁想笑)"就这样吧,我决定了,所有的高级军官都要干一段时间的日常工作。"M冷冰冰地看着邦德,"007,实话实说,前两天财务部的人跟我聊过,他们的联络官认为〇〇特勤部是多余的,说那类事情早过时了,我也懒得多说什么,"M平和地说,"只是说不是这样。不过呢,既然你回到伦敦,担点额外的活没什么坏处,省得心烦。"

邦德不觉得什么。第一周过了一半,到目前为止,处理的都是常规事务,或者把日常工作传达给下属部门。他喜欢待在安静的房间里打探每个人的秘密,餐厅的一个漂亮姑娘还不时送咖啡或三明治过来。

前一个晚上,那姑娘送来了茶,邦德凶巴巴地盯着她说:"我不喝茶,很讨厌茶,简直是泥糊,而且这是大不列颠帝国衰落的一个主要原因。好姑娘,请帮我煮点咖啡。"小姑娘咯咯一笑,一溜烟跑到餐厅。邦德这句"一杯泥糊"的名言从此广为流传。

邦德挺享受夜间值勤,其中的一个原因,在漫漫长夜之中,他可以继续一个酝酿了一年多的项目——看完一本徒手格斗的秘籍大全。书名嘛？就叫《生存之道》！把全世界情报系统所有相关著述之精华都囊括其中。邦德没告诉任何人，不过他希望一旦完成，M将把此书增列为特情处技巧方法的必读书目。

邦德从档案部借来了原版教材，必要时也有翻译，这些书大部分是从敌军相关机构收缴的。有的是姊妹部门，如OSS、美国中情局和第二局赠送给M的。邦德把一本缴获的翻译手册拿过来，书名很简单：《防身》。此书是苏联暗杀复仇组织锄奸局的常用手册。

前几天夜里，他把第二章"格斗与遏制"看了一半，现在又翻出书来看了半个钟头。每个部分都是常规内容："腕部格斗""铁臂角斗""锁前臂""头部控制"和"脖颈穴位"。

半小时后，邦德啪地扔开打字稿，走到窗边，望着窗外。俄罗斯人粗浅冷硬的文风令人作呕，邦德又感到十天前在迈阿密机场的那种反感和厌恶。他是怎么了？再不能执行任务了？是心软了还是厌烦了呢？邦德站了一会儿，飘浮的月亮迅捷地穿过云层。他耸耸肩，回到书桌旁，断定自己厌倦了种种肢体暴力，如同心理医生厌倦了各种精神变态症状一样。

这段文字真恶心："对于醉酒女子，通常用大拇指和食指按她的下嘴唇，用力挤压该部位使之苏醒。"

邦德唧哝了一声："用大拇指和食指！多下流，但又甜美！"邦德点燃香烟，注视着台灯灯管，很多事在脑海中翻腾，"这时要是来个信号，或者电话铃响就好了！"还要再过五小时才到早上9点，到时要向办公室主任或M（如他恰巧来得早）汇报工作。不过有些东西一直纠缠着他，他必须抓紧理清这疙瘩，到底是什么？是什么扣动了他回忆的思绪？没错，就是"食指"——金手指，看看档案部是否有这人相关的材料。

邦德拿起绿色话筒拨通了档案部。

"长官，不用再来电话，我查好后给您回电话。"

邦德放下话筒。

那真是一次美妙的列车旅行。他们有三明治吃，有香槟喝，在柴油机车巨大轰鸣的伴奏下，他俩在狭长的卧铺上耳鬓厮磨。女孩夜里什么都不说，温柔自私地爱抚着他健硕的身体，如饥似渴地享受着肉体的爱欲，两次将他弄醒。第二天，她拉下百叶窗的叶片，挡住刺眼的光线，握着他的手说："爱我，詹姆斯。"像是孩子在讨要糖果。

平交路口列车的钟响像首瞬息万变的诗在邦德耳边响起，列车头传来凄厉的鸣笛声。当列车停在嘈杂的车站时，他们静躺着，等候性感的车轮再次飞奔起来。

吉尔·玛斯顿说金手指对失败无所谓，压根不放在心上。金手指让女孩递个话，一周后到了英国，他想和邦德在桑维奇打局高尔夫。其他什么都没发生，没有威胁，没有诅咒，金手指还说希望女孩能搭下趟班车回来。吉尔说她要走，邦德跟她吵了起来。但邦德又能做什么？那份工作薪水优厚。

邦德决定给她一万美元，这是杜邦先生感激涕零地塞到邦德手里的，邦德坚持让把钱留下。"我不要钱。"他说，"拿着也不知怎么花。你留着，不管怎样，万一你突然要走，这也能应应急。昨晚和今天令我永生难忘。"

邦德把她送到了车站,用力吻了她,便走了。这不是爱情,当他打车离开宾夕法尼亚火车站时,他想起一段格言:"有些爱如火,有些爱似锈,但最美妙、最圣洁的爱是情欲。"他俩没啥遗憾,但这是一宗罪吗?果真如此,又是哪宗呢?背叛了节操吗?邦德兀自一笑,贞洁也有一段圣奥古斯汀的名言:"主啊,赐予我贞操,但不是现在!"

绿色电话响了起来。"长官,有三个金手指,但两个已经死了,第三个在日内瓦的俄罗斯邮局旁开了一家理发店。他给客人梳头时会偷着把情报塞进外套右边的口袋。他在斯大林格勒断了条腿。长官,有用吗?他的信息还有很多。"

"不用了,谢谢,不是我要找的人。"

"我们清早可以跟刑事侦缉局档案部联系一下,您有照片吗,长官?"

邦德这才想起徕卡胶卷,他甚至懒得冲洗出来。不过在身份影像仪上模拟此人的面部恐怕还快些。他问:"现在身份影像室空着吗?"

"是的,长官,如果您想用,我来操作。"

"谢谢,这就下来。"

邦德告诉接线台通知各分支负责人他的位置,于是坐电梯到了二楼。

晚上整幢楼静得出奇。寂寥的夜幕下,办公机械发出温柔絮语,它们的生命是秘藏不露的。邦德一路走过,这扇门传出打字机低沉的咔嗒声,那扇门传出无线电波沉闷的走停声,还有通风系统嘎吱嘎吱的背景声,给人身在港口战舰上的感觉。

档案室的值班员已经在投影室了。他对邦德说:"长官,请告诉我此人面部的主要线条,这样能省去无关紧要的幻灯片。"

邦德照他说的做了,之后看着点亮的屏幕,往后一坐。身份影像仪是用来建构嫌疑人大致影像的仪器,甚至能恢复只是在街上、火车上或者驶过轿车上瞥了一眼的人的形象。它的工作原理同早期的幻灯机原理一样。操作员将各种头型和尺寸投射到屏幕上,被认出的那张就留在屏幕上。接着,会呈现各种发型和其他面部特征,比如各式各样的眼睛、鼻子、下巴、嘴巴、眉毛、面颊,还有耳朵,这些特征经过一一挑选,最终形成一张完整的面部照,同扫描者的记忆很相似,接下来是拍照存档。

将金手指奇异的脸拼凑完整还是费了点工夫,在黑白底色上,结果大致相似。邦德又补充了有关晒伤、头发颜色和眼神的一两处细节,这活儿就算齐备了。

"没人愿意在漆黑的夜里碰到这种人。"档案员说,"等侦缉局的人上班了,我会把这传过去。中午吃饭时就该有回复。"

邦德回到七楼。世界的另一端还是午夜,东方的工作站正陆续收工。邦德还需要处理一连串忙乱的信号,填写夜间值班日志,然后就到8点了。邦德打电话给餐厅,叫他们送早饭来。刚吃完早饭,红色话机传出刺耳的嘟嘟声,是 M!鬼知道,他为什么提前了半小时!

"是我,长官!"

"007,到我办公室来,你下班前,我有事要交代。"

"好的,长官。"邦德放回电话,套上外衣,理了理头发,告诉接线台他要去哪里。接着就拿了夜间值班日志,坐电梯到了顶层八楼。可爱的小姐和办公室主任都没来,邦德敲了敲M的门便进去了。

"请坐,007。"跟往常一样,M正点着烟斗。他脸色红润,衣着整洁,一张布满皱纹的水手脸,洁白的硬挺领口,宽松的斑点领结,整个人看上去清新爽朗。邦德值了一晚上班,下巴上的黑胡楂冒了出来,整个人都呈疲态,但他强打精神。

"晚上没啥事吧?"M抽着烟斗,目光炯炯地关注着邦德。

"挺安静的,长官。香港站……"

M抬高了左手,说道:"不用管,我回头看值班日志。放在那儿,我来处理。"

邦德把顶级机密卷宗交了过去,M放到一边。他脸上浮现出一丝很少见的微笑,颇有些轻蔑而嘲讽的味道。"007,情况有变,你不用值夜班了。"

邦德脉搏加快,紧绷着脸笑笑。他在这屋常常这样,M有差事派给他。他说:"长官,我刚进入状态。"

"很好。以后机会还有很多,有情况出现,是件蹊跷的事,不是你负责的国家,除非从某个视角看。"M把烟斗捏在一旁,像是要扔掉,"可能算不上什么视角。"

邦德坐下等着,什么都没说。

"昨晚和英格兰银行行长一块进餐,总能听到些新鲜事,至少我还是第一次听到,黄金,这玩意污秽肮脏的一面:走私、伪造那些个事情。我从没想过,英格兰银行对诈骗了解这么多,不过银行的工作就是保护货币。"M向上翻翻眼睛,"对于黄金,你有什么了解吗?"

"不了解,长官。"

"哦,不过下午你会知道的。下午4点你跟银行的史密瑟上校见面聊聊,有时间睡觉吗?"

"有的,长官。"

"很好,这个史密瑟貌似是银行研究部的负责人。根据行长说的情况,这个部门几乎是一个间谍机构。我也是第一次知道,可见他们的涉密工作无懈可击。史密瑟和他那帮伙计对金融圈的任何疑点都高度警惕,特别是涉及货币、黄金储备之类的活动。前一阵有意大利人用纯金仿造金磅币,含金量和所有细节都对。但显然一枚金磅或者法国拿破仑金币都比熔化后的黄金更值钱。别问我原因,如果感兴趣,史密瑟会告诉你。就这样,国家银行带了一批律师起诉意大利人。虽然技术上这不算刑事案,不过官司在意大利没打赢,最后是在瑞士将他们制服。你可能从报纸上看过,还有在贝鲁特的美元结算事件,也引发舆论哗然。我自己不懂,大概是我们放钱的地方出了漏洞,被有些金融城的伙计发现了。那么史密瑟的工作就是发现此类诈骗活动。行长之所以告诉我这些,是因为战后这么多年,史密瑟一直关注英国的黄金外流问题,他主要通过推理方法,再加上某种直觉。史密瑟坦言,只靠他一个人实在难以开展工作。不过,他给行长留下深刻印象,而且得到首相的批准,让我们加入进来。"M停下来,打趣地看着邦德,"有没有想过,谁是英国最有钱的人？"

"没有，先生。"

"哦，可以猜猜，要不换个提法，谁是最富有的英国人？"

邦德搜索着大脑，的确很多人听说很有钱，要么是报纸将他们打造成很有钱的样子，但谁真的拥有银行里的流动资产呢？他不得不说点什么，于是犹疑地说："哦，长官，有个沙松家族，还有船运巨头艾勒曼，听说考得瑞勋爵也很富有，还有那些银行家们，罗斯柴尔德家族、巴宁家族、汉博罗家族。再有钻石大王威廉姆森、南非的欧朋海默，我们的一些公爵也很有钱。"邦德越说越小。

"不坏，还行。但是你漏掉了一个人，一个意想不到的人，要不是行长提到他的名字，此人我从没想到。他是这堆人中最有钱的，一个叫戈德芬格的家伙，奥里克·戈德芬格，外号'金手指'。"

邦德马上大笑起来。

"怎么回事？"M有些恼火地说，"真见鬼，有什么好笑的？"

"对不起，长官。"邦德忍住笑声说，"说实话，昨天晚上我才在身份影像仪上把他的脸描了出来。"他看了一眼手表，压低声音说，"正往侦缉局的档案部送了，想查出他的来历。"

M怒不可遏地吼道："这是哪档子事？别他妈的像个小学生。"

邦德清醒了，说道："长官，是这么一回事……"于是将事情的来龙去脉和盘托出，什么都没隐瞒。

M的表情转晴，他向前靠在桌子上，聚精会神地听着。邦德说完，M向后一靠，他说："哦，这样，这样。"声音又低下来。他将双手放在脑后，朝天花板看了几分钟。

邦德又想笑了。侦缉局怎么会描述即将遭遇的那可怕的冷落呢？M长官的话猛然将他拉回现实。"随便问一下，那一万美元去哪儿了？"

"长官，给那姑娘了。"

"是吗？为什么不捐给白十字组织？"

白十字基金是为因公殉职的情报人员的家庭设立的。

"长官，很抱歉。"邦德没想好怎么说。

"那就算了。"M不喜欢邦德好色，这是他的维多利亚灵魂所反感的，但他也不会予以追究。他说，"007，此事到此为止。今天下午你会听到有关的一切。金手指是个古怪的家伙，很好玩，我在布莱德见过他一两次。他在英国时，在那儿打桥牌，也是英格兰银行追捕的人。"M停顿了一下，在桌子另一边和蔼地望着邦德，"不过从现在起，他也是你的目标。"

第六章 大话黄金

邦德拾级而上，穿过精美的青铜门廊，走进英格兰银行敞阔的大厅。脚下勃里斯·安瑞普精湛的马赛克图案熠熠放彩，不远处透过二十四英尺高的拱形门窗可以看见中心花园里茂盛的绿草和天竺葵。左右两边是光滑的霍普顿·伍德石艺，烘托出开阔的视野，厅堂上空弥漫着空调送风的温和气息，巨大财富营造出沉甸甸的庄重氛围。

一位体格魁梧，身着粉色长制服的门童走过来："您好，先生。"

"史密瑟上校在吗？"

"您是邦德上校官？这边请。"门童穿过门柱，向右边走去，一座隐秘的电梯敞开铜质大门，电梯上升了几英尺到了二楼。一条长长内嵌走廊尽头是一扇高高的亚当式窗户，地板上铺着米黄色的惠尔顿地毯。门童敲了敲最后一扇精雕橡树门，这些门远比普通门大气精美,墙壁上镶满了灰色的金属文件柜,一位头发花白的女人坐在书桌后,像是刚喝了一杯双料威士忌。这位太太一直在四开大小的黄色备忘簿上写着什么,她神秘地笑了笑,拿起电话,拨了号码。"邦德上校到了。"她放回电话,站起身来。"请这边走。"她穿过房间,打开一扇镶着绿呢面料的房门,让邦德进去。

史密瑟上校从书桌后站起身来,严肃地说:"您能来真是太好了,快请坐。"邦德挑把椅子坐下。"吸烟吗?"史密瑟上校将情报局的银盒推过来,坐下来,开始装烟斗。邦德取了一支点燃。

上校的相貌同史密瑟这个名字挺吻合的。他可能在参谋部供职,气度平和优雅,而又不失庄重,的确名副其实。要不是戴了一副镶边眼镜,他挺像一位皇家的干练但收入并不优渥的侍臣。

屋内气氛沉闷,邦德主动说道:"您像是要给我普及黄金的一切知识。"

"我也如此理解。行长递了个条给我,用不着对您隐瞒什么。当然您要明白,"史密瑟上校望向邦德右肩处,说道,"我讲的大部分都是机密。"他迅速地瞟了邦德一眼。

邦德面无表情,一言不发。史密瑟上校感到他是有意为之,抬起头,发现言语不当,赶紧赔不是:"显然,我没必要提这点,以您的专业素养……"

邦德说:"大家都觉得只有自己的秘密是重要的,您提醒我可能没错,别人的机密再怎么重要也没自己的重要。您用不着担心,除了跟上司谈,我不会跟其他任何人说这些事。"

"没错,没错,您能这样看挺好的,银行的人习惯了过度谨慎。"

史密瑟上校急忙转入话题,"那行,黄金这些事,估计您不会想很多吧?"

"看到了,还是认得。"

"哈哈,没错。最紧要的是,黄金是世界上最值钱、最易上市流通的商品,有一点黄金,你可以去世界上的任何乡镇、任何村庄,用它交换任何物品或者服务,不是吗?"史密瑟上校嗓音清亮,眼神炯亮,他甚至备了讲稿便签。邦德往后一靠,准备洗耳恭听。"另外一点也要牢记,"史密瑟上校举起烟斗提醒道,"黄金几乎是无法追溯的。金磅没有流水号,即便铸币厂在金条上打上烙印,这些标记也能被刮掉,或者被熔化制成新的金条,因此几乎不可能查验出黄金的源头和去向,还有在世界上的行踪。比方说,我们英格兰银行只能统计自己金库中的黄金,以及其他银行和铸币厂中的黄金储备,粗略估算一下珠宝业和典当行的黄金数量。"

"你们为什么急于知道英国有多少黄金?"

"因为黄金和黄金支持的货币量是我国国际信用的基础,只有知道我国货币的交换价值,我国和其他国家才能真切知道英镑在国际汇率市场的强弱度。邦德先生,我的主要工作——"史密瑟上校呆滞的眼睛猛地锐利起来,"就是监督银行任何黄金外流情况。在英镑区域内,一旦我发现黄金外流到某国,可以获取高出我们官方买入价的交易利润,我就有责任指派侦缉局黄金小队拦截外流黄金,带回我国金库,堵上漏洞,拘捕相关责任人员。邦德先生,问题是,"史密瑟上校凄凉地耸了耸肩,"黄金大盗们是最聪明,也是最胆大妄为的。说实话,很难抓住他们。"

"这个阶段难道不是暂时的？黄金为什么会持续短缺？从非洲挖出黄金的速度也还可以。流通难道还不够？这不就像其他一些黑市，只要供应上去了，黑市就自行消失了吗？比如战后的盘尼西林的倒买倒卖不就是这样。"

"邦德先生，并非如此简单。世界人口每小时增加五千四百人，这些人中的一小部分不放心纸币，就会在花园里、床底下囤积黄金，还有一部分需要黄金镶牙，而其他人需要金边眼镜、珠宝和订婚戒指。所有这些行为会从市场中每年拿走好几吨的黄金。新兴产业需要金线圈、镀金片、汞合金等。黄金的特殊属性令其每天都有新用途。它富有光泽，可延展，可轧压，几乎不变形，比除白金之外的任何普通金属密度都要大，它的用途是无穷的。不过，它有两个缺陷：首先它不够硬，易磨损，口袋衬里和皮肤汗渍都会磨损它，每年世界黄金储量因为磨耗而无形减少。刚才说了，它有两个缺陷。"史密瑟上校有些沮丧，"另外一个更主要的缺陷是它是恐惧的护身符。邦德先生，恐惧让黄金退出流通。人们囤积金子以防坏年景。在有些历史阶段，眼看第二天就是倒霉日子，相当数量的黄金从地球的一个角落被挖出来，立刻又被埋进另一个角落。"

史密瑟上校滔滔不绝地大谈黄金，邦德不禁笑了笑。这伙计活在黄金的世界里，思考着黄金的一切，梦想着黄金的种种。没错，这话题是挺有趣，他或许也该沉迷其中做番探究。邦德追捕过钻石走私客，那些日子，他首先要搞懂对石头痴迷的人，以及钻石的神话。他问："在解决您最迫切的问题之前，我还需要知道什么？"

"您烦了吗？这样，您刚才的意思是，如今黄金产量很高，应该能够满足各色消费者的需求。实际情况并非如此。很不幸,世界的金矿储量正日渐萎缩。您或许认为世界还有大片区域尚未进行黄金勘探,那您就错了,总体上而言,只有海下陆地和大海自身还有可观的黄金蕴藏。为了黄金,人类已经在地球表面搜刮了几千年。古埃及人、迈锡尼人、蒙特祖玛人和印加人都曾拥有巨大的黄金财富。中东地区的黄金早被克罗伊斯人和依达斯人挖干了,欧洲不少地带也是如此。例如莱茵河谷、波河流域、马拉加地区和格林纳达平原,塞浦路斯和巴尔干地区也被掏空了。印度也染上过淘金热。蚂蚁从地下钻出来,带着些金屑,这把印度人引向了冲积平原。罗马人挖空了威尔士、德文郡和科恩沃。中世纪时的墨西哥和秘鲁发现过黄金,接下来就是黄金海岸的开发,然后是黑奴的土地,再接着便是美国淘金热。著名的育空区域和黄金国的掘金潮,以及优莱卡的黄金暴富是首例现代黄金热。同时,澳大利亚的本迪哥地区和巴拉腊特开始出产黄金。而勒拿河和乌拉尔流域的黄金储量使俄罗斯成为十九世纪中叶世界最大的黄金生产商。伴随着威特沃特斯兰德区域发现黄金,第二个黄金时代来到了。氰化的新方法取代了用汞元素从岩石中萃取黄金的工艺,极大助推了黄金挖掘。随着奥兰治自由邦黄金储备的开发,今天我们处于第三时代。"史密瑟上校松开手。"现在黄金正快速从地球流走,克朗代克流域、霍姆斯特克山脉,以及黄金国的全部产量,一度是世界之奇观,而现在的产量总共算起来也只是非洲两三年的产量。告诉你一个数字,从 1500 年到 1900 年,根据现存的大概数据,整个世界大约生产了一万八千吨黄金。而从 1900 年到现在,已经挖出四万一千吨黄金!以这个速度,邦德先生，"史密瑟先生激动地向前一靠，"请不用说这是我的话，但是再过五十年，地球的黄金蕴藏即使没有耗尽，也差不多了，这没什么大惊小怪的。"

史密瑟上校这番黄金史让邦德听蒙了，他也开始和上校一样严肃。他说："这故事的确很吸引人，或许局面并未像你想得那么糟。已经在开采海底石油，说不定有办法开采金矿。好了，说说黄金走私吧。"

这时电话响了，上校不耐烦地拿起听筒。"我是史密瑟。"他听着听着，突然有些恼火，"菲比小姐，关于每次的夏季比赛，我肯定提醒过你。下一次是在周六同贴现公司举行比赛。"他又听了听，"这样，如果弗雷克太太不愿意当守门员，那只能请她做替补了。赛场上只有这个位置适合她。不是每个人都能打中前锋的。没错，拜托你了。对她说，我非常感激她。她的体形各方面都很好，肯定没问题。谢谢，菲比小姐。"

史密瑟上校掏出手帕，擦擦前额。"不好意思，英格兰银行太热衷搞体育活动和员工福利了，刚刚把女子曲棍球队的一摊子事扔给我，每年的赛马会已经够让我烦了。不过……"上校对这些小烦恼很不屑，"你说得不错，该谈谈走私了。首先，仅以英国和英镑区为例，走私实在是大宗买卖。邦德先生，英格兰银行有三千名雇员，而一千多名是在兑换控制部工作，这里面至少有包括我的小部门在内的五百名负责控制货币的非法流通，监控走私或者规避《外汇控制条例》的人员。"

"人手够多了。"邦德心想，情报局总共才两千名员工，"能不能举个走私的例子？黄金走私的，我不懂这种货币骗局。"

"好的。"史密瑟上校语音轻柔，但带着政府公职人员过度劳累的倦态。他操着司法部门某类专家的口气，显得既对这一门类的细节了如指掌，也对其他事务了然于胸。邦德熟悉这种口气，一流公务员的口气。虽然史密瑟上校挺乏味的，但是邦德不由得开始亲近他。

"这样，假设你口袋里有一根金条，有若干包选手香烟那么大，重五点一五磅。先不管它是偷来的，还是继承来的，还是从什么地方搞来的，成色是24K，绝对的千足金。法律规定，你必须按每盎司十二点一英镑的限价出售给英格兰银行，大约是一千英镑。但你并不满足，正好有到印度的朋友，要么你跟某个飞往远东的航空公司飞行员或者司乘人员关系不错。那你只要将金条切成若干薄片，还能很快找到人把比桥牌还要小的薄片缝进棉质腰带中，付给朋友一笔佣金，最多也就一百英镑。你的朋友飞到孟买，在巴扎市场直接找一个黄金商人，你的五磅重的金条将值一千七百英镑，这可要多不少。"史密瑟上校挥了挥烟斗，"请注意，这仅仅是百分之七十的利润。如果在战后，会得到百分之三百的利润。如果当时你每年操作几次，现在就可以退休了。"

"印度金价为什么高？"邦德其实不想知道，不过 M 可能会问他。

"说来话长，简单说，印度比任何国家都缺黄金，特别是珠宝业。"

"这种走私贩卖的规模有多大？"

"规模庞大。这么跟你说,1955年印度情报局和海关总共缴获了四万三千盎司的黄金,但可能只是走私总量的百分之一而已。黄金从各个角落涌进印度,新近的方式是从澳门入港,用降落伞抛到一个接收站,一次投下一吨,就像我们战时向抵抗战线投放物资那样。"

"这样哦,那其他地方有没有同样丰厚的黄金收入?"

"在大多数国家,差价多少都有一些,比如瑞士,但是不值得费太多工夫,印度这地还是不错的。"

"明白了。"邦德说,"大致情况我应该清楚了。你到底是有什么问题?"他向后一坐,燃起一支烟,"很想听一听奥里克·戈德芬格(即金手指)先生的故事。"

史密瑟上校面色坚定,但目光又有些狐疑不定。他说:"此人1937年来到英国,他是里加的难民。初到时,他仅有二十岁,但人很聪明,因为他感到祖国很快会被俄罗斯人吞并。他是干珠宝和金匠出身,祖父和父亲曾为俄罗斯著名的金匠法贝热加工黄金。他身上有点钱财,或许有一条我刚才讲的黄金腰带,搞不好是从他父亲那儿偷来的。他是那种不会惹是非的小伙子,又在有益社会的行当,很快就备齐了各种文件,取得了英国国籍。之后不久,他便开始收购全国的小典当行,安排自己人进去,待遇优厚,把店名统一改成'金手指'。接下来这些店出售廉价珠宝,买进老黄金。你大概知道这类地方,不论大小,高价收购老黄金,还有特别的广告词'用奶奶的项坠,为你的她买婚戒'。金手指干得不错,地方总能挑对,总是介于富人街区和中低人群的分界之间。他的典当行从不沾染偷来的玩意,各地警察也知道他的好名声。他住在伦敦,每个月巡视各地店铺一次,收购各式旧金器。他对珠宝这一块兴趣不大,经理们可自由发挥。"史密瑟上校怪怪地看着邦德,"你可能觉得这些项坠、金十字架之类的小玩意都无足挂齿,的确是小玩意。不过如果你有二十家小铺,每周买进半打子这些小玩意,累积起来数量就可观了。接着战争爆发了,跟所有珠宝商一样,金手指必须申报所持黄金的数量。我查了过去的档案,他只上报了五十盎司,而且说这是他所有连锁店的总量!仅能让各店铺配点戒指等玩意。干这行的人把这叫作'珠宝商的发现',尽管有欺诈嫌疑,他也还是获准保留这些。战时他躲在威尔士的一家机械工具厂,那里离火线很远,还运营着尽量多的店铺。这家伙肯定同美国特种兵交往不错,这类人一般会携带金鹰币或者留一些五十比索作为储备。于是战争一结束,金手指就活动起来,先是在泰晤士河口的瑞库佛小镇买了一幢虚张声势的别墅,接着又购进一艘装备齐全的布里克丝姆拖网渔船和一辆劳斯莱斯'银魂'老爷车,是装甲车,本来是为南美某国总统定制,结果那人还没收货就命赴黄泉了。他在住处的底层设立了一个'闪网合金研究'的小工厂,雇用了一位德国冶金学家,此人是不愿回国的战俘,还在利物浦码头找了几个韩国籍装卸工。他们对欧洲的文明语言一无所知,因此不会有任何安全风险。这样过了十年,我们只知道他每年开着拉网渔船去趟印度,驾着车每年去几趟瑞士,在日内瓦附近设立了合金公司的一个附属公司,所有店铺照旧运行。一个韩国雇员给他开车,他不再亲自收集旧金器。好吧,金手指先生可能不是很老实,但他遵纪守法,跟警察关系不错,虽然他在全国各地的黄金欺诈越发明目张胆,但没有人注意他。"

史密瑟上校停顿了一下,不好意思地看着邦德:"您听烦了吧?我只是想让您大概了解此人。他的品德令人敬佩:不声不响,小心谨慎,遵纪守法,富有开创力而且专心致志。要不是最近倒了点小霉,甚至都没人听说过他。1954年夏天,他的拖船从印度往回开,结果在古德温兹触礁,他以极低价格把残骸卖给了多佛救援公司。拆船的时候,公司把能捞的都捞了上来,发现木材浸泡了某种不知名的黄色粉末,他们将样本送到当地药剂房做检查。这玩意居然是黄金,他们都大吃一惊。化学公式有点烦,不过你知道黄金能分解成盐酸和硝酸的混合物,二氧化硫或者草酸这样的还原剂能加速金属化为褐色粉末。这些粉末如按一千摄氏度加以煅烧能复原成金锭。只要留心氯气,但除此之外,过程相当简单。

"打捞公司那些爱管闲事的家伙向多佛海关官员打了小报告。没过多久,一份报告经由警方和侦缉局上报到我这里。此外还有一份金手指每次去印度的货物清单,所有货物都是用于农作物化肥的矿灰基,完全可信,因为现代化肥的确使用多种矿物质。整个情况再清楚不过。金手指一直把加工好的旧金器分解成黄色粉末,然后冒充成化肥运往印度。但是我们能对他下手吗?不能。我暗暗调查了他的银行账户和缴税情况。他在拉姆兹盖特的巴克莱银行存了两万英镑,每年按时缴纳收入税和附加税,这些数字表明他的珠宝行经营良好,收益稳定。我们还让几名黄金小队的成员乔装成巡视员,到他在瑞库佛的工厂巡视。'不好意思,先生,劳工部小型机械司派我们下来进行日常巡察,检查安全卫生,确保工厂法案切实执行。''请进,快请进。'金手指先生热烈欢迎他们。你知道吗?可能有银行经理或者别的什么人暗中提醒他,黄金小队的人发现的是这个厂子专门是为珠宝商设计一种廉价的合金,比如像铝和锡这样的非常规金属。当然有金的痕迹,还有加热到两千度的熔炉等迹象,但金手指毕竟是个珠宝商,还有点像熔炼工。因此所有这些完全是能拿到桌面上的。黄金小队走得挺难堪,司法处认为如果没有辅助证据,单凭木材里的黄褐灰末还不足以起诉此人,"史密瑟上校慢慢摇了摇烟斗柄,"除非我先不要结案,而且开始调查全世界的银行。"

　　史密瑟上校停了下来。金融城的喧哗声从墙上半开的窗户上传过来。邦德暗自瞄了手表一眼,5点钟。史密瑟上校站起身,手背向下靠。"邦德先生,我花了五年工夫查出,金手指是英国仅凭现钞最富有的人。他在苏黎世、拿骚、巴拿马、纽约的保险箱里存放了价值两千万英镑的金条。而且邦德先生,这些金条不是皇家铸币厂的金条,没有任何官方标记指示其来源地。这些全是金手指亲自熔制的。我飞到拿骚,看了一眼他在加拿大皇家银行金库里存放的五百万英镑的金条。奇怪的是,他和所有的艺术家一样,忍不住在手工制品上签名。这需要显微镜,但是在金手指的每块金条上,总有个地方能找到字母'z'。所有这些黄金或者绝大多数都归英国所有,英格兰银行却一点办法都没有。因此我们请您,邦德先生,将金手指缉拿归案,拿回那些黄金。您听说过货币危机和银行高利率,对吧?"

"当然听说过。"

"是的,英国需要那些黄金,非常迫切,越快越好。"

第七章　车内遐想

邦德跟着史密瑟上校走到电梯旁,等候的当儿,他从走廊尽头的高窗向外望了一眼,那是英格兰银行后院的深井。一辆细长的无名巧克力色卡车经由三道钢门驶进了院子,一些正方体的硬纸盒从上面卸下来,接着又通过一节传送带,运到英格兰银行的内部储藏室中。

史密瑟上校走过来。"是五英镑钞票。"他一边说,"刚从劳夫顿的印钞厂出来。"

电梯到了,他俩走进去。邦德说:"这些新票子很一般,跟其他任何国家的没什么不同,而老版钞票却是世界上最美的。"

门厅灯光昏暗,空无一人。史密瑟上校说:"其实我同意你的观点,麻烦的是战争期间德意志银行的伪钞印得实在很好,苏军占领柏林后抢到了这些伪钞的印模。我们通过捷克国民银行要求拿到这些模具,但遭到他们的拒绝。我国银行和财政部认定这太危险。假如莫斯科一旦起了兴致,随时都可能攻击我国货币,因此我们只好收回五英镑钞票。新版钞票是不怎么好看,不过伪造起来也不容易。"

夜班警卫放行后,他们上了台阶。针线街几乎空无一人,金融城开始了漫漫长夜。邦德同上校道别后,往地铁站走去。他从没在意过英格兰银行,现在到里面走了一遭,他感觉针线街上的这位"老太太"虽然老态龙钟,但牙齿还没掉完,还算健康呢。

邦德要在 6 点向 M 汇报。M 不再是早上容光焕发的样子,漫长的一天耗尽了他的精神,他显得疲惫不堪。邦德走进办公室,在桌前坐下。M 显然正努力整理自己的思绪,应对当天冒出来的新问题。M 挺了挺身,伸手去拿烟斗,他开口道:"怎么样?"

邦德知道这种质问并非很敌对,他用不到五分钟简明扼要地把来龙去脉说了一通。

等他说完,M 若有所思地说:"这个任务看来是不得不接了。虽然大家对英镑和银行利率这些事一窍不通,但是没人不对这事格外认真。我个人认为英镑的强弱取决于你我的努力程度,而非黄金占有数量。战后德国人没有什么黄金,但看看他们在十年内取得的成就。不过对于政客而言,这样的回答说容易也容易,说难也难。想好怎么对付金手指了吗? 有办法靠近他吗? 帮他干点脏活,或者类似的?"

邦德想了想,说:"长官,跑去巴结他,求他给份工作没什么用处。他这种人只尊重比他更强硬、更聪明的人。我已经让他吃了一次苦头,他放出话来,想跟我打场高尔夫,或许还不如做这个。"

"不愧是我的高级助理,这种打发时间方式很合适你。"M 很疲倦,口吻略显嘲弄,但又无可奈何,"很好,照此执行。如果你的话是真的,务必要打败他。打算用什么身份做掩护?"

邦德耸耸肩:"长官,还没想好,或许最好是刚离开环球出口公司,没前途,趁着休假四处看看。想移民加拿大,在这儿待腻了,诸如此类。不过最好精心策划一下,这家伙可不是傻瓜。"

"很好,报告进展,对这个案子,我可不是无所谓。"M 变了声音,表情也不一样,他的目光紧迫而威严,"有个消息英格兰银行没跟你说,我恰好也知道金手指的金条的样子。其实我今天处理了一块,上面刻了 z。上周雷德兰居民主任办公室在丹吉尔惹上麻烦,我们捞了一批货,你会看到这些记号。这是战后我们获得的第二十块特制金条……"

邦德打断他:"但是丹吉尔金条是从锄奸局组织的保险库里出来的。"

"一点没错,我核实过了。其他十九根刻有 z 的金条都是从锄奸局处获得。"M 停了停,轻声说,"007,你知道吗?如果金手指是锄奸局的外籍银行家,或者司库,也没什么大不了。"

詹姆斯·邦德驾驶着阿斯顿·马丁 DBIII 在笔直的公路上开过最后一英里。在爬上斜坡前,他从第三挡换到第二挡,直到罗彻斯特的交通拥堵逼着他放慢车速。他握着前驱动盘的鹅绒把手,引擎通过双排气口噗噗地抱怨着。邦德又换到第三挡,在斜坡下打着闪灯,无可奈何地溜到车流的后面。如果运气好,至少还要爬一刻钟才能开过罗彻斯特和查塔姆那些杂乱的街区。

邦德回到第二挡,慢悠悠地向前开。一旁的斗式座位上放着宽口径的炮铜色烟盒,他摸出一根莫兰香烟,在仪表盘上蹭地点燃。

他从 A2 公路而非 A20 公路到桑维奇去,因为想看一眼金手指的地盘——人迹罕至的瑞库佛,金手指选择泰晤士河的荒芜流域做他的教区。邦德打算从闪网岛开到拉姆兹盖特,把旅行包扔到寄存处,早点吃午饭,动身去桑维奇。

这辆车可是精心挑出来的。上面让邦德从阿斯顿·马丁 DBIII 或者捷豹 3.4 中选一款,他要阿斯顿·马丁 DBIII 型汽车。以上两款车都符合他的乔装身份:富有的小伙子,热爱冒险,追求惊险的生活。不过 DBIII 配了最新的临时入境证,旗舰灰的车身挺低调,有些优点更是难得,包括可以调整车前尾灯样式和颜色的开关。如果邦德夜间行驶跟踪他人或被人盯上,这就能派上用场。这辆车前后还加固了钢质保险杠以减轻缓冲,司机座位下巧妙地配了一把长距五四式手枪。此外,还有一个"荷马"雷达接收装置,可以接收电台广播。该车有大量隐秘空间,可以躲过大多数海关人员的耳目。

邦德瞅准一个机会,向前挪了五十码,挤到一个反应迟钝的家庭轿车留下的十码空当中。那辆车的司机脑壳正中扣着一顶帽子,一看就知道车技很糟,恼火地大按喇叭。邦德探出窗外,举起拳头,喇叭声戛然而止。M 的理论该怎么理解呢?像是有点道理。众所周知,苏联情报人员总拿不到像样的薪水,他们的机关总是囊内空空,工作人员还向莫斯科抱怨连顿像样的饭都吃不起。可能锄奸局不能从内政部获得给养,也可能内政部没法从财政部拿到拨款,而且情况一直没有改变。钱的问题无休无止，导致机会屡屡丧失，浪费无线电监控时间。这样还不如在苏联境外找个聪明的理财脑瓜，不仅可以向中央输送活动经费，而且在没有莫斯科的支援下，赚足够的利润维持锄奸局的海外运营。不仅如此，还有一方面，金手指在极大程度上破坏了敌对国的货币基础。如果假设全部成立，这是典型的锄奸局作风，方案完美，操作者很优秀，运行起来没有任何纰漏。邦德的车呼啸着上了斜坡，开进查塔姆街，把许多车甩在后面。他认为这些因素能部分解释金手指为什么如此贪婪地攫取金钱。对事业的忠诚，效忠锄奸局，甚至胸前摇晃的列宁勋章都驱使他趁着合适的时机，再获取一万甚至两万美元。红色革命的经费加上锄奸局的特点是靠恐怖加以约束，这些都没什么大不了。金手指赚钱不是为了自己，是为了征服世界！邦德发现他在打牌时作弊，这种小风险算不了什么。为什么？就算他过去每次行动都被曝光，英格兰银行又能拿他怎么样？两年后？三年后？

吉林罕姆外郊的车流慢慢减少了。邦德又发动汽车，现在不用费劲，不用超车，只要手脚自动地驾着车子，任由思绪飘舞。

那么1937年锄奸局肯定送了金手指一条金腰带，将他派了出来。他早在列宁格勒的间谍学校便显露出其特别的才能和贪婪的个性。或许有人跟他说，战争就要爆发，他必须隐藏起来，不声不响地敛财。金手指可能从未干过缺德事，从没接触过特工，从没传递或接受信息，只是执行他的常规安排。"二手的1939年产沃克斯豪尔，一千英镑起价""崭新的罗孚车，两千英镑""宾利车，五千英镑"，总是这类不会引起任何注意的广告，可能是放在《时代周报》

的"苦恼事"专栏。或许金手指顺从地将两千或五千英镑的金条放在莫斯科指定的一个长信箱中,甚至是某座桥梁,一棵空心树,某处小溪下的岩石,可以是英国任何地方。而且无论发生什么,他都不能再到投放处来。特工能否找到藏宝处是由莫斯科安排的。再后来战争结束了,金手指发达了,赚大了,接头地点再也不是桥梁或绿树。如今会有人交代具体的日期、保险箱号码,还有车站的行李托运箱,不过老规矩没变,金手指不能重返此地,不能引火烧身。或许他一年得到一次指令,是在某处公园的一次偶遇,也可能是火车出行时塞到口袋里的一封信。但即使被抓住,也不过是无名的金条,无法追溯,除了显示其虚荣的小写字母 z,还有英格兰银行那个叫史密瑟上校的笨狗在履行职责过程中偶然的发现。

邦德开车驶过福克斯通一望无际的果园。太阳正从伦敦的浓雾中钻出来,左手边远远的泰晤士河闪着光,河道上各式船舶川流不息,有长长的闪亮的油轮,有短短的商船,还有非常古老的荷兰邮轮。邦德驶出了坎特伯里街,转上了有钱人的大路,周围是廉价的度假平房区,如威茨桌、赫尼湾、伯钦顿和盖特。他还是以五十英里的速度慢慢开着,轻松地握着方向盘,听着排气管的噗噗声,零碎的想法同两晚前身份影像仪的拼图合在了一起。

邦德想,假设金手指一年向该死的锄奸局输送一两百万英镑,他一定在投机,想方设法增加财富,一旦有一天克里姆林宫吹响冲锋号,要动用每一点黄金,调动每一根神经肌,他积攒的黄金储备就能派上用场。而莫斯科以外没有人关注这个过程,没人怀疑金手指——这个珠宝商、冶金师、瑞库佛和拿骚的居民、令人尊敬的布莱德俱乐部会员和桑维奇皇家圣马克会员,居然是有史以来最厉害的阴谋家,出资协助锄奸局在全球进行成百上千例的谋杀。锄奸局,间谍终结者,最高主席团的谋杀机器。只有 M 怀疑他,只有邦德知道。邦德因为一系列的偶然事件,世界另一端的一次飞机故障引发的一连串巧合同此人过了一下招。在他的职业生涯中,同样的事多久才能出现一次,如同一粒微小的偶然种子忽地长成了树冠蔽天的巨大橡树。现在呢,他要让那可怕的膨胀放慢速度。靠什么?一袋子的高尔夫球杆吗?

一辆天蓝色的大耳朵福特大众型轿车正急速驶过前面的路,邦德委婉地按了两下喇叭,没有反应。福特车执拗地挺在前面开着。邦德猛地按了一下喇叭,想让它改道。结果没有,他只好踩刹车。该死的家伙!当然了,还是那个紧张兮兮的家伙,紧握着方向盘,一顶奇丑无比的黑色圆顶高帽挺在子弹头脑袋上。邦德心想算了,又不是胃溃疡,犯不着。他换了方向,鄙夷地从内侧绕过去。真讨厌!

邦德又开了五英里,途经美景如织的赫尼湾,右手边传来曼斯顿的喧嚣。三架三星剑飞机正在降落,三架飞机穿越右边的天空,像是朝大地俯冲。邦德并不十分在意。飞机着陆后,慢慢滑进机库,喷气嘴发出巨大的轰鸣。他到了个十字路口,左手边的路标上指示着"瑞库佛",下面标示着古代教堂的碑塔遗迹。邦德放慢车速,但没停下,懒得闲逛。他慢慢开着车,睁大了眼睛。从这里,海岸线一览无余,拖船要么闲置在岸上,要么抛锚停泊。可能金手指用了拉姆兹盖特那个宁静的小港口,或许海关官员和警察只对法国的走私白兰地有警觉。一大排厚密的树林将公路和海岸隔开,邦德只能瞄到屋顶和一家中型工厂的烟囱正飘出淡淡的烟雾。不远处是一条通往大门的车道，路标上庄重地写着"闪网合金"，下面写着"闲人免进"的字样，一切都很得体。邦德慢慢开着车，周围没什么可看的。他在下一个路口拐了弯，驶过曼斯顿高地，到达拉姆兹盖特。

12点钟。邦德看了看这间带浴室的双人房，这是海峡包邮公司的顶楼。他打开行李，取出些物品。到楼下的快餐厅喝了一杯伏特加奎宁水，吃了两大块很棒的火腿芥末三明治。接着他返回小汽车，慢慢驶向桑维奇的皇家圣马克俱乐部。

邦德拎着球杆经过高尔夫球商店，径直到了修理间。艾尔夫雷德·布莱金正在给一个球杆上新把手。

"喂，艾尔夫雷德。"

这名工作人员猛地抬起头，此人皮肤黝黑，表情坚毅，他突然大笑起来。"天啊，这不是詹姆斯先生吗？"他俩握了握手，"差不多有十五，不，二十年没见了。什么风把您吹来了？前两天还有人跟我说，您是外交官，一直在海外公干。天哪，我咋没这好运呢？您还是平抽式挥杆吗？"艾尔夫雷德双手相交，做了一个低低的平抽式挥杆动作。

"艾尔夫雷德，恐怕还是这样，一直没时间纠正这个动作。布莱金夫人和塞西尔还好吗？"

"都还不错，先生。塞西尔在去年的肯特冠军赛中拿了第二名，如果今年他少干点活，多到球场上训练一下，肯定能得第一。"

邦德将球杆靠墙放好，回来的感觉真好。一切都没变。十几岁时他有一段时间,每天都要在圣马克打两轮,布莱金总是手把手教他。"詹姆斯先生,我不是开玩笑,你再多练一些时间,就能成功,你真的可以。不然早上6点就来打圈图个什么呢?难道只是为了那个平抽式打法,毫无意义地把球打到看不见的地方吗?而且你有这个禀赋,再过几年,或许只要坚持一年,你肯定能参加业余选手比赛。"不过邦德知道,高尔夫球在他生命中所占分量并不大,如果他喜欢这项运动,那就得放弃学业,成天泡在运动中,打得越多越好。没错,他离开圣马克的球场大概已经二十年了,一直没回来过。即使在海岸十英里的金斯敦发生了摧月号那样激烈的"赛事",他也没有回来。可能有些伤感吧!在那之后,邦德在总部时,只有在周末打一下高尔夫球,但一直都是在伦敦周围的球场,例如亨特康姆、史温利、桑尼戴尔,还有伯克郡。邦德的差点升到九,这个是实打实的,有比赛时他总会在场,还会遇到一些鼓噪的家伙,总是喜欢在午餐后急切地要跟你喝点烈性甜酒。

"艾尔夫雷德,有赛局吗?"

这位职业球手从后窗望了一眼停车场,一圈都是高旗杆。他摇摇头说:"先生,现在不多,一年到了这个时候,又是周三、周四,打球的人不多。"

"你有空吗?"

"先生,抱歉,有人约了我,是跟会员定期打,每天下午两点钟。麻烦的是,塞西尔也到普林斯参加锦标赛训练去了。急急忙忙的,真够烦的!"

"是这样。"

"先生,您要待多久?"

"一小会儿。没事,我就跟球童打一圈。你陪什么人打啊?"

"先生,一个叫金手指的。"艾尔夫雷德兴致不高。

"哦,金手指,我知道那人。前两天还在美国见过他一面。"

"真的吗,先生?"显然艾尔夫雷德觉得有些难以置信。他仔细打量着邦德,瞧他有没有其他反应。

"那人怎么样?"

"一般化,先生,九点上下。"

"他每天跟你打,肯定还是很用心的。"

"好吧,就算吧,先生。"邦德很熟悉这位职业球手的表情,布莱金或许并不喜欢这个会员,但是他太忠于职守,也不便说什么。

邦德笑笑,说:"艾尔夫雷德,你还是老样子。你的意思是没人愿意陪他打。还记得法华松吗?英国最迟钝的球员,我还记得二十年前,你陪着他打了一轮又一轮。好了,这个金手指是怎么回事?"

这位球手哈哈一笑,说:"詹姆斯先生,你一点没变,还是那样打破砂锅问到底。"他上前一步,低声说,"老实说,先生,有些人觉得这个金手指有些可疑。你懂得,谎话连篇。"他拿着一根球杆,摆了个姿势,假装看着一个球洞,在地板上敲击着球杆顶端,像是在打一个球,"我瞧瞧,这个球杆有没有动手脚。球童先生,你怎么看啊?"艾尔夫雷德·布莱金模仿金手指,自己却乐得直笑。"当然了,等他敲完地面,的确把球抬高了一寸,他真动了手脚。"艾尔夫雷德收起笑容,淡淡地说,"不过这只是传闻。先生,我什么都没看到。这位绅士说话轻轻的,住在瑞库佛,过去经常来。不过这几年,他来英国每次只待上几周。他来会打电话,问有没有人想打比赛,如果没有,他就约我或者塞西尔。今早他就打电话过来问有没有人想打比赛,有时正好能碰到一个陌生人。"艾尔夫雷德打趣地看着邦德,"您莫非想下午跟他来一局?您既然来了,没有球打,不是有点奇怪吗?况且您跟他还见过面,他搞不好还觉得只能跟我打球,那可不行。"

"这是什么话,艾尔夫雷德,你要养家糊口。要不来个三人制球局?"

"先生,他不打三人制,说是太慢了,我也觉得在理。别担心我的收入,店里的活很多。"艾尔夫雷德看了一眼手表,"他随时都会来,我帮你挑个门童。还记得雷科吗?"艾尔夫雷德开怀大笑起来,"还是那个老雷科,看到你回来,他肯定像换了个人似的。"

邦德说:"艾尔夫雷德,多谢你。我很想看看此人球技如何。要不这样,就说我是老会员,战前就在这边打,刚好过来修一支球杆,旧得有点裂缝,想换成一根五号木杆,你就别再提跟我说的话。我待在店里等你的消息,这样他就有回旋余地,也不至于伤我的面子。搞不好他并不想见我,谁知道呢!你看如何?"

"詹姆斯先生,很好,交给我好了。瞧他的车来了。"艾尔夫雷德指着窗外。半英里开外,一辆橘黄色小汽车从大路上拐下来,上了私家车道,"他那套装备很搞笑,这类货色还是我小时候见过的。"

老银魂轿车庄严地驶向俱乐部,这车真漂亮!在太阳照射下,银色散热器闪闪发光,垂直玻璃下方的铝质挡风板也光芒四射。轿车车身用厚实的卡车材料制成,顶上的黄铜行李架放在二十年前丑陋无比，现在却有特别的魅力。此外两盏被称为"公路之王"的卢卡头灯高傲地注视着前方路面，老式的蟒蛇形大喇叭张着大嘴。整辆车除了黑色车顶和黑色车线，还有车窗下的弧形嵌板，整体上是淡黄色。邦德突然想，那位南美总统或许照搬了隆兹戴尔伯爵开到德比和爱斯科的知名黄色座驾。

现在到哪儿了？司机身穿淡灰色的外套，戴着淡灰的礼帽，一副黑框驾驶镜遮蔽了他那张大圆脸。一个矮墩墩的家伙坐在一旁，一身黑乎乎的，头顶正中扣一顶圆顶礼帽。这两个人很奇怪，直直地盯着前方，一动不动，像是开着一辆灵车。

小车更加靠近。六双眼睛——包括两个人的和汽车的一对大圆球——像是穿过小窗户，直接映射在邦德的眼瞳上。

邦德本能地退到工作间的阴暗角落，当他意识到这一点时，不禁暗自发笑。他操起一根推杆，低下头若有所思地击着木地板上的一个球。

第二部分　意外巧合

第八章　嬉戏的目的

"下午好,布莱金。都搞好了?"一个随和的声音,威而不露,"外面停了辆车,是不是有人想打比赛?"

"先生,我也不清楚。有个老会员回来修理球杆,要不我替您问问他?"

"是什么人? 叫什么名字?"

邦德冷冷地笑着,竖起了耳朵,不想漏掉任何一次音调变化。

"是一位叫邦德的先生。"

片刻的停顿。"邦德?"声音倒没变,只是显出些微的兴趣,"前两天,我也曾遇到一个叫邦德的家伙。他的名字是——"

"詹姆斯,先生。"

"哦,没错。"这次停顿要长些,"他知道我在这儿吗?"邦德感到金手指试探的触角。

"他在工具店,先生,搞不好已经看到你的车了。"

艾尔夫雷德一辈子没说过谎,现在还是这样。

"这也行。"金手指声音没什么变化,似乎想跟艾尔夫雷德再打听些信息。"这伙计打哪一类比赛?他的差数是多少?"

"他小时候打得还行,不过很久没见他打比赛了。"

"哦。"

金手指似乎在盘算什么,权衡着利弊,像是正在咬邦德抛下的鱼饵。邦德伸手拿包,取出球杆,用一块虫漆在顶头来回擦。至少看上去很忙,店里的一块木板嘎吱响了一下。邦德背对着门磨得更起劲了。

"我想咱俩见过面。"过道传来低沉平缓的声音。

邦德马上扭过头。"天啊,看看这是谁?怎么会?"他装作认出来了,"这不是黄金,黄金人,对了,金手指。"但愿没演过头,金手指显出一丝不快,或者说不信任,"你是从哪儿冒出来的?"

"我跟你说过,我在这儿打球,不记得了?"

金手指贼兮兮地盯着他,眼睛张大了一些,仿佛 X 光射线穿透了邦德的后脑勺。

"真没印象。"

"玛斯顿小姐没把我的话带给你?"

"没有,是什么?"

"我说会到这儿来,而且想跟你打一局高尔夫。"

"哦,是吗?"邦德很客气,但冷冷的,"那改天再打一局。"

"我正想跟教练打一局,不过跟你打好了。"金手指只是把事实端出来。

金手指绝对上钩了,邦德一定要咬紧,不能放松。

"换个时间怎么样?我来定支球杆,况且有阵子没练了,也没球童。"邦德尽量装着没礼貌的样子,极不乐意跟金手指打球。

"我也有一阵没打球了。(扯淡,邦德心想。)定根球杆一会儿不就搞定了吗?"金手指转过身,"布莱金,能给邦德先生找个球童吗?"

"可以的。"

"那什么都解决了。"

邦德疲倦地把球杆扔进包,说:"那也行。"不过他最后又想支开金手指。他不客气地说:"不过我要提醒您,我打球是带点赚头的,如果只是单纯地撞撞球,我才懒得干呢。"能装出这样的个性,邦德很得意。

金手指似乎闪过一丝胜利的眼神,但很快消失了。他冷冷地说:"这倒合我的胃口,怎样都可以。不过当然是让步赛,我记得你的差点是九。"

"没错。"

金手指谨慎地问:"不好意思,是在哪儿?"

"亨特康姆。"邦德其实在桑尼戴尔也是九,不过亨特康姆更容易些,也不至于让金手指望而却步。

"我在这儿也是九,也算实力相当。怎么样?"

邦德耸耸肩:"你实力比我强多了。"

"那倒不一定。"金手指漫不经心地说,"给你说说我的想法,你在迈阿密从我那儿搞去的钱,没忘吧?基数是十,我喜欢打赌,也想试一试,我出双倍筹码,不然就不打。"

邦德冷冷地说:"太多了。"他像是想好能赢一样,摆出不情愿地腔调说,"好吧,你当然可以说我捡了个'皮夹子',就是真的没了,我也不觉得什么。来得容易,去得快,真不会怎样。那我俩就打对垒,一万就一万。"

金手指转身要走,他突然柔和地说:"那就这样定了。布莱金先生,非常感谢。您的费用算在我账上,很抱歉不能跟你打球了。对了,球童的费用也包在我身上。"

艾尔夫雷德·布莱金走进工作间,拿起邦德的球杆,直接对他说道:"先生,别忘了我跟您说的话。"他合上一只眼,又睁开,说道:"我是说您的平掷球,一定要当心。"

邦德对他笑笑,艾尔夫雷德是顺风耳,虽然没听到具体数字,但也知道这局比赛很要命。"多谢,艾尔夫雷德,我都记住了。来四把带心形图案的彭福球杆,和一打发球座,我过一会儿才好。"

邦德穿过商店,径直走向外面的汽车。一个戴板球帽的家伙正拿着抹布擦着劳斯莱斯轿车的金属外壳。邦德觉得他停了一下,注视他取出拉链包,走进俱乐部。这人一张扁平的黄色脸,难道是一个韩国人吗?

邦德把场地费付给管理员汉普顿,走进更衣室。一切还是老样子:旧鞋旧袜黏糊糊的味道,上个夏天的汗臭味。真是不懂,这些知名高尔夫俱乐部为什么还是维多利亚时期私立学校的卫生标准呢?邦德脱掉袜子,穿上一双破旧的撒克逊球鞋,又脱掉泛黄的黑白狗牙色外套,穿上一件褪色的防风衣。但打火机和烟卷又放哪里呢?他真想走了。

邦德慢腾腾地走出去,想着怎么打球赛。他有意使了激将法,将金手指诱入一场严酷刺激的比赛,这样金手指会加倍看重他,也会相信自己是那种冷酷无情的冒险家,或许对金手指有所帮助。邦德本来想一百英镑的拿骚币就差不多了,但现在赌资居然高达一万美元,除了美国冠军赛和加尔各答的业余选手大奖赛(赞助商出钱而非比赛者打赌),估计这是史上最贵的个体比赛。上次邦德让金手指损失了一大笔,这让他很不爽,于是放点血也要拿点钱回来,所以看到邦德打球正在兴头上,金手指觉得看到了机会。邦德便顺水推舟了,不过有一点是肯定的,邦德无论如何不能输球。

他转身进了商店,从艾尔夫雷德·布莱金那里取过球和球座。

"先生,球杆在霍克那里。"

海边是一片平整的五百码的草场,邦德穿过草场,向第一个球座走去。金手指正在果岭上练球,球童站在一旁,把球传给他。金手指换了一个新姿势,两腿夹着一个长柄球杆击球。邦德来了兴致,自己练习没什么用,他的老球杆闯荡江湖也是时好时坏,没什么办法,圣马可球场的训练在速度或质地上跟这里都没有什么可比性。

球童没精打采,一瘸一拐地走来,他正拿着邦德的球杆边走边装着打球呢。"下午好,霍克。"邦德招呼他。

"下午好,先生。"霍克把长球杆递给邦德,扔下三个旧球。一张刻薄的偷猎者的脸上闪过一丝阴险嘲讽的笑,就算是打招呼。

"先生,混得怎么样?这二十年还打过球吗?不会还把球打到发令员的屋顶上吧?"这说的是当年邦德在一场比赛前,用两个球打穿了发令员的窗户。

"还凑合。"邦德接过球杆,掂了掂,估算了一下距离。果岭上的练习球停了下来。邦德对准球,抬起头,几乎以垂直的角度迅速将球推出去。他又试了一次,还算凑合,翻起一小块草皮,球走了十码。邦德转身对着霍克,他还是一副非常玩世不恭的样子。"就这样,霍克,这些就是打着玩玩。这剩下的一个,你可看好了。"他迈向第三个球,徐徐抽回球杆,猛地撞击过去。这球飞到一百英尺的高度,优雅地停了一下,坠落了八十英尺,啪地落到发令员的稻草屋顶上,弹了回来。

邦德递过球杆,霍克若有所思的样子很好玩。他什么都没说,抽出另一根球杆递给邦德,两人一边走向第一个球座,一边聊着霍克家里情况。

金手指走过来,轻松但又冷淡。邦德跟金手指的球童打了个招呼,这个叫福克斯的家伙是个话痨,逢人就说好话,从不招邦德待见。邦德看了一眼对手的球杆,是一副崭新的美国本·霍甘斯球杆,木棒上还配了圣马可的皮套子。球杆袋是美国职业选手们喜欢的手工缝制的黑色皮套,为了便于抽取,球杆分放在卡纸管里。这套装备非常浮夸,却是最好的。

"猜猜正反面,看谁发球。"金手指抛起一枚硬币。

"我要反面。"

结果是正面。金手指抄起球杆,揭开一个新球。他说:"邓乐普一号球,我一直用这种。你呢?"

"彭福球,心形图案。"

金手指专注地望着邦德:"那就严格按规则来?"

"那是当然。"

"那就好。"金手指走到球座前,把球放好,专心地挥舞了一两下。邦德很熟悉这种类型的球手,动作熟练而机械,反复很多次。这种人什么书都看,费了很大劲钻研球技,还花五千英镑请最优秀的专业老师。他这一杆打得挺好的,能得分,也能抗住压力,挺让人佩服的。

金手指摆好姿势,优雅而缓慢地向后摆出一个宽大的弧形,他直盯着球,准确无误地扭动手腕,球杆顶端轻松地打在球上,挺像教科书上的标准动作。这个球笔直地滚开了两百码。

这一杆很完美,却没啥意思。邦德知道金手指能用不同的杆重复这一动作,直到把十八洞打满为止。

邦德站好位置,挑了个低点的球座,谨慎地对着球,摆出击打的架势。他这一挥像是网球手的平掷球,腕部动作幅度太大,球就这样出去了。这一杆球滚出五十码,越过金手指的球,最后滑到左手深草区的边缘。

这两杆都挺精彩。邦德把球杆递给霍克,随着颇不耐烦的金手指走了过来。在世界上最棒的海边高尔夫球场打球,云雀在耳边歌唱,邦德闻到了五月晴日的芬芳。

皇家圣马可俱乐部的第一洞有四百五十码远,跑道绵延起伏,那些没打好的第二杆球可能会溜进草地中间的沙坑,接着还有一连串的沙坑，分布在球洞处四分之三的果岭上，堵截打得好的球。你能一杆跳过不设防的区域，但是球道向右倾斜，弄不好就成了不平道上的一颗臭球。金手指站好位，邦德望着他取出一个三号球杆，练习了两次挥杆，对准了球。

很多残疾人也打高尔夫，包括盲人、独臂人，或者没腿的人。此外，还有衣着古怪的人。其他球手也见怪不怪，高尔夫球对衣服外貌并没什么规定，这也算打球的一个小快乐吧。但是金手指却费了不少心思扮成高手的样子，结果在球场上他显得很另类。火红的头发中央压着一顶带扣球帽，身着铁锈红花呢套装，橘黄色的鞋子油光锃亮，这艳丽的一身倒也搭配。这套大四码的套装做工过于考究，周边都压得服服帖帖，石楠杂色的袜子，配以绿色的袜带。金手指跑到裁缝店，大声说："嗨，给我做套高尔夫球装，就像苏格兰人穿的那样。"邦德并不在意同社会阶层相符的穿着，他很少注意这些。金手指就不一样了，从邦德见他那刻起，这人的一举一动都让他难受烦躁，这头凶猛的动物从一开始就吸引着他，而他花哨的装束只是其中一部分。

金手指又挥了一杆，动作死板却分毫不差。球的确飞了起来，却没到斜坡，向右拐去，落在短草坪上。轻松拿五分，如果是好的近穴球可以再加四分，但这个还可以了。

邦德朝自己的球走去，球不在赛道上，邦德拿了四号球杆。他盘算着一个空中路线，往空中打，飞跃沙坑，这样来两个短打，就能得四分。邦德记得专业教练的秘籍："赢球一定要趁早。"他放松下来，决定不着急打长球，而是坦然面对。

球刚一打出去,邦德就知道不行。高尔夫的好球和差球之间的区别好比漂亮女人和普通女人之间的不同——失之毫厘,谬以千里。这一杆只是稍稍落在球面下一毫米一点,却使球的飞行弧线高而软。真该死,怎么没用球位旁的那个三号球杆或者铁头球杆呢?球打在了沙坑的边上,退了回来。

邦德并不在乎球是打得烂还是打得蠢,打了便抛在脑后,盘算着下一杆。他走到沙坑前,取出宽头杆,量了一下到标杆的距离,二十码,球还静静躺在那里。他是该站开些,小角度打出去,还是大力击球,铲起许多沙子? 安全起见,他应该大力击球。邦德走近沙坑,压着杆头,试一试,一球定胜败。他满怀希望地挥杆,斜截面给干掉了,球从击面滚了下来。邦德铲了很多沙,球出去了,却没在果岭上。金手指弯腰对着近穴球,一直低着头,直到球滚到洞口一半,在离标杆三英寸处停了下来。推球杆还没递过来,金手指转身背对邦德,走向第二个球座。邦德拾起球,从霍克手里接过球棒。

"先生,他的杆数是什么来着?"

"九杆。这是一场势均力敌的比赛,必须打得比想象的好,还得用三号球杆打第二洞。"

霍克鼓励道:"先生,天还早呢。"

邦德知道时间不早了,反败为胜,现在正是时机。

第九章　球洞边的较量

金手指把球放好,邦德慢慢走在他后面,后面还跟着霍克。邦德靠着球杆站好,说道:"我记得你说过,要严格遵守高尔夫规则。但我可以把推杆给你,你可以一杆进球。"

金手指稍稍点点头,还是按照日常训练的样子,击球跟往常一样四平八稳。

第二洞有三百七十码远,左边有个急转区,横跨沙坑很深,像是挑战某人的极限。不过此时吹来一股顺风。金手指就要用五号长铁杆打第二杆,邦德打算试一试,放松点,草地上只用楔形球杆。他耳朵微微后倾,对着球重重一击,球直接进了沙坑。微风拂过,小球来回晃动,一颠一簸地消失在绿地旁的小沟。四分,也可能是三分。

金手指默默地走开,邦德跨开大步,跟了上去。"上次你说到旷野恐惧症?这四周很开阔,你有什么不舒服吗?"

"没有。"

金手指往右走过去,他瞄了一眼远处半隐半现的旗帜,盘算着下一杆,他取出五号铁头球杆,认真打了一杆,球跌跌撞撞地滚了一圈,进到左边的草丛中了。邦德知道那个区域。金手指如果能两杆拿下,那就够幸运了。

邦德走向他的球,拿了楔形球杆,把球铲到果岭上。球在离洞一码处停了下来。金手指这一挥杆可圈可点,可球离球洞还有十二码。邦德在距离洞口一码处用了二号球。他走上去,轻推了一杆,球进洞了。

第三杆是个盲点,有二百四十码远,传得挺远,但这第三杆并不好打。邦德选了木质球杆,打了一记好球,应该是在果岭上或者靠近果岭。金手指的常规击球也还可以,但不一定有力量跨越最后一段赛道,球最后慢腾腾地滚进果岭的。邦德猜得没错的话,金手指的球肯定是落到乱草堆的顶头,他的球位是令人恶心的杯状,球后面是一丛草。他站在那儿,望着球位,像是打定了主意。他跨过球,从球童那里接过球杆。左脚踩在那丛草上,落在球后面。他拿过轻击棒,轻轻把球朝洞口推进。

邦德皱了皱眉头,防止高尔夫球场作弊的唯一方法就是不跟他再打,但是对这场比赛没什么好处。邦德不想再跟这人打了,但除非他撞到这个人做出什么更出格的事。一个人说"你做了",另一个人说"我没有"是没什么意思的。邦德只能试一试,打败他,揭穿骗局和这一切。

此时邦德毫不含糊地打出了一个二十英尺的推球,进那个洞是没问题,但是他要集中精力一杆打死。往常一杆定输赢的情况是,球会留出一码。邦德流着汗,费了很大劲把球打进洞里,把金手指的球撞到一边。

第四洞有四百六十码远。在大英帝国最高最深的沙坑带上挥杆,在绵延起伏的球道上长击一杆,打到台形球洞区,周围是陡峭的斜坡,这样打三杆比打两杆容易。

邦德把球发出去五十码,金手指朝果岭下面的沟槽里打出了两杆。邦德决心振作起来,拿起木质球杆而不是三号球杆,走过果岭,差不多抵到了边界的栅栏上。他很高兴从这儿为半杆打出三个球。

第五洞又是一个长传球,接着邦德在赛道上打了最喜欢的第二杆,球越过沙坑,经过沙丘间的低谷,一直落到远处一个可笑的旗子附近。邦德站在高高的沙丘球位上,在打球之前歇了一会儿。他凝视着远处闪烁的海面和佩格湾那头遥远的半圆形白色悬崖。他摆好姿势,想象着草地网球场是目标。他慢慢把球杆往回抽,在杆顶撞到球之前,猛地加速,右边冒出一声哐当的钝响。来不及了,邦德拼了全力看着球,尽量一次挥杆成功。接着传来一声恶心的咚的声音,球打飞了。

邦德转过身,愤然地看着金手指和球童们。金手指直起身,漠然地看着邦德,说道:"对不起,木杆没拿稳。"

"不要再这样。"邦德说了一句,走过球位,把球杆递给霍克。霍克理解地摇摇头。邦德点燃一支烟,金手指的这一杆啪地甩出两百码远。

他们默默地走下斜坡,金手指突然问道:"你是在什么公司来着?"

"环球出口。"

"在什么地方来着?"

"伦敦。摄政公园。"

"都出口些什么玩意?"

突然邦德从愤怒的反思中清醒过来。行了,注意力集中点!这是工作,不是游戏。没错,他拖着你的击球,但你是有伪装的,可别让他激怒你让你露出马脚。继续编你的故事。邦德随意地说:"哦,从缝纫机到坦克什么都有。"

"你专门干哪一行?"

邦德感到了金手指的目光,他说:"我管小型武器这一块。大部分时间在卖杂七杂八的金属器械,卖给阿拉伯酋长和印度王侯。只要是外交部觉得不会跟我们作对的人都可以卖。"

"挺有意思的。"金手指装作没有兴趣似的淡淡地说道。

"还凑合。我不想干了,来这儿休息一周,想想清楚。待在英国没有前途,我想到加拿大去。"

"真的吗?"

他们走过粗草地,邦德看到自己的球滚下斜坡,向球道上滚去,他松了一口气。球道微微向左拐,邦德甚至能超过金手指几英尺。轮到金手指打了,他取出三号球杆,他没往果岭那边去,而是走过沙坑,穿越了低谷。

邦德看着自己的球位。没错,就拿自己的木质球杆。邦德挥杆,但砰的一声球打偏了。金手指击中球的后部,球迅速滚过地面,进入沙坑的废石堆中。这是球场上最宽的沙坑,因为球道上鹅卵石多,这也是唯一乱糟糟的沙坑。

金手指可能还要再打三杆。邦德取出木质杆,他想到,不能再中规中矩了。他对好了球,脑海中浮现球飞过谷间的八十八毫米,然后弹了两三下,回到绿地上。他稍稍向右偏了一点,考虑他这一杆如何开打。

此时右边传来轻轻的咔嚓声,邦德站在不远处,金手指背对着他。他向外凝视着大海,沉思着什么,而右手不自觉地捣鼓着口袋。

邦德反感地笑笑,说:"您能不能等我打完后再搓您的金币?"

金手指没有转身,也没回答,不过咔嚓声没有了。

邦德转过身,对着球位,努力让大脑清醒些。现在用木质球杆风险太大,需要打得非常好才行。他把木质球杆递给霍克,接过三号球杆撞击,把球撞过低洼处。球走得很顺,落在草地口,是个五分,也可能是四分。

金手指的球滚出了沙坑,堵死了他的低飞球。邦德用力过猛,错过了那个球。

第六洞被称作"处女洞",是高尔夫世界知名的短洞。一处狭窄的果岭几乎被沙坑围了一圈,根据风力大小,从八号铁头到二号杆都可以。今天对于邦德而言,七号杆更适合。他打了个冲天球,风吹到了右边,把球带进去,最后落到二十码开外处,应该是三杆。金手指打了五杆,直接打了过来。微风吹过,球滚到了左边的深坑里。

他俩一声不吭地走到果岭边,邦德瞄了一眼的沙坑,金手指的球卡在了后跟高的地方。邦德向球走去,听着云雀的啼鸣,他来了些兴致,便想找霍克拿推杆,但是霍克在草地的另一边,正聚精会神地看着金手指打他那一杆。金手指正拿着木质球杆到沙坑边,蹦了起来,看了球洞一眼,准备挥杆,随着他慢慢举杆,邦德的心也悬了起来。不管怎样,他得试一试,把球敲出去,从那个球位打,真是绝望的一招,唯一的希望是把球"炸"出来。金手指不缓不急地放下球杆,刚才那一次击打稍微带出了一点土,整个球旋转着飞出了深坑,又弹了一次,倒地死掉!

邦德咽下一口水,见鬼去吧!这该死的金手指怎么完成这个动作的?行了,即使因为嫉妒,邦德也必须试着打两杆。他挥了一杆,离洞口只差一英寸,又向前滚出去一码远。见鬼去吧!邦德慢慢走过去,轻击一下,打开金手指的球。快点,该死的傻瓜!邦德希望球直接进洞,而不是弹进去。这个稀里糊涂的球,犹豫不决地滑过洞口,滚了下去!

邦德现在很生气,没打进洞,只能怪他。他从二十英尺外推了三杆,他真得要振作起来,打好这杆球。

第七洞有五百码远,两个人都打得不错,金手指完美的第二杆离果岭有五十码。邦德取出木质杆,现在必须扳平比分!但是他的球从上面打过来,杆顶和双手前部距离许多,被遮掩的球射进了一个右边的坑位中。球位不是很好,但他必须把球赶到果岭上。邦德拿了一个危险的七号杆,没把球赶出来。金手指拿了五号杆。到了第九洞,邦德决定只把一个球转下来,但又在一个很差的球位旁用力。金手指拿了四号杆打邦德的五号球。转了三个球!不是很好!

邦德向霍克要了一个新球。霍克慢慢把球剥开，等着金手指走过斜坡下的一个球位。霍克轻声说："先生，你看到他怎么打第六洞的吗？"

"是的，真他妈的见鬼。不过也真想不到。"

霍克很惊讶："先生，他在沙坑里干的事，难道你没看到？"

"没注意，怎么了？太远了，看不清楚。"

另外两个球在上坡时看不见。霍克没说话，走进九号果岭旁的一个沙坑，用脚尖踢了一个洞，把球扔进洞里，然后他并住双脚，站在半隐蔽的球后面。他抬起头望着邦德："先生，他跳起来看洞旁的那条线，你忘了吗？"

"没错。"

"先生，只要注意这个就行。"霍克望着第九旗杆，像金手指一样跳起来，像是要踩那条线。接着他指着脚底的球，望着邦德。球后面两英尺的瞬间冲击压平了洞，把球挤了出来，这个球位很好打，本来金手指从第六洞打这个高位球几乎是不可能的。

邦德默默地看了球童一眼，然后说："多谢，霍克。把球杆和球给我。肯定有人是比赛的第二名，如果我是那个人，我不会使它成为事实。"

"是这样的，先生。"霍克淡淡地说。他从小路拐了过去，直接杀到第十球道的半路。

邦德慢腾腾地上了坡，又下到十号发球区。他瞧都没瞧金手指一眼。那人正站在球座旁，不耐烦地抽着球。邦德的脑子里只剩下冷漠凶狠的决心。从第一个球座开始，他特别自信。

皇家圣马可的第十号球洞是赛场上最危险的。第二杆打到滑溜溜的台形球洞区，左右两边的沙坑有很多洞和一处陡坡，肯定让很多人心碎。邦德记得菲利普·斯科拉顿在金碗杯中打出四杆，在这个洞打了十四分，其中七分是从一个沙坑到另一个沙坑的弹球，从果岭上越过去。邦德知道金手指会把第二个球打到球洞四周的草坡上，或者靠近那边，很轻松就能拿个五分。邦德必须走过去，拿个四分。

两个不错的发球，金手指果然用第二杆把球打上了球洞四周的草坡。可能是四分。邦德拿了七号杆，等风吹起来，把球一下铲到空中。开始他以为等得过长，但是球开始往左边打转。球冲过去，落在软沙上，这是从右边的沙坑里吹到果岭上的，这球被推出了十五英尺。邦德很高兴打了个轻挥杆，金手指把球推进一码的距离内。邦德想自己必须要把球赶进洞里了。他相当熟练地把球打过沙尘地面，恐怖的是球如闪电般滑过果岭。突然球像受到磁铁的吸引，直接转过来往球洞跑去，撞到锡片上，弹了起来，啪的一声落到洞杯里。上天的暗示！邦德朝霍克走去，冲他眨眨眼，接过木杆。

他们离开球童，走下斜坡，朝下一个发球座走去。金手指冷冷地说："那一杆肯定会滚出果岭。"

邦德摆摆手说："总要给那个洞一个机会！"他摆好球，趁着下风向打出一杆。金手指打出了一个漂亮的重击球，两人一块走开。邦德说："顺便问一下，那个迷人的玛斯顿小姐怎么样了？"

金手指直视着前方："她不在我手下干了。"

邦德想，谢天谢地！他说："噢，我必须再联系她。她去哪儿了？"

"我说不上来。"金手指离开邦德，转身朝球走去。邦德的球滚到山脊那头去，不见了踪影，大概在离旗子五十码开外的地方。金手指把球从沙坑里打出来，却没打中那个长杆球。邦德打得还算好，球离旗杆六英尺。邦德只输一杆。

他们用不光彩的五号杆将十二号的狗腿洞一分为二，金手指必须打出一个不错的推球。

这时金手指宽大平滑的前额上出现了一道沉思的裂痕。他在十四发球座旁的水台边喝了点水。邦德举起左手准备抽球，放慢了挥杆速度。这一杆算还可以，至少在界限之内。金手指显然对出界的危险无动于衷，打出了标准的一杆。

太阳正慢慢落下，四人的身影渐渐拉长。邦德站好了位置，发球座不错，球杆也握在手里，现在他要打出决定性的一杆。四周一片死寂。一定要在杆顶停一下，慢慢放下来，最后一秒铲过杆头。邦德开始举起球杆，这时他的右眼角像是有什么东西在动。金手指巨大的头颅不知从哪儿冒出来，投下的阴影靠近了球，盖住了它，而且还在移动。邦德离开球，抬起头。金手指一边挪动脚，一边小心地看着天空。

"金手指，你挡住我了。"邦德极度克制地说道。

金手指停下脚步，看着邦德，好奇地皱着眉。他稍稍后退，又站着不动，也没说什么。

邦德走到球边，放松些！让金手指见鬼去吧！啪，球打到果岭上。他一动不动，这一刻世界也像停止了转动。不管怎样，邦德的确击中了球,球被甩出一个优雅的轨迹,滚到远处的沙坑边缘。球碰到果岭下端的岸边,瞬间弹得老高,滚到旗杆旁,不见了踪影。

霍克走过来,从邦德手中接过球杆,俩人一起向前走。霍克认真地说:"那是我三十年来看到的最优美的击球。"他放低嗓音,"先生,我觉得他在搞鬼。"

"他妈的差点就成了,霍克。那个球是艾尔弗雷德·布莱金打的,不是我。"邦德抽出香烟,递了一根给霍克,点燃自己的。他悄声说,"算打了平手,还剩三个洞,我俩得密切关注下面三个洞。知道我什么意思吧?"

"先生,不用担心。我来盯着他。"

他俩走上果岭,金手指劈了一个大曲线球,跑得老长,但是邦德的球离洞口只有两寸远。金手指拾起球,离开果岭。他们用三杆将第十六号洞一分为二,现在有两个长洞,再来四杆就能赢了。邦德往中心打了一杆好球,金手指把球推到右边的深草地中。邦德一路走来,尽量不数进的球,但克制不住内心的欣喜。这个洞赢了,他就只需在十八洞来个半杆就可以了。他希望金手指的球没打好,最好是不见了。

霍克还在前面走,已经放下球包,忙着找金手指的球,邦德觉得他太忙了。

这边一片乡村丛林,茂密的深草区,草叶上还挂着昨晚的露水。除非他们运气好,不大可能找到球。找了几分钟,金手指和他的球童遛到更远处,那边是一个个孤立的草丛,稍微稀松些。邦德想,那也好,没什么东西能像那条线一样。突然他踩到什么东西,真他妈见鬼！是球！要不要用力踩进去？他耸耸肩，弯下腰，轻轻把球挖出来，这样不至于改变球位。没错，是邓乐普六十五号。"嗨，在这儿。"他不甘不愿地叫道，"很抱歉，你是用一号球打的，对吧？"

"没错！"传来金手指不耐烦的声音。

"这是七号球。"邦德捡起球，朝金手指走去。

金手指草草看了球一眼，说道："这不是我的球。"接着继续用球杆头在草丛中点点戳戳。

这个球还不错，没留标记，几乎是全新的。邦德把球放进口袋里，折回去继续找，他看了一眼手表。规定的五分钟就快到了，再过半分钟，就可以算他赢了这个洞。金手指不是说严格按高尔夫规则办事吗？好极了，朋友，你可要按规则办。

金手指往邦德那处走，忙不迭地在草丛中穿梭。

邦德说："恐怕时间已经到了。"

金手指咕哝了一声，他正要说些什么，这时球童吼了一声："先生，这儿，是邓乐普一号球。"

邦德跟着金手指走到球童站着的小高坡上。邦德弯下腰，看着那个球。没错，几乎是个全新的邓乐普一号球，球位好得出奇，太神奇了，不仅是神奇，还有点可疑。邦德看看金手指，又看着球童，轻声说："这一杆运气好得也太见鬼了。"

球童耸耸肩，金手指目光平静，像是什么都没发生。"好像是这样。"他转向球童，"福克斯，我们要用三号杆打那个球。"

邦德若有所思地走到一边，转过身看那一杆。这是金手指打得最好的球。它飞到空中，朝果岭飞过去，可能正好落到右边的沙坑里。

邦德朝霍克走去，嘴含着一片草叶苦笑，霍克此时正站在球道上看球落处。邦德克制地说："是我的朋友在沙坑呢，还是那个孬种在果岭上？"

"果岭，先生。"霍克相当平静地说。

邦德朝他的球走去，又是一个棘手的情况，本来胜利都装进口袋里了，但他现在还要打个半杆。他往旗杆处看了一眼，测算下距离。这个球很蹊跷，他说："五号还是六号？"

"先生，六号杆应该就可以了，下劲好好打一杆。"霍克把球杆递给他。

好吧，大脑一定要清醒。放低球杆，小心翼翼，这一杆不难。只要重重敲过去，球就能够获得足够的能量到河对岸，落到果岭上。他站好了，垂着头，球面稍稍朝内打出去，这个中度距离正好是邦德想要的。球落到果岭下，太完美了！不，没有，真见鬼！球是落到斜埂上，但弹起来，摔在地上，来回滚着。见鬼去吧！好像是哈根这样说过，"你想好打个漂亮球，却扔出一个面团团"！从斜埂下把球救活是球道上最难的推球。邦德掏出香烟点燃，为了接下来重要的一杆进洞，他已经做好了思想准备，只要那个浑蛋金手指不是从三十尺远的地方打进洞。

霍克在他边上走着，邦德说："能找到那个球真是奇迹！"

"先生，那不是他的球。"霍克在陈述事实。

"你什么意思？"邦德声音绷得紧紧的。

"先生，给钱的。可能是张白色的五英镑，福克斯可能从裤腿里把球扔下。"

"霍克!"邦德在球道上停下来,看看四周。金手指和球童离他们有五十码,两人正慢慢朝果岭走去。邦德气愤地说:"你能发誓吗?你怎么能这么肯定?"

霍克不好意思地撇着嘴笑笑,眼神却狡猾而好斗。"先生,因为他的球正好躺在我的球包下面。"看着邦德张开嘴,他有些愧疚地说了一句,"对不起,先生。看到他对你的所作所为,我也得采取行动。本来不该说的,但是你要知道他又在搞鬼了。"

邦德不得不笑了,钦佩地说:"霍克,你是张王牌,能单枪匹马为我赢得这场比赛。"他生气地说,"但是看在上帝的分上,那个家伙是个导火索。我必须打败他,绝对要,我俩一块想想。"他们慢慢向前走。

邦德左手插在裤袋里,心不在焉地捣鼓着从草堆里捡到的球,他突然想到了什么。没错,就是这样!他走近霍克,扫视了一眼周围的人。金手指停了下来,他背对着邦德,正从包里抽出长击杆。邦德轻轻推了推霍克:"嗨,接着。"他把球塞进大骨节的手,急切地轻声说,"你一定要拿住旗,你从果岭上捡球时,不管怎么进洞的,一定要把这个球给金手指。懂了吗?"

霍克面无表情,硬邦邦地向前走。"知道了,先生。"他平和地说,"这个球你是用这个杆吗?"

"是的。"邦德向球走过去,"还能给我标出底线?"

霍克向果岭走去,站在推球线的一边,气冲冲地走到旗杆后面蹲下来,又站起身:"先生,洞口右边一英寸。"

"就放在那儿。"

霍克站起来。金手指在果岭右边,靠球站着,他的球童在斜坡底下站在。邦德弯腰去捡球。好了,过来,开拓者杰恩!这个球肯定没戏,不然我会让你好看。邦德站直了,用力一击球,一直往洞口打去!机会来了!球撞到杆顶中部,跑上山埂,一直往洞口跑去。但是太重了,真该死,撞到标杆上,这个球顺从地转了圈,回跳了三英寸,啪地死挺挺了。

邦德深深叹了口气,捡起扔掉的烟头,看着金手指。现在就看你这个浑蛋了,看你怎么弄,能进洞就谢天谢地了。不过金手指不敢试,他轻轻一拨,球在离球洞两尺处停下来,"好吧,好吧。"邦德大度地说,"打平了,只有一洞了。"重要的是霍克能把球捡起来。如果金手指打进短击球,就会把球从洞里捡起来。不管怎样,邦德不愿意让金手指错过那个球。那不是计划的一部分。

霍克弯下腰捡起球,滚了一个给邦德,又把另一个递给金手指。他们走出果岭,金手指照例走在前头。邦德注意到霍克的手伸到口袋里。好了,只要金手指没注意球座!

现在算打了平手,还有一个洞,金手指不会盯着自己的球不放。他得想怎么摆杆,是用第二杆打到果岭上,还是球洞边上,还要考虑风速等情况。

金手指在球座旁,弯下腰,把球放在球座上,球正面朝上对着他。但是金手指直起身,往后一退,特意像练习的样子挥了两下杆。他小心翼翼地朝球走去,摆好位置,挥了挥杆,聚精会神地对着球。他肯定能看到!肯定会在最后一分钟停下看看球!他会停止挥杆吗？但现在杆顶正往后移，朝下，左膝正确地对着球，左臂笔直地向前推球杆。砰的一声！球飘转起来，挺精彩的一杆，球一直冲到球道下面。

邦德的心在歌唱。你完了，你这浑蛋！你完了！邦德漫不经心地离开球座，从球道上走开，盘算着下面几步古怪而阴险的步骤。金手指已经完了，真是拿起石头砸自己的脚！现在金手指已经是烤架上的肉！

邦德丝毫没有愧疚。金手指已经做了两次弊，更不要提在第三杆和其他时候改变球位。另外，他还多次妨碍邦德进球。邦德调整一下比分，这也是他罪有应得。况且不仅是高尔夫球赛，更是冲着这个人来的。邦德有责任去赢，通过对金手指的分析，他必须赢。如果他被打败，两人的比分就扯平了。如果他能保持目前的领先状态，他会比金手指领先两杆。邦德猜想，金手指这样一个唯我独尊的家伙将无法接受他赢了。金手指可能会想，这个叫邦德的家伙还蛮有特点，可以为我所用。他是一个硬汉，一个冒险家，有两把刷子。这类人是我需要的。为了什么？邦德不知道。或许他什么都得不到，或许他的分析是错的，但肯定没有其他方式能悄悄接触到这个家伙！

金手指小心翼翼地取出三号杆，从沙坑上把二号球打到果岭狭窄的入口处。他比平常多打了一个练习杆，打得恰恰好，把握得很有分寸。肯定是五分，也可能是四分，对他很有利。

邦德像是费了很大的劲，放下手握住杆的顶头，压住三号铁杆，这样球也不至于滚到沙坑那头去。接着他把球推到旗杆过去二十码的果岭上。正好是他想要的位置，足够有威慑力，金手指也能品尝到胜利的甜蜜，还要淌汗才能拿到四分。

金手指真流汗了，他弯腰把球推到斜坡上，朝下滚到洞里，贪念和专注让他露出可怕的微笑。不要太重，不要太轻。这家伙在想什么，邦德看得一清二楚。金手指直起身，故意跨过果岭，绕到旗杆后面，核实这条线后，又慢慢走回来，用手背小心地拂开一小片草叶，弯下腰，挥了一两个练习杆，站起来击球。他两鬓青筋暴跳，两眼聚精会神。

金手指打出一杆长击球，沿着线滚过去。这一杆打得漂亮，超过旗杆六寸。如今金手指放心了，除非邦德能打进二十尺的球，否则这场比赛他就赢了。

邦德故弄玄虚地丈量着推球的距离。他不慌不忙，悬念的乌云笼罩在果岭上，投下长长的不祥的阴影。

"请摇旗，我要打那个洞。"邦德的口气倒是十拿九稳，一边盘算着是打右边还是左边，还是干脆留下一段距离呢？他弯腰击球，从右边过去，但没进洞。

"天哪，没进洞！"邦德有意摆出苦闷气愤的样子，他朝球洞走去，捡起两个球，摆在外面。

金手指走上前来，脸上洋溢着胜利的微笑："多谢这场比赛，似乎我打得比你要好太多。"

"你是个不错的球手。"邦德没好气地说，他看了一眼手里的球，挑出金手指的球，递给他。邦德突然惊叫起来："怎么回事？"他生气地看着金手指，"你不是打一号邓乐普球吗？"

"那是当然。"金手指感觉大事不妙,胜利的喜悦瞬间蒸发,"这是什么?怎么回事?"

"是这样。"邦德抱歉地说,"恐怕你一直在打错球。这是我的彭福心形球,这是七号邓乐普球。"他把两个球都递过去,金手指一把抓过球去,疯了似的看着球。

金手指站在那里,嘴巴一抽一抽的,从球看到邦德,又再看看球。

邦德轻轻说:"真糟糕,我们是按规则来打的,这就是说你丢掉了这个球,当然还有这场比赛。"邦德不动声色地打量着金手指。

"可是,可……"

这是邦德一直想要的,金手指异常狼狈。邦德站在那里,什么都没说。

金手指通常很放松,这时却如炸弹一样怒不可遏。"这是你在深草区找到的七号邓乐普球。你的球童把这个球给了我。他故意给错的,这浑蛋小……"

"好了,当心点!"邦德轻声说,"一不小心,会有人告你诽谤的。霍克,你是不是把球错给了金手指先生?"

"没有,先生。"霍克面无表情,他冷冷地说,"先生,你如果想了解我的看法,这个错误可能是在第十七洞果岭犯下的。当时这位先生在距离标记线很远处找到了这个球。一个七号球跟一号球很相似。先生,我看事情就是这样。这位先生的球能落到那么远的地方,简直就是个奇迹。"

"一派胡言!"金手指厌恶地哼了一声,气势汹汹地对着邦德说,"我的球童找到的是一号球,你看到的。"

邦德摇摇头:"恐怕我看得不是太清楚。"邦德轻松地说,一副公事公办的样子,"不过球手自己也要确认球没有拿错,不是吗?你如果拿错了球,还用它打了三杆,这能怪其他人吗?"他迈步走出果岭,"不管怎样,多谢这场比赛,改天我们一定还来打一场。"

落日的余晖照在金手指身上,他的脚后跟拖着一个长长的黑影。金手指慢慢地跟在邦德的后面,若有所思地注视着他的背影。

第十章　庄园探秘

有些富人像用高尔夫球杆一样使用财富。邦德一边泡着澡,一边想金手指便是其中之一,这种人觉得可以拿钱砸平世界,可以用一沓沓钞票打击他们讨厌的对手。一万美元对他而言,不过是芝麻点儿,但对邦德可是一笔小财,或许能击垮邦德的神经。在大多数情况下,他都会胜利,这需要挥杆时"铁一般的神经",打短球时头要低下来,每一杆都关系着那笔大财,十八个洞都要小心。职业球手要养家糊口,等到第十八个球洞时,一想到身后那个寒酸的家,只好不抽烟、不喝酒,小心翼翼讨生活,所以最没想象力的球手才能赢得最后的胜利。

金手指可能不会知道高度紧张是邦德的生活方式,压力和危险反而令他放松。他也不知道邦德可以出最高的筹码跟自己赌,一旦失败,还有特工局出钱埋单。金手指习惯操控别人的生活,这次被人耍了,还被蒙在鼓里。

他一直如此吗?邦德想着这些事,出了浴缸,把身上擦干。金手指的圆脑袋如同一个强劲的发动机,肯定在嗡嗡作响。他被骗惨了,说不定在琢磨这个叫邦德的家伙怎么冒出来的,又如何两次破坏他的计划。邦德也在想自己出的牌对不对。他的挑战是否有意思,还是敏感的金手指嗅出了危险的气味?如果是后者,金手指应该不会再有什么后续行动,邦德只好退出,让 M 设计新的策略。他要多久才能知道大鱼是否上钩了呢?这条鱼要很长时间嗅诱饵的气味,要不要让他咬上一小口,好让他知道这个诱饵味道不错?

有人敲卧室的门。邦德裹好浴巾走过去,打开门,是大厅的门童:"什么事?"

"先生,一位叫金手指的先生打电话来,向您问好,不知您今晚可否赏光与他共进晚餐。他家是瑞库佛庄园,6 点半先开始酒会,没有穿着要求。"

"请谢谢金手指先生,就说我非常乐意。"邦德关上门,走到敞开的窗户旁,眺望着夜晚宁静的海湾,"呵呵!真是说曹操,曹操到!"邦德暗自一笑,"那就去会会他!"

6 点钟,邦德到楼下酒吧,喝了一大杯柠檬伏特加奎宁水。酒吧里除了一群美国空军军官,并没有其他人。他们喝着威士忌和水,聊着垒球。他苦笑一下,心想,"老兄们,威士忌可不要喝太多"。他付了酒钱,转身离开。

邦德慢慢开着车去瑞库佛,今晚可是一次有趣的鸿门宴,现在该把自己推销给金手指了。如果自己踩错地方出了局,后面的局面就更难对付,一定得轻装上阵,如果金手指嗅出不对头,那就完蛋了。他感到片刻的不安,事情发生得太快了,自己还没进入战斗状态。当天下午,他俩离开高尔夫俱乐部时,金手指就曲意奉承、油腔滑调地问该把邦德的赚头送到哪儿,邦德留了环球公司的地址。他还问邦德待在什么地方,邦德也告诉了他,还说只是在拉姆兹盖特待几天,打算一下未来。金手指说希望再约一天打场比赛,但可惜他明天就去法国了,也不知道什么时候回来。金手指最后又用X光般的眼睛看了邦德一眼,像是最后一次把他定格在他的脑部文档系统里,叹着气开着大黄车走了。

邦德仔细打量了一下司机,一个很敦实的韩国人,也可能是日本人。此人扁平脸盘,斜瞥着眼,夸张的眼神近乎狂野,更像从日本的电影镜头里出来的,而非属于肯特一个阳光午后的劳斯莱斯。他的上嘴唇很厚,可能有腭裂,不过他什么都没说,邦德也不知道自己猜得对不对。他身穿紧身黑套装,戴着一顶滑稽的礼帽,像是在休假的日本摔跤手。那双亮闪闪的黑皮鞋紧得像舞蹈鞋,还有那双黑色的驾驶手套,营造出一丝莫名的诡异气氛。此人的轮廓,邦德有点熟悉。车子开走时,邦德从后面看了一眼,他想起来了。这就是那辆天蓝色福特轿车司机的头、胳膊和常礼帽,当天中午12点钟他曾固执地挤过赫尼湾路。他打哪里来?又是在执行什么任务?邦德想起了史密瑟上校的一些话。难道这个韩国人现在为金手指的连锁珠宝店收集老黄金吗?难道这辆跑个不停的轿车的后备厢里塞满了手表、图章戒指、项链坠和金十字架这样的玩意儿?劳斯莱斯轿车高扬的淡黄色轮廓消失在通往桑维奇的路上,邦德心想,答案是肯定的。

邦德开车拐进车道，跟着那辆车穿梭在两排维多利亚万年青之间，一直开到金手指的庄园前面的碎石路上。庄园建造于20世纪初，是一幢笨重丑陋的大楼，门厅和阳光房装了一圈的玻璃。邦德还没关掉引擎，就闻到阳光下的橡胶和死苍蝇的气味。他慢慢钻出轿车，站在那儿看着房子，房子也木木地回看着他，后面传来沉重的有节奏的声音，像是一头脉搏加速的巨兽发出的喘息，可能是从厂子传过来的。那里的烟囱像一个巨大的提醒手指竖在高耸的针叶林中，另一边通常是马厩和停车库。宅子的外部很安静，像是提防着邦德可能的攻击，随时准备行动。邦德耸耸肩，收起各种思绪，上了楼梯，走到玻璃门门口，按了门铃，铃没响，但门慢慢开了。那个韩国司机还戴着那顶帽子，漠然地看着邦德，一动不动地站着，左手放在门把手上面，右手像旗杆一样伸向黑乎乎的大厅。

邦德从他身边走过，真想踩他一脚，要不就朝他肚子猛击一拳，但都克制住了。这个韩国人同他对韩国人的一贯了解很吻合。屋里的气氛沉闷而隐秘，不管怎样，邦德都想来点暴力打破这潭死水。

阴暗的大厅也做大客厅用。宽大的壁炉里燃着一小把火焰，两把高背椅和诺尔沙发没精打采地对着栏杆后的火焰，中间的茶几上是一个精心摆放的酒水盘。这点生命之光的周围堆满了罗斯柴尔德式的大型家具。在一小簇火焰的映衬下，铜锌锡合金、玳瑁壳、黄铜和祖母绿的家具一闪一闪地眨着眼。在这间规整的古董客厅后面，深色的装饰板一直铺到一楼的画廊，大厅左侧笨重的弧形楼梯通到那里，天花板上挂着一些严肃的当代木刻画。

邦德站在那里打量着这一切,韩国人一声不吭地走过来。他甩出标杆一样的手臂,指了指酒水盘和椅子,邦德点点头,还是呆站在原地。韩国人从他身旁走过,消失在一扇门后,估计那边就是仆人生活区。一台老祖父挂钟的金属指针嘀嗒嘀嗒地慢慢走着,房间越发被死静的气氛笼罩。

邦德走了过去,背对着那可怜的一小簇火焰,恶狠狠地瞪着房间。这是一堆什么玩意!居然有人住在这样一个死气沉沉的鬼地方!一个人怎么能住在这样一个大停尸间里,被青松翠柏环绕,而百码之外就是阳光、空气和广阔的空间?邦德点燃一支香烟。金手指靠什么来玩乐和做爱呢?可能他不需要这些玩意,或许对黄金的追求就能满足他所有的欲望。

不远处电话铃响了,尖叫了两次,停下来,传来微弱的说话声,走道上传来脚步声,楼梯下的门开了。金手指把门轻轻带上,走了过来。他身穿紫红色的天鹅绒晚餐服,缓缓走过抛光了的木质地板。他并没伸出手,而是张嘴笑道:"邦德先生,只是临时通知,你能来真是太好了。你我都是单身,我突然想到我们或许能一起聊聊玉米的价格。"

富人通常说些这类的话,邦德像是临时的俱乐部成员,这倒也有趣。他说:"很高兴接受您的邀请。那些问题让我伤透了脑筋,拉姆兹盖特并没给我多少灵感。"

"可别这样。先说个对不起,我刚接到一个电话,我的一个雇员,一个韩国人跟马盖特的警察闹了点小纠纷,我得过去处理一下。估计是在游乐场的小事情,这些家伙很容易兴奋。司机送我去,应该不会超过半个小时,您可自行取酒水,那边有杂志。请原谅,保证不超过半小时。"

"没问题。"邦德觉得有些蹊跷,但也摸不准是怎么回事。

"那就这样,回见。"金手指向大门走去,"不过必须给您亮盏灯,这儿的确太黑了。"金手指掀开墙上的开关盘,大厅唰地变得灯火通明。从台灯到墙灯再到天花顶上的四组悬灯,亮得跟摄影棚一样。这个非同寻常的转变让邦德有些目眩。金手指跨出门去,一会儿工夫传来轿车发动的声音,但不是劳斯莱斯车。引擎加速,接着换挡声很快从车道上消失了。

邦德本能地走过去推开大门。车道上空荡荡的,不远处轿车的尾灯往左手的马盖特方向开去。他转身走进房间,关上门,一动不动地站着。除了沉闷的挂钟嘀嗒声,大厅内悄无声息。他走过去打开服务门,一条长长的走道通到房屋后面。邦德警惕地向前探了探身。寂静,死一般的寂静。邦德关上门,仔细地扫视着灯火通明的大厅。金手指将他单独留在这个大宅里,独自面对种种秘密,这是怎么一回事?

邦德走到酒水托盘旁,倒了一杯味很重的杜松奎宁水。刚才的确有电话打来,但极可能是事先安排好的。仆人可能出了事,金手指亲自带着司机去把那人保出来也是在情理之中。金手指两次提到邦德要单独待上半个小时,可以想干什么就干什么,或许没什么险恶用心,但可能诱导邦德露一手,一不小心就会落下把柄。有人在监视他吗?这儿有多少韩国人,都在干什么?邦德看了一眼手表,已经过了五分钟,他打定主意。管他是不是陷阱,这么好的机会可不能错过。他没事一样扫了四周一眼,只要编个理由就好离开了。应该从哪里开始?他想看看工厂。他编个什么借口好呢?就说车子在路上出了点问题,可能是加油时有点不畅,他想看看有没有机师能帮个忙。有些牵强,但应该可以。邦德把酒一饮而尽,故意走向服务门,穿过去。

他摸到一个电灯开关,打开灯,匆匆走过长长的走道。走道尽头是一堵空白墙,左右各有一扇门。他在左边门听了一会儿,厨房传来模糊杂乱的声响。他打开右手门,和他预想的一样,这里是一块铺了地砖的汽修场,唯一蹊跷的是拱门灯把这儿照得亮堂堂的。工厂远处那头是一堵长长的墙,汽车引擎正发出有节奏的轰鸣声,对面的墙上有一扇低矮的简易木门。邦德穿过场坝走过去,随意地看了看四周。门没上锁,他小心翼翼地穿过半敞的门。门这边是一小间空荡荡的办公室,天花板上的灯亮着,书桌上有一些纸张、一台时钟、几个文件盒和一台电话。办公室的另一扇门通往主厂区,门的旁边开了一扇窗户,正好监督工人。这可能是工头的办公室,邦德走到窗户边,望着那边。

邦德漫无目的地找着什么,小型金属加工厂通常就是这样配备的。正面是两个鼓风炉的敞开口,火苗正起来。旁边立着一排熔化金属的烧窑,邻近的墙上立着各种大小和色泽的薄片,一台锃亮的弧形钢锯床,还有可能是切割薄片的金刚钻锯头。左边阴暗处是一台油动大引擎,连在发电机上,通过撞击发电。右边的拱门灯下有五个身穿工装裤的人,其中四个韩国人正围着劳斯莱斯忙活。车子在灯光下熠熠生辉,完美无瑕,只有右手车门给卸了下来,横跨在门板下面的座椅上。两个工人拿起新的门板装在门框上,门板很重,是金属铝的颜色。地板上还有两个手动铆工,可能正要上门板,然后上漆,好配得上汽车的颜色。一切都端得上台面,清清楚楚的。那天下午可能是门板蹭破了皮,马上要修理一下,好第二天上路用。邦德无所谓地瞄了四周一眼,在窗户旁转身离开工厂,轻轻关上工厂大门。该死,什么都没有。现在他该编个怎样的借口?就说不想打搅忙碌的工人们,如果有人有空的话,还请晚饭后帮个忙。

邦德不慌不忙地往回走,顺利地到了大客厅。

看看手表,还有十分钟,这还是一楼。大宅的秘密只藏在卧室和浴室的私密空间里,比如药箱、换衣台、床头抽屉才能发现隐秘的事情和主人的弱点。邦德头痛得厉害,一直要找粒阿司匹林,他像是面对一群无形的观众,故意揉了揉太阳穴,向上看了一眼画廊,果断走过去,登上楼梯。画廊连着灯火通明的走廊,邦德开了门,朝里看了一眼,不过是一些备用的卧室,床具也没备好,屋子门窗紧闭,散发着酸腐的臭味。不知从哪儿钻出一只很大的姜黄色的猫,跟在邦德后面喵喵直叫,还蹭着他的裤腿。邦德走进最里面的房间,合上房门,只留了一条缝。

所有的灯都亮着,可能有个仆人在浴室里。邦德壮着胆子走过去打开,只见更多的灯亮着,但空无一人。这个浴室很大,可能是由多余的房间翻修过来,除了浴缸和盥洗台,里面还配了各种健身器材:划船练习器、固定的自行车轮、体操棒和拉力保健带。药橱里没什么东西,只有各种泻药,比如番泻实、鼠梨缓泻剂、开塞露、伊诺斯,还有其他利于通便的玩意儿,没有其他药,也没阿司匹林。邦德回到卧室,还是一无所获。这是典型的男人房间,配了各种橱柜,住在里面很舒适,甚至太素净。床边是一个小书架,上面摆的都是历史传记类的英文书。床头柜的抽屉里不经心地露出一本黄色封面的书《爱情的隐秘视域》,由巴黎的一家出版社出版。

邦德看了一眼手表,还有五分钟。该走了,他又看了卧室最后一眼,走到门口,突然停下。从他进屋起,就不自觉地感到什么,是什么?他警觉起来,好像哪儿不对劲。到底是什么?一种颜色?一个物体?一种气味?一种声音?是的,就是它。从他站立处能听到极其微弱如蚊子叫的哼唧声,音高几乎只能靠第六感感知。声音从哪儿传来?是什么发出的?房间里还有其他东西,一种他再熟悉不过的东西,危险的气味。

邦德有些紧张,他靠近门,轻轻打开组合橱柜。没错,声音从橱柜内部传来,整橱一直到顶上三层抽屉都是运动外套,邦德将衣服推到一边,后面的一切让他咬紧了下巴。

在橱子顶部的三个格子处,三卷十六毫米胶卷正在缓慢转动,卡在抽屉后面的一个深槽里。里面差不多一半都是细长胶卷,如蛇般转动。邦德眯着眼,盯着该死的证据慢慢绕成圈。就是这玩意了!三台电影摄影机,天知道这里隐藏了什么。就是说,金手指一走,这些镜头就打开了,记录下他在大客厅、汽修间和卧室里的一举一动。还有那些炫目的灯光,他怎么没想到这些灯的用处所在?怎么对这个陷阱和气味没有起码的想象呢?对了,找什么借口好呢?他在宅子里东搜西寻半个小时,什么头痛药都没找着,这些托词现在还有什么用呢?他什么也没发现,什么秘密都没挖出来,白痴一样浪费时间。好了,金手指算逮住他了,他也完蛋了,一败涂地。还有什么亡羊补牢的办法?他像是给铆住了,立在那里,注视着胶卷的缓慢转动。

现在想想!邦德脑子转得飞快,各种办法借口一闪而过。那就这样,橱柜门既然打开了,有些胶卷就曝光了。干脆就全曝掉呗,有啥不敢的。但怎么做?门是他打开的,除此之外,还能怎么解释?卧室的门缝口传来喵的一声。猫咪!为什么不拿猫咪当替罪羊呢?是有点不大可能,但还算沾点边。邦德打开橱柜门,抱起猫咪,唐突地抚摸着,一边走回衣橱,猫咪喵喵直叫。邦德斜靠在胶卷槽上,拿起胶卷使其完全曝光。邦德对毁掉胶卷很满意,他扔下胶卷,把猫放在上面,它想出去可不怎么容易,说不定待在那儿打盹呢。邦德把衣橱门和房门都推开了三英寸,好毁掉剩余的胶卷。接着他跑过走廊,在楼梯口,他才放缓脚步,晃悠悠地走下来。空荡荡的大客厅冲着他演的这出戏只打哈欠,他走到壁炉旁,又倒了些酒,随手拿起《旷野》杂志。他翻到伯纳德·达尔文的高尔夫评论,大概浏览了一下内容,就坐在凳子上,点燃一支香烟。

他发现了什么?有什么有利的信息?微乎其微,除了金手指便秘,内心肮脏,想初步考验一下邦德。他的手法可谓老到,绝非业余,完全达到了锄奸局的标准,此人肯定城府极深。还会发生什么?要让猫咪的掩护像那么回事,金手指起先要把两扇门留着,才能让猫咪进去,然后上摄影机的当。简直不可能,太荒唐了。金手指有百分之九十的把握是邦德干的,但也只有百分之九十,还有百分之十的不确定。金手指知道邦德是个机警而足智多谋的客人,喜欢寻根问底，难道这次他还会知道更多，认为邦德是个小偷吗？他或许猜到邦德去过卧室，但是既然胶卷曝光了，邦德的其他行踪不管有什么价值，只会成为秘密。

邦德站起身，拿了几本杂志，扔在椅子旁。现在他只能壮着胆子做一下未来的打算，如果还有未来的话，最好是激活各种点子，别再犯错误。世界上可没那么多的姜黄猫帮他摆脱另一个紧张局面。

车道上并没有轿车的声音，门口静悄悄的，但是邦德感到晚风拂过颈口，是金手指进了屋。

第十一章　奇怪的杂役

邦德扔下《旷野》杂志,站了起来。大门砰地关上了,邦德转过身,微微吃惊地打了声招呼:"没听到你到了,事情处理好了?"

金手指还是那样,面无表情,像是一个同住乡间的老友近邻,习惯时不时串个门子,喝杯小酒。"哦,没事了。我那伙计在酒吧里被什么美国空军的人叫作'该死的日本佬',跟他们干了一架。我跟警察说,韩国人讨厌被当作日本佬。他们口头警告了一下,就把人放了。非常抱歉让你等这么久,但愿你没烦,一定要再喝一杯。"

"多谢,你好像才走五分钟。我一直在看达尔文对于十四球杆规则的评论,视角很新颖……"邦德详细谈了谈评论,还说了说自己的看法。

金手指耐心地等他说完,说道:"没错,这相当复杂。当然你打球的风格跟我很不一样,更加技术化一些。我挥杆时有多少杆就用多少杆。行了,我上去冲个澡,可能要一会儿工夫,我们再一起吃晚餐。"

邦德赶忙倒了一杯酒,坐下拿起一本《乡村生活》杂志。金手指走上楼梯,消失在走廊那头。接下来金手指要做的每一步,邦德都一清二楚。邦德不知不觉竟把杂志拿倒了,他摆正杂志,呆呆地看着一张精美的布莱尼姆宫殿的照片。

楼上是死一般的寂静,接着是远处拉浴帘的声音和关门的声音。邦德伸手拿起酒,喝了一大口,把杯子放在椅子旁。金手指下了楼,邦德翻了几页《乡村生活》,把烟灰弹到壁炉里。

金手指正朝他走来,邦德放下杂志,抬起头。金手指一个胳膊下正夹着那只姜黄猫,等走到壁炉边,他向前躬着身,按了一下铃。

金手指转身对邦德说:"你喜欢猫咪吗?"他无精打采地盯着邦德。

"还行。"

服务门开了,司机站在门框内,还是戴着那顶常礼帽,还有闪亮的黑色手套,面无表情地看着金手指。金手指勾了勾手指,司机朝前走来,站在火炉旁的半圈里。

金手指转身对着邦德,随和地说道:"这可是我的一个巧匠。"他浅浅一笑,"就算开个玩笑。嗨,杂役,把你的手给邦德先生看看。"他又冲邦德笑笑,"我叫他杂役,因为这就是他的功能。"

韩国人慢慢地取下手套,站在离邦德一臂远的地方,手掌朝上伸过来。邦德站起身看了看。这双手很大,肉嘟嘟的,手指像是等长,指尖很钝,却像是闪着黄色骨头的光。

"把手翻过来,让邦德先生看看背面。"

这双手没有指甲盖,长满了黄不拉叽的硬茧。这人又侧着手,每条边都是一道深深的骨槽。

邦德皱着眉,望着金手指。

金手指说:"现在给我们展示一下。"他指了指楼梯上结实的橡木扶手,扶手有六英寸长、四英寸厚。韩国人乖顺地走过去,上了几个台阶。他两臂垂在两侧,像一头优秀的寻物犬一样望着金手指,金手指立刻点了一下头。韩国人面无表情地将右手举过头顶,侧着手像斧头一样劈过光滑而笨重的护栏,只听噼里啪啦一声响,护栏一直裂到中心。韩国人又举起手,唰地劈下来,这一次护栏只剩下一个悬空的架子,碎裂的木头散落了一地。韩国人直起身,聚精会神,面不改色,等着新的命令,没有丝毫的傲慢。

金手指挥了挥手,那伙计又回到客厅地板上。金手指说:"他的脚外侧也是如此。杂役,壁炉台。"金手指指了指壁炉上方笨重的木雕架子,大概距离地面七英尺,比韩国人的帽子还高出六英寸。

"突、突上、上去吗?"

"没错,脱下外套和帽子。"金手指对着邦德说,"可怜的家伙,上颚开裂了。这个世界上除了我,懂他的人还真不多。"

邦德心想,这个真实惠,一个只能通过翻译跟世界交流的奴隶,甚至比阿拉伯后宫里的聋哑人都要好用,更加依附于主子,更加放心可靠。

杂役脱下外套,摘下帽子,齐整地放在地板上。接着他把裤腿卷到膝盖上,向后一站,蹲好马步,摆出柔道教练的姿势,像是一头横冲直撞的大象也不会让他失去平衡。

"邦德先生,最好向后站。"金手指的大牙闪着光,"他这一脚能像掐花一样把人的脖子掐断。"金手指把放酒水盘的茶几拉到一边,这样韩国人就能放开手脚了,但中间也只有区区三大步。壁炉顶那么高,他怎么可能踢得到呢?

邦德入神地看着,扁平黄脸盘上的斜眼突然迸发出聚精会神的凶煞之气。邦德心想,遇到这号子人,也只能下跪求饶。

金手指抬起了手。韩国人屈膝站着,软皮鞋面上凸出的脚趾像是牢牢抓住地面。他迈开一大步,接着飞脚一踢,如芭蕾舞演员般猛地在半空并拢双脚,但要高出许多。他侧倾身体向下,右脚像活塞一样扫荡出去,砰的一声巨响,此人优雅地收回全身,以双手支撑,在地板伸展开,胳膊肘支撑全身,接着身体猛地弹起,恢复原位。

杂役凝神站立,他的一记飞脚从壁炉顶上踢下三英寸的糙木块。他扁扁的眼睛闪着一丝胜利的光芒。

邦德无比敬畏地注视着他。仅仅两晚前,他——邦德还在琢磨赤手空拳的格斗术!从他的阅读和阅历中,绝对没有什么能跟刚才这一幕相媲美。此人绝非庸常之辈,而是一根活木棍,或许是地球上最危险的动物。邦德必须向这个奇怪而可怕的人物致敬,必须的,他伸出了手。

"轻点,杂役。"金手指的声音如鞭子般清脆。

韩国人低了低头,握住邦德的手,他十指笔直,只有大拇指微微弯曲,感觉像是捏一块木头。他松开邦德的手,径直去拿那摞衣服。

"请原谅,邦德先生,非常感谢您的表态。"金手指表示赞赏,

"但是杂役并不了解自己的力量,尤其当他激动时。他这双手就像扳手一样,无意中可能会捏碎你的手。"杂役已经穿戴好,毕恭毕敬地站着。"行了,干得漂亮,杂役,很高兴你还在练习。这个——"金手指把猫从胳肢窝下面拎出来扔过去,韩国人赶忙接住,"我厌倦了这个玩意,你不妨晚上吃。"韩国人眼睛一亮,"跟厨房的人说,马上吃晚饭。"

韩国人猛地点了点头,转身走了。

邦德掩饰住内心的反感,这个表演像是对他的警告,像是在敲打他的关节。"邦德先生,我的厉害你看到了。干掉你,或者废了你,易如反掌。杂役在表演的当儿,如果你挡了道,可不干我什么事,杂役也就判个轻刑。这次猫就替你受罚了,也算猫倒霉。"

邦德无所谓地说:"这伙计怎么总戴着常礼帽?"

"杂役!"韩国人已经走到服务门了,"帽子!"金手指了指壁炉旁的一个架子。

那只猫还夹在杂役左手下面,他面无表情地转过身,走到半道,猛地摘下帽子,捏着帽子边,使尽全力扔出帽子。只听见哐啷一声,帽檐马上在那块硬板上砸出一英寸深的坑,接着啪地落到地上。

金手指冲邦德客气地笑笑:"邦德先生,这是块合金,轻但是结实。呢子的盖面可能给毁了,不过杂役能再镶上一块。他的针线活麻利得让人吃惊。你可以想象,他只要挥一拳,要么砸碎脑袋,要么卸下半个脖子。这能耐看似简单,却是隐藏巧妙的武器。你一定也这么看。"

"没错,的确如此。"邦德客气地笑笑,"有个这样的伙计在身边,真实惠。"

杂役拿起帽子走出去,又传来敲锣声。"对了,我们进去用晚餐吧!"金手指带他穿过壁炉右边镶板内置的一扇门,按了一下隐蔽的门闩,两人走了过去。

小餐厅同富丽堂皇的大客厅挺匹配,中央是枝形大吊灯,在烛台的照耀下,圆形餐桌上的酒盏和银质餐具熠熠生辉。他俩面对面地坐下。两位身穿白色晚礼服的黄脸仆人从丰盛的送餐桌上端过菜来。第一道菜是什么咖喱饭。邦德有些迟疑,金手指看到了,干笑着说:"邦德先生,这没问题,是咖喱虾,不是猫肉。"

"哦,这样。"邦德含糊地应着。

"请尝尝莫泽尔葡萄酒,但愿合你胃口。这是1953年的皮斯泊特·戈尔德托芬。请自便,这些人搞不好能把酒倒在盘子里。"

邦德面前的冰桶里有一个小瓶,他倒了点酒,尝了尝,冰冽甘甜,他向主人致敬,金手指点了点头。

"邦德先生,我本人不抽烟,也不喝酒。在我看来,吸烟是人类最荒谬的行为,而且是唯一完全违背自然的行为。你能想象,一头奶牛,或者什么动物咬一口冒着烟的稻草,然后吸进烟,从鼻孔吐出来吗?哈哈!"金手指表露出少有的激动,"多么恶劣的行为。至于喝酒,我也算是药剂师,还没发现什么完全无毒的酒,有些成分是致命的,比如杂醇油、乙酸、乙酸乙酯、乙醛和糠醛。这些毒素只要一点就能致死,酒中含量虽少,但能引发多种后果,这些却被称作'宿醉'而一笔勾销。"金手指正将咖喱虾往嘴里送,停下说,"邦德先生,既然你喝酒,我奉劝你千万别喝所谓的'拿破仑白兰地',尤其是所谓的林中陈酿。那种酒所含的有毒物质最多，老布丰酒紧随其次。"金手指唠叨完，嘴里塞满了虾仁。

"多谢，我谨记在心。可能正因如此，我最近爱喝伏尔加，听说它经过活性炭过滤，要好些。"面对咄咄逼人的金手指，邦德能从模糊的记忆中挖掘出这点专业资讯，心里还挺带劲。

金手指瞥了他一眼："这方面你好像懂点，你学过化学？"

"不过略知一二。"邦德赶紧转移话题，"你的司机真让人过目不忘，他那套神拳在哪儿学的？从哪儿传来？韩国人都会这两下子吗？"

金手指用餐布抹了抹嘴，打了个响指。两位侍者收走盘碟，送上一份烤嫩鸭，又给邦德拿了一瓶1947年的木桐·罗斯柴尔德葡萄酒。当他们回到餐台两端站定时，金手指说："你听说过空手道吗？没有？这个人是世界三位黑腰带中的一位。空手道是柔道的一种，有点司盘道机枪对弩炮的意思。"

"看得出来。"

"刚才的只是基础动作，邦德先生。"金手指拿起正在啃的鸭腿，"我可以告诉你，如果杂役对着你的七个穴位中的一个出对了拳，恐怕你就没命了。"金手指津津有味地啃着鸭腿的一侧。

邦德正色道："有点意思，我只知道五种一拳毙命法。"

金手指装着什么都没听见，他放下鸭腿，喝了一大口水，往后一靠，而邦德继续品尝美食。金手指说："邦德先生，空手道的理论认为人体有五个突出层，三十七个敏感的穴位。空手道行家会把敏感之处，比如指甲尖和手脚的一面磨出层层老茧，这可比骨头坚硬灵活多了。邦德先生,杂役每天花一小时捶击稻谷包,要么在缠了很多道粗绳的桩子上练拳。接着他会进行一个小时的体能训练,强度是芭蕾学校而非健身馆水平。"

"那他什么时候练扔帽子……"邦德可不想在心理上被击败。

话被打断,金手指皱着眉,没好气地说:"我从没问过,不过杂役对所有技巧都很上心。对了,你问了空手道的渊源。空手道源于中国,佛家的云游僧很容易受到劫匪的袭击,而他们的信仰令他们无法佩带武器,只好发展出赤手空拳的搏击术。日本人不准冲绳居民佩带武器,他们将此项技艺改良成现在的样子。他们训练身体五个突出部位——拳头、手掌边、指甲尖、脚掌心和胳膊肘,不断磨炼直到这些地方被一层层的老茧覆盖。空手道的拳法没有后续动作,整个身体在重力的冲击下瞬间绷紧,重心在臀部,接着立刻放松,这样才能保持平衡。杂役的功夫着实令人吃惊,我看过他把砖墙击碎,手一点事都没有。三块半寸厚的板子叠在一起,他只消一拳就劈断。他的脚上功夫,你也见识了。"

邦德喝了一大口葡萄酒:"你的家具可就遭殃了。"

金手指耸耸肩:"这幢房子没多大用处,武术表演算是消遣,你得承认杂役配得到那只猫咪。"金手指的眼光如 X 射线一般瞟过餐桌。

"他拿猫训练吗?"

"没有,他把猫当作至上美味。小时候老家闹灾荒,他就是在那时尝到了猫肉的味道。"

邦德正好可以刨根问底了:"你为什么需要这样一个人?他在

身边不见得好。"

"邦德先生,"金手指朝两个仆人打了响指,"我碰巧是个有钱人,而且很有钱,一个人越有钱,就越需要保卫。一般的保镖或者侦探常是退休警察。这些家伙反应迟钝,防御技巧过时,容易被贿赂,通常是废物。他们尊敬生命,如果我想活命,那可不是什么好事。韩国人冷酷无情,大战期间,日本人让他们当狱警。他们是世界上最心狠手辣的家伙。这儿的员工是我亲自挑选的,个个忠心耿耿,我非常满意,他们也是。他们收入丰厚,待遇优渥。他们需要女人时,就从伦敦拉点街头妓女过来,给她们很多钱,再送回去。这些女的也不怎么漂亮,但都是白人,这是韩国人的唯一条件。让白种人蒙受奇耻大辱,有时会出事,"金手指向下扫了一眼,"不过金钱是有效的裹尸布。"

邦德笑了笑。

"你喜欢这个比方吗?我自己想出来的。"

一道精致的奶酪苏芙雷甜点送了过来,接下来是咖啡,两人默不作声,表现得都挺轻松自在,舒服放心。邦德肯定是这样。金手指故意放下头发,不是很长,略微过了肩膀。他在向邦德展现其私底下的一面,看得出这是一位高效、无情而冷血的大亨。金手指至少能猜到邦德在宅子里打探,这足以说明邦德的一面,一个居心叵测的伪君子。即使这时候,他也会问东问西,金手指的推断也不断得到证实。

邦德往后一坐,点燃了一根烟:"你的车真漂亮,肯定是那个系列的最后一辆,是 1925 年的吧?有两组三个气缸,每个气缸有两个活塞,一个是焊点打燃,另一个是靠线圈打燃。"

"没错。不过我还做了一些改装,在弹簧上装了五个叶片,在后轮上加了圆形刹车装置,光靠前轮刹车可不行。"

"是吗?怎么不行?时速不能超过五十,车体重量不至于那么重。"

金手指皱皱眉:"你觉得不会吗?一吨重的装甲镀板和装甲玻璃可大不一样。"

邦德笑了:"哦,原来这样。你实在对自己太好了。不过怎么飞跃英吉利海峡呢?难道这辆车不需要进入飞机吗?"

"我有专门的飞机。'银色城市'公司知道这辆车,开辟了一年两次的常规路线。"

"就是周游欧陆吗?"

"是高尔夫之旅。"

"太有意思了,我一直想自己来一次。"

金手指没有接这个话头。"你现在也负担得起。"

邦德笑笑:"哦,你是说那额外的一万美元,不过我还指望那笔钱移民加拿大。"

"你在那边就能赚钱?你想赚很多钱吗?"

邦德急切地说:"太想了。除此之外,工作还有什么意义?"

"不幸的是,大多数挣大钱的办法都挺费时间的。等挣到钱了,人也老了,没法享受了。"

"是这问题,我对赚钱的捷径总是很留心。不过这儿没有,税太重了。"

"是挺重的。法律太严苛。"

"没错。我找到了赚钱的路子。"

"果真?"

"我当过海洛因团伙的线人,刚摆脱了一个,差点惹火上身,这个也干不长。"

金手指耸耸肩膀:"邦德先生,有人说'法律是社群成形的偏见'。我认可,这句话挺适用于贩毒买卖的,我对协助警察没啥兴趣。"

"是啊,是这样的。"邦德开始讲墨西哥贩毒故事,把布莱克维尔替换成自己。他最后说:"还好我逃过一劫,不过我在环球出口就没那么走运。"

"恐怕是的。这事还真有意思,你还挺有办法,难道不想继续干这一行?"

邦德耸耸肩膀:"有点儿费事。看看这个墨西哥人,等真出了岔子,这些个大佬也不见得大,除了嘴上说说,也不出手相救。"

金手指站起身,邦德跟在后面。"好极了,邦德先生,今晚很有意思。我应该不会再搞海洛因,其实有安稳一点的挣钱门路,不过要十拿九稳,才能冒各种风险。让自己的钱翻番可不容易,这样的机会可不多。想听我另一句格言吗?"

"当然。"

金手指咨啬地笑笑:"邦德先生,让财富翻倍的最安全方式是把钞票叠起来,放进口袋里。"

邦德像职员一样忠诚地听着银行经理的话,笑了笑,没多说什么。这可不够,他什么都没得到。不过本能告诉他,千万不要踩加速踏板。

他们回到客厅,邦德伸出手:"非常感谢你提供的美味的晚餐,我得回去睡觉了,或许还有碰面的那一天。"

金手指碰了邦德的手一下,便推开了。这个独特的举动表示这个百万富翁潜意识里害怕接触。他严肃地望着邦德,莫名其妙地说:"邦德先生,我对再会一点也不会见怪。"

月光洒在闪网岛上,在回去的路上,金手指说的那几个词不停地在邦德脑中翻转。他脱下衣服,钻进被窝,不知道什么意思。金手指可能打算同他保持联系,也可能是说邦德必须想办法同金手指保持联系。前者是正面,后者是反面。邦德钻出被窝,从梳妆台上拿出一枚硬币,抛了上去。结果是反面,看来他要主动靠近金手指。

那就这样吧。不过等下一次碰面,他应该有个不错的借口了。真他妈的!

邦德钻进被窝,很快睡着了。

第十二章　跟踪"银魂"

第二天早上9点整,邦德准时同办公室主任通了电话:"我是詹姆斯,那处地产已经看过,转了一整圈,昨晚同房主共进晚餐。经理看得没错,这处产业的确有问题,不过手上证据还不充分,暂时无法提交房产鉴定报告。房主明天出国,从菲里菲尔德起飞。我想知道他起飞时间,再看一眼劳斯莱斯车,顺便装一部便携式无线装置。我稍后过来,请彭松贝小姐给我订机票。暂时还不知道目的地,保持联络。您那边怎样?"

"高尔夫球赛怎么样?"

"我赢了。"

电话那头传来咯咯的笑声:"我猜就是你,筹码很大吧?"

"你怎么知道的?"

"昨晚一个苏格兰场的人接到举报电话说,一个叫你这个名字的人有一笔钱没有申报,他问你是不是我们的人。那伙计级别不高,没听说过环球。我让他跟专员谈谈。今早你的秘书发现了一个装了一万美元的大信封,与此同时,他道歉了。这人很狡猾,对吧?"

邦德笑了笑,金手指想给他找点麻烦。这人就是这样,说不定比赛刚结束就给苏格兰场打了电话。他想让邦德看看,你如果打了我一拳,那你的手至少也要被扎一下。还好环球出口公司的幌子还没露馅。邦德说:"真刺激!这人真难缠!这次你跟经理说,钱是给白十字会的。其他事情能解决吗?"

"当然,过几分钟我再回电话。不过你在国外,可要步步当心,如果感到孤单无聊,马上打电话过来。后会有期。"

"再见。"邦德放下话筒,起身收拾行李。可以想见,办公室主任一边回放电话录音,一边把电话信息转述给莫尼潘妮小姐。"他认为金手指是条大鱼,但还不能确定是哪方面。金手指带着劳斯莱斯车,今早从菲里菲尔德起飞。007想跟上去。(让金手指晚起飞两个小时,请给007定个位子)他希望递个话给海关,这样他能再看一眼劳斯莱斯车,好在后备厢里装个'荷马'无线电传感器。(这个也请安排一下)他一旦求助,会通过电台跟我们联系。"

如此等等。那台机器很高效,邦德收拾好行李,正好接到伦敦的电话,各种通关证都办好了。他下了楼,付了账单,急匆匆地从坎特伯雷路离开了拉姆兹盖特。

伦敦方面说,金手指已经定了12点的特别航班。邦德11点到菲里菲尔德,到护照通关总处和海关官员处报到,把车开到没人能看见的飞机库,一边坐着抽烟,一边同管护照的人说点工作琐事。

他们以为他是苏格兰场的人,他也没多说什么。"不是,金手指还好,是他的一个仆人想走私点东西,很秘密。我还能单独在车里待上十分钟吗?我想看看工具箱。海关还能让劳斯莱斯车走 A 级秘密车厢?"海关表示愿意配合。

11 点 45 分,一个海关的人头靠在车门上,对邦德眨眨眼:"人到了。司机已经登机了,我们叫两个人先上飞机,汽车再上,这样好平衡重量。这样好打马虎眼。这辆老古董,我们知道,还是装甲防弹车,有三吨重。等我们搞好了,给你电话。"

"多谢啊!"屋里没人,邦德从口袋里取出易碎的小包裹。里面有块干电池跟真空小管连在一起。他看了一眼线圈,又把小装置放回衣袋里,等着。

11 点 55 分,门开了,有个军官挥挥手:"没事了,他们都在飞机上。"

巨大的劳斯莱斯轿车停在海关湾区,闪闪发光,这里看不到飞机。另外还有一辆灰白色的凯旋敞篷轿车。邦德走到劳斯莱斯车的后部,海关的人拧下工具金属盘,邦德抽出工具盘,仔细查看一番。他双膝着地,翻开工具箱两侧的盖子,把电池和管子插入后部,把工具盘替换下来,正好合适。他站起身,搓着双手。"负极。"他对海关官员说。

这个官员装上金属盘,用圆键锁住,站了起来:"汽车底座或者车身都没法子,车门和车内装饰倒是有不少空间,但要下大功夫。现在行吗?"

"好了,多谢!"邦德走回办公室,听见老式自动开关迅速的呜鸣声。过了一分钟,汽车从湾口里慢悠悠地开出来,稳当地上了装载梯。邦德站在办公室后墙,看着车子从活动梯上下来。布里斯托货运机的巨大入口砰地关上了,垫木被抽走,调度员举起大拇指。两个引擎重重喘了一口气,点火,这只巨大的银色蜻蜓朝机场跑道慢慢滚了过去。

飞机在跑道上停稳,邦德走到车边,钻到驾驶座位上。他按下电台开关,先是片刻的寂静,接着隐蔽扩音机传来一阵刺耳的号叫声。邦德转动旋钮,把音量调成低沉的嗡嗡声。邦德一直等到布里斯托号起飞,随着飞机飞上高空,朝海岸方向飞去,嗡嗡声越来越小,五分钟后消失了。邦德调了一下台,又搜到频率,跟了五分钟,飞机飞过英吉利海峡,他关掉装置。他把车开到海关交通湾,跟人说他1点半回来赶2点的飞机,然后朝莱尔的一家酒吧慢慢开过去。从现在起,只要能与劳斯莱斯车保持一百英里的距离,劳斯莱斯车工具箱里的无线电传感器"荷马"就能同邦德的接收器保持联系。他只要留心分贝,不让声音消失。这是一种简单的方向测定,一辆车可以跟踪另一辆车,而不会冒被发现的风险。等过了海峡,先看看金手指走哪条路离开勒图凯海岸,与他保持一定距离,在靠近大城镇的地方,或者大岔路口尾随跟进。邦德有时会判断失误,这时他便会开快些,赶上来。他觉得,开着阿斯顿·马丁DBⅢ车在欧陆玩猫捉老鼠的游戏还挺好玩。太阳在晴朗的天空上光芒四射,刹那间,邦德极为兴奋。他不觉露出冷峻而强硬的笑容:"金手指,你平生第一次摊上事了,摊上大事了。"

勒图凯安静的三十八号公路和喧闹而脏兮兮的一号公路的岔

路口很危险,不过总有一位交通警察在那儿。是的,他的确看到了劳斯莱斯车,怎么会看不到?真正的老爷车。

邦德刚在机场验过证件,"荷马"就接收到劳斯莱斯车的嗡嗡声,但是无法确定金手指是往北边的低地国家——奥地利和德国开,还是朝南边去。要搞清楚这个,还需要两辆配置了无线电接收器的轿车。邦德加大了油门,必须尽快赶上。金手指可能过了阿贝维拉,已经从一号公路的一个路口开往巴黎,也可能从二十八号公路到鲁昂去了。但如果猜错了,就会浪费许多时间,走不少冤枉路。

邦德在凹凸不平的地面上疾驰,他没抄近路,但只用了一刻钟便跑完了四十五英里,到了阿贝维拉。"荷马"的嗡嗡声又大了,金手指可能就在前方二十英里处,但不知是往那个岔路去。邦德猜是往巴黎去了,于是快马加鞭。有那么一会儿"荷马"的音量没什么变化,邦德不知对错,但嗡嗡声不知不觉地消失了。真见鬼!是掉转头,还是加速赶上,抄一条辅道到鲁昂,在那儿赶上他呢?邦德不想走回头路。在离博威十英里处,他往右转,起先不好走,不过等上了三十号公路的快车道,有前方的引导,邦德一阵风似的到了鲁昂。他在小镇边上停了下来,一边用耳朵听着,一边翻看地图。嗡嗡声越来越大,他应该赶到金手指前面去。不过现在又有一个大岔路口,如果估计不对,邦德可就没那么容易扭头了。金手指可能沿着阿郎松—勒芒—图尔一线向南开,也可能往东南方向开,不走巴黎,而是经过埃夫勒、沙特尔和奥尔良。邦德来不及靠近鲁昂市中心,可能也没法看一眼劳斯莱斯车和它的路线,只能等到"荷马"音量变小,他再推测。

等了一刻钟,邦德才确定劳斯莱斯车早开走了,这次他走了左边的岔路。他把踏板踩到底,向前疾驰。对了,这次嗡嗡声几乎是咆哮,邦德跟上了。他把速度降到四十,调低接收器的音量,慢悠悠地开着。金手指到底往哪儿开呢?

5点,6点,7点。驾驶镜里的太阳已经落山了,劳斯莱斯车还在快速前进。他们过了德勒和沙特尔,经过长长的五十英里支路开往奥尔良。如果晚上停在那里,那么劳斯莱斯车还算不错,六个小时差不多走了两百五十英里左右。在开车这事上,金手指绝对不含糊,肯定让劳斯莱斯在城外保持最高时速。

前面车的尾灯闪着微弱的光,邦德打开雾灯,前面是辆小型运动轿车。他仔细观察着,是MG、凯旋,还是奥斯丁·西利?这是一辆灰白色双座凯旋轿车,拉上了敞篷。邦德闪了闪车灯,迅速穿过,前面还有一辆车射出强光。邦德熄灭车前灯,只亮着雾灯往前开。邦德悄悄跟了上去,在四分之一英里处,他迅速打开前灯,瞄了一眼,又关掉。没错,是劳斯莱斯车。邦德减慢速度,把距离拉长到一英里,待在车里留意着凯旋车逐渐黯淡的灯光。在奥尔良的外围,邦德把车停在路边,凯旋轿车咆哮而过。

邦德对奥尔良从没有好感。这个小镇靠圣女贞德的故事养活自己,充斥着神父和传说,一边收着钞票,一边摆出一副死板面孔假装神圣,毫无魅力可言。邦德查了查地图,估计金手指会住在五星级酒店,吃着鲑鱼片和烤鸡,可能是阿可德,也可能是摩登内。邦德想住在城外卢瓦尔河旁的蒙特斯潘客栈,用烤鱼丸把肚子塞满,可他不得不盯紧那只老狐狸,于是他决定待在车站旅馆,在车站的快餐店用晚餐。

邦德拿不定主意时，总待在车站旅馆。这种地方还行，停车地方很大，车站的快餐馆相当不错。一个人在车站能听到镇子的心跳，夜间火车的声响充满了悲剧和浪漫的气息。

有十分钟时间，接收器的音量保持稳定。邦德观察了到三家旅店的路线，小心翼翼地开进城。他开到河边，沿着亮着灯的河岸走着。他猜得没错，劳斯莱斯车果然停在阿可德旅馆外面。邦德进到城里，朝车站走去。

车站旅馆很符合他的预期：便宜、旧式、非常舒服。邦德冲了个热水澡，回到车里，见劳斯莱斯车还在原地，便到车站餐厅吃了份自己最喜欢的晚餐：两份法式小蛋糕、一大份香煎龙利鱼佐牛油汁（奥尔良离海很近，卢瓦尔河的鱼有一股土腥气）和一份还凑合的卡蒙贝尔奶酪。他喝了一品脱的冰镇安茹桃红酒，就着咖啡来了杯轩尼诗三星白兰地。10点半，他离开餐馆，又看了一眼劳斯莱斯车的情况，在奥尔良的大道上走了一个钟头，见劳斯莱斯车原地不动，就上床睡觉了。

第二天早上6点，劳斯莱斯车还在那里。邦德付了账，在火车站喝了一大杯咖啡，往码头开去，在侧路上倒好车，他想着这一次可不能犯错。金手指可能会过河，从七号公路朝南部的里维埃拉开去，或者沿着里瓦尔河的北岸朝里维埃拉开，也可能是往瑞士和意大利开。邦德钻出汽车，沿着河岸的护堤溜达，不时地打量着悬铃木之间的空当。8点半，两个小个子从阿可德旅馆出来，劳斯莱斯车开走了，它沿着码头慢慢驶出邦德的视线，于是他坐到阿斯顿·

马丁DBIII车的驾驶座上面，跟了上去。

邦德惬意地沿着卢瓦尔河，在初夏的阳光下开着车。这是世界上他最喜欢的一个地方。5月，果树染上雪白，宽阔的河面翻腾着冬天的雨水，山谷间披上年轻的翠绿，充满了对美好爱情的期盼。他浮想联翩。快到新堡时，突然传来一对汽车喇叭刺耳的尖叫声，一辆凯旋车呼啸而过。透过放下来的敞篷，邦德能隐约见到一张漂亮脸蛋，隐藏在白色驾驶护目镜下面，而镜片是深蓝色的。红色的嘴唇、黑色的头发、粉白花的手帕，一晃而过。虽然只看到侧面，但从她抬头的样子，就知道是个漂亮姑娘。这样的人习惯他人的仰慕，有一种自然的威严，再加上是个独自开车的女孩，还超过了一个潮流轿车里的男人。

"今天注定有戏了！"邦德喜不自禁。卢瓦尔河像穿上恋爱的衣裳，热情地翻起浪花。邦德觉得可以一直跟着女孩到午餐时间：河边空荡荡的餐厅，葡萄藤架下的小花园，油炸鱼，冰镇武弗雷葡萄酒……两人小心翼翼，两辆车相伴同行直到天黑。两人一路南下，到了午餐时说好的地点，橄榄树下，蟋蟀在深蓝色的黄昏中歌唱，彼此间的好感在心中涌动，也就不用着急去目的地。于是，第二天（一般来说，第一晚的台词是"今晚不行，我跟你还不是很熟，况且我也累了"）就把她的车放在旅店车库，直接开他的车出去。慢慢地，两个人知道完全不用着急，避开大路朝西边开去。那个仅仅因为名字，便吸引他一直想去的地方叫什么。对了，叫"两者间"，是靠近雷堡的一个乡村，不过那儿可能连一个小酒馆都没有，那就开到雷堡（在卡马尔格边上的罗纳河口省阿尔勒）。他俩会在很棒的巴曼尼尔旅店选两个相连的房间(不是双人房,太早了),这是法国唯一一家得到米其林最高褒奖的酒店餐厅。他俩会来一份烘烤龙虾,这样传统的夜晚,再喝点香槟,接着……

多美好的故事,到此结束,邦德笑了。今天不行,今天你在工作,今天要对付金手指,不能献给爱情。今天你唯一闻到的香味是金手指昂贵的须后水,不是……她会用什么呢?英国女孩他把握不好香味。他希望是淡淡的清香,可能是巴尔曼的绿风香水,要么就是卡郎的铃兰香水。邦德调高接收器的音量,确保还跟着金手指,然后又调成静音,松口气,继续开,琢磨着女孩的各种细节。她可能也在奥尔良过了一夜,是在哪儿?浪费了一晚上。等等!邦德突然从白日梦中惊醒,敞篷盖放下来了,他之前见过那辆凯旋。是在菲里菲尔德,可能是在金手指之后坐了飞机。他的确没见过这女孩,也没注意车牌号,但车是一样的。如果是这样,跑了三百英里之后还跟着金手指就不仅仅是巧合了,而且前一晚上,她是打着暗灯开着车!

邦德踩大油门,快到纳韦尔了,无论如何在下一个大转弯之前一定要留心观察,这叫一石击二鸟,也好摸清女孩的举动。如果她是插在他和金手指中间,那可就讨厌了,可别火上浇油。跟上金手指已经够难了,如果又有一条尾巴塞了进来,那可真见鬼。

她还在那个位置,大概在劳斯莱斯车后面两英里,跟得很紧。看到她的车屁股灯一闪一闪,邦德放慢了速度。好吧!好吧!她是谁?这他妈的是怎么回事?邦德继续往前开,闷闷不乐地想了很多。

宽大的七号公路如同一条粗大而危险的神经横穿法兰西的心脏,小轿车随着它黑色的光芒一路向前。不过到磨坊时,邦德差点没跟上。他马上折回去,上了七十三号公路。金手指来了个垂直的转弯,朝里昂和意大利方向开去,也可能是朝马松和日内瓦开。邦德只能开快点,免得惹上麻烦。他懒得管"荷马"的音量,倒是看了一眼凯旋车,便放慢速度,嗡嗡声突然变成了咆哮声。他如果不是猛刹车,从九十码降下来,应该可以赶在劳斯莱斯车前面了。他正慢慢往前开,这时前面是个小坡,那辆大黄车在前方一英里的路边停了下来。幸好这儿有一条小车道,邦德猛地转个弯,在一截树篱笆下面隐藏起来。他从仪表盘上面取出一副小望远镜,出了车,又往回走。真该死!金手指穿一件白风衣,戴一顶德国样式的白色亚麻头盔,正坐在溪岸旁一架小桥下面野餐呢!邦德看着很嘴馋,想着自己午饭吃什么好。他打量着劳斯莱斯车,从后窗能看到前座韩国人的后脑勺。凯旋轿车不见了踪影。如果那姑娘还跟着金手指,应该不会预先发现什么。她可能正低着头,踩着油门,或许埋伏在前方,等着劳斯莱斯车经过。会是这样吗?各种想象已把邦德的魂带走了。说不定她正赶往意大利湖泊,去见一位姑姑、一些朋友,或者一个情人。

金手指站了起来,他挺爱干净。没错,他捡起一些纸片,在桥底下仔细收拾好。为什么不扔在溪流里?邦德绷紧了下巴。金手指的举动让他想起什么?是邦德在编故事吗,还是这座桥是个信箱呢?是有人指使金手指留些东西,比如一块金条,放在这座桥下吗?法国、瑞士、意大利。这对他们都很方便,比如里昂的共产党支部是法国最强的一支。这里视野开阔,就在路边,用来传递信息当然不错。

金手指走上堤岸,邦德往旁一闪,后退一步,远处传来老式发动机自动打火的打磨声。他很小心,劳斯莱斯车消失不见了。

美丽的小溪上有一座漂亮小桥,桥拱上嵌了一个里程号:79/6,是七十九号公路上某个小镇出来的第六座桥。很好找。邦德迅速从车里出来,溜到浅浅的堤岸旁。桥拱下溪水潺潺,阴暗凉爽,鹅卵石躺在水底,清澈得能看到鱼儿的影子。邦德在靠近草丛的石瓦边上搜了一圈,就在正中央,路下方,靠近墙的地方是一块草甸。邦德拨开草丛,是一点儿新翻的泥土,他将十指挖下去。

只有一条,摸着很光滑,得用点力才能拿起来。邦德拂开暗黄色金属上的泥土,用手绢包好,放进外套口袋里,走上堤岸,到了空荡荡的路上。

第十三章 "如果你碰我那儿……"

邦德心里挺乐呵的,哈哈！金手指,很多人会怨恨你。两万英镑能干多少坏事,现在不得不改变计划,推迟阴谋的实施,说不定还能救几个人。

邦德拿出座位下的秘密文件夹,把金条塞在里面。危险的玩意儿,要联系下一个联络站,把东西交给他们,然后装进旅馆专用袋送回伦敦,必须尽快汇报,这能核实很多事情。搞不好 M 会提醒法国总参二局派人监视来小桥取钱的人。不过最好不要,邦德才接近金手指,此时还不宜制造恐怖气氛,金手指最好头顶一片晴朗的蓝天。

邦德继续往前开,还要考虑其他事情,必须到马松之前赶上劳斯莱斯车,它可能是从右边的岔路去日内瓦或者里昂。还得搞清楚那姑娘的身份,如果可能,把她从公路上引下来。不管漂不漂亮,她让这个问题复杂化了。他还得停车买点吃的喝的,1 点钟了,金手指吃饭的样子让他饥饿难耐,现在该填饱肚子,查看一下水和汽油。

"荷马"的嗡嗡声又大了,他已经到了马松的近郊,冒着被发现的风险仔细观察。繁忙的交通掩护他低速的车,现在重要的是需要知道劳斯莱斯车是穿过索恩河,到布尔格街,还是在桥上右转,从六号公路到里昂去。在拉布朵大道尽头有一抹黄色,穿过铁道桥,经过小广场,那个高高的黄匣子一直往河边开去。邦德看到不少过路人扭头注视着亮闪闪的劳斯莱斯车。劳斯莱斯车笔直往前开,那就是瑞士。邦德跟着进了圣洛郎的郊区,路旁有一家肉店、一家糕饼店、一家酒铺。前方一百码的路面上方悬挂着一个金牛头。邦德从驾驶镜里看了一眼,没错!没错!凯旋轿车就停在前面,离他只有几尺远。她来这儿多久了?邦德一直聚精会神地跟着劳斯莱斯车,进城后还没注意过她,他肯定是躲在一条小路上。原来如此,这绝不是巧合。必须做点什么,对不住了,宝贝。只能把你搅进来了,我尽量温柔些。邦德猛地在肉店前停下来,然后调挡倒车,传来一阵恶心的叮当声。邦德关掉引擎,走了出去。

他走到车后,那姑娘满脸怒容,一条光洁的美腿露了出来,姑娘拿下护眼镜,站起来伸直腿,两手叉腰,生气地绷着美丽的嘴角。

阿斯顿·马丁DBIII轿车的后保险杠被凯旋车车灯和散热器护栅的碎片卡住了。邦德轻佻地说:"如果你再碰我这儿一下,就得嫁给我了。"

他这话刚一出口,一个巴掌就甩了过来。邦德抬起手,揉着脸颊,呆愣了几秒。立刻一群人聚拢了来,有些叫好,有些则下流地起哄:"打得漂亮,小姑娘,把那家伙打蒙!"

姑娘的怒气并未随一记耳光消失:"你这蠢货!你他妈的以为自己在干什么!"

邦德心想,有点漂亮的女孩只要总生气,就会很美丽。他说:"你的刹车不怎么灵光。"

"我的刹车!你他妈什么意思?是你倒车撞我的。"

"车子滑挡了,也不知道你靠得这么近。"行了,得让她平静下来,邦德心想,"我非常抱歉。我承担维修的一切费用。今天挺不走运的,我来看看哪些地方出了问题。我试试。后退一下,我俩的保险杠应该都问题不大。"邦德一只脚踏在凯旋车的保险杠上,踩了踩。

"你竟敢碰我的车!滚开!"姑娘气咻咻地钻进驾驶舱,按了按自动点火装置,发动引擎,阀帽下面啪啦作响。她关掉引擎,侧身出来:"白痴,看看你干的好事!你把风扇给毁了!"

这正是邦德希望的!他钻进自己的车,拉开与凯旋车的距离,保险杠松开后,有些部件稀里哗啦地落在马路上。他又下了车,围观的人慢慢散去,有个身穿机师罩衣的男子帮忙去叫抢修车。邦德朝凯旋车走过去,姑娘也下了车,正等着他。她的表情更加镇定,深蓝色的眼睛正小心打量着他。

邦德说:"其实还不算太糟。风扇可能被撞歪了,他们会装上临时头灯,整合好铬镀层,明早你就能上路了。"邦德从口袋里拿出皮夹子,"你肯定很抓狂,的确都怪我。这是十万法郎,赔偿你的损失和今晚的费用,还有打电话联络朋友,等等。请收下,就此了结。我会留下照看好你的车子,明早送你上路。但是我今晚得赴个约,必须去一趟。"

"不用。"话语很冷很肯定,这姑娘两手搁在背后,"但是……"她要什么,难道叫警察? 指控他危险驾驶?

"我今晚也有一个约会,必须去日内瓦。你能带我去哪儿吗?不算太远。只有一百英里。你这辆车只要两个小时。"她指了指那辆阿斯顿·马丁DBIII,"行吗? 求你了。"

她的语气非常焦急,没有巴结,没有威胁,只是万分火急的要求。

邦德打量着她,第一次不仅仅把她看作一个漂亮的女子。她或许要金手指来接自己,或许想敲诈他,这是唯一符合事实的解释。但看上去两样都不像,她的脸上有太多直率。她穿一件白色的重磅真丝衬衫,相当男性化,不像是以色诱人。一个窄窄的军服领口开着,两边的袖子既宽又长,在手腕部收紧。这姑娘没染指甲,唯一的珠宝饰物是左手中指上的戒指(真的订婚了吗?)。她束了一根手工缝制的铜质双扣的黑色宽大皮带,从后面撑着紧身胸带。她穿着一条打褶的烟灰色短裙,脚上一双昂贵的黑色凉鞋,开车穿应该很凉爽,也很舒服。唯一的颜色是头上的粉色手帕,现在她摘下来,放在护目镜的一侧,看上去很迷人。但她这套装束更像一套装备,而非女孩衣服。她整个行为举止有些男性化,有点野性的味道。邦德心想,她可能是英国女子滑雪队的成员,要不就是在英国打猎跳雪。

她是那种并不在乎外貌的漂亮姑娘,连头发都懒得盘好,有几绺头发支在一边,发际线分得也不直,甚至有些邋遢。对称的脸型和参差不齐的发型相互映衬,浓浓的眉毛,蓝蓝的双眼,一张可人的小嘴,高高的颧骨和精巧的下巴流露出决心和独立。优美的胸部在紧绷的丝绸下毫不羞涩地向前凸出。她双腿微分,双手摆在背后,摆出一副挑战的姿势。

她摆出这个样子,像是说,"怎么样,小白脸,休想把我当弱女子欺负。这个乱摊子是你惹的,不管怎样,你得把事情解决了"。

邦德想着她的要求。她会很麻烦吗?要多久才能甩掉她,去做自己的事?有没有什么安全风险?尽管有这些风险,他对这个女孩仍然很好奇,她是来干什么的?他对这姑娘的种种幻想已经迈出了现实的第一步,况且还是受困的女郎向他求救。

邦德干脆地回答:"我愿意送你去日内瓦。"他打开阿斯顿·马丁 DBIII 的后备厢,"这样,先把你的东西装进来,我先跟汽修厂说好。这儿有点钱,帮忙买点午餐,你想买什么就买什么。我呢,六寸的里昂香肠、一块面包、黄油和半升马松酒,马松酒要拔掉瓶塞。"

他俩相互看了一眼,迅速传递了一种男性与女性抑或主人与奴隶的信号。姑娘拿过钱。"多谢。我也买一样的。"她走过去,打开凯旋车的后备厢,"不用麻烦了,这些东西我来管。"她拖出一袋子封好口的高尔夫球杆,还有漂亮的小行李箱。她把东西放在阿斯顿·马丁 DBIII 车上,和邦德的行李放在一起。她看他把车锁好后,走回凯旋车,取出一个宽大的手工缝制的皮质肩包。

邦德问:"我可以知道你的姓名和地址吗?"

"什么?"

邦德又问了一次,怀疑她会不会编个地址和姓名来骗他。

她回答道:"我还没有最终决定,最好说是在日内瓦的博格斯旅馆吧。我叫索梅,蒂丽·索梅。"她毫不迟疑地回答,随即进了食品店。

一刻钟后,他们上路了。

姑娘坐得笔直,一直望着大路。"荷马"传来微弱的嗡嗡声,劳斯莱斯车可能开出了五十英里。邦德加快速度,一路开过布赫,从艾丽桥过了河,现在到了居柔山的山脚,经过八十四号公路的S大转弯,像是在参加阿尔卑斯挑战之旅。这姑娘两次晃到邦德这边,立刻握好把手,跟着车一块晃,像是一个副驾驶。有次有个转弯特别急,两人都滑到了一边,邦德瞄了她的侧面一眼。她的双唇微微张开,鼻孔有些上翻,两眼发亮,她挺开心的。

他俩开到山顶的关卡,有条下山的路通往瑞士边境。"荷马"正持续不断发出信号。邦德心想,我得放慢些,不然我们会在海关口碰上他们。他伸手调小音量,把车停在路的一边。两人坐在车里,一声不吭,客气地吃着东西,都没开口说话,像是想着各自的心事。过了十分钟,邦德又把车开起来,放松地坐着,沿着弯曲的道路轻松地穿过沙沙的松树林。

姑娘问:"什么声音?"

"是电磁发动机的噪声,开得越快就越吵。从奥尔良就开始了,今晚必须修好。"

她挺满意这样的回答,羞涩地问:"你往哪里去?但愿我要去的地方离你的目的地不算太远。"

邦德和善地说:"压根就没事。其实我也去日内瓦,今晚大概不会在那儿过夜,还要赶路,要看我和别人会面的长短。你在那儿待多久?"

"不知道,我去打高尔夫。在迪沃纳有瑞士女子公开大奖赛。我不算那个圈子的,但觉得试试也不错,接着就能在其他球场打了。"

合情合理。应该是真的。但邦德觉得这并非事实的全部。他说:"你常打高尔夫吗?是在什么球场?"

"经常打,在藤波尔。"

这个问题的答案,是真的吗?还是她随口说了一个正好想到的呢?"你住在附近吗?"

"我有个姑姑住在亨里。你来瑞士做什么呢?度假吗?"

"做生意。进出口贸易。"

"哦,这样。"

邦德暗自笑笑,客套的对话,客套的语气。英国戏剧中最亲切的场景浮现在他眼前:休息室,落地窗外,阳光洒在蜀葵上。一对情人坐在沙发边上,她正在倒茶:"你要加糖吗?"

他们来到了山脚,一段长长的路,远处是法国海关的小型建筑群。

他没有逮住机会看她的护照一眼。车刚一停,她就说要方便一下,进了女厕。邦德过了海关,正在处理汽车临时入境证,她又出现了,护照也盖了章。在瑞士海关,她借口说要从行李箱里拿点东西出来。邦德没时间耽搁,也不想戳穿她。

邦德急匆匆地进了日内瓦,在博格斯气派的入口处停下来。那姑娘从车上取下行李箱和高尔夫球棒。两人站在台阶上,她伸出手。"再见。"蓝色的眼睛还是那样坦诚,"多谢,车开得很漂亮。"一丝笑意从她嘴角浮现,"到马松时你挂错了挡,我吃了一惊。"

邦德耸耸肩。"有时是会出这样的事,还好了。等我的事办完了,可能还会见面。"

"那样也好。"其实这个语调是说,最好不要。那姑娘转过身,从旋转门走进去。

邦德赶忙朝车跑去。见鬼去吧,抓紧赶上金手指!然后到威尔逊口岸的小办公室。他调整了"荷马"的音量,等了几分钟。金手指就在附近,但正要离开。他要么从湖的左岸,要么从右岸跟上去。从"荷马"的音量看,金手指至少离城有一英里。怎么走?往左去洛桑吗?还是向右去依云?阿斯顿·马丁 DBIII 已经在向左的路上,邦德打算跟着感觉走,他发动了汽车。

高北古堡是因为斯达尔夫人而著名的湖畔小村。在到达这里之前,邦德跟上了那个高高的黄色剪影,他躲在一辆卡车后面。到了下一个路口,劳斯莱斯车消失了。邦德一边向前开,一边注意着左边。在村庄的入口处,灰尘在空中飘浮,一堵高墙的两扇厚重的大铁门正合上。墙上有个简单的标牌,有一行褪色的蓝底黄字:"奥里克公司"。这老狐狸原来跑到这里来了!

邦德开到一个朝左的转弯处,他沿这个方向上了一条小路,这条路经过葡萄园转回到高北古堡后面的小树林和斯达尔夫人的城堡。邦德在树林里停下来,应该是在奥里克公司的上方。他拿出双目望远镜走出去,沿着一条小径下到村庄里。很快他在右边发现了铁栅栏,顶上绕着线圈,栅栏在山下一百码处连到了一堵石墙里面。

邦德慢慢地沿着这条小径向上走,想找到高北古堡的孩子爬到栗子树上的秘密入口。还真找到了,有两截栅栏之间的宽缝隙能让小孩穿过。邦德使劲踩在低栅栏上,又把缝隙拉开几英寸,弯着腰钻过去。

邦德小心地在树林里穿梭,每一步都提防着枯树枝丫。树丛稀疏开来,一幢小古堡后面挤着一堆低矮的房屋。邦德挑了一棵冷杉的大树干,躲在后面,这样就能俯视这些房子了。最近的距离大概是一百码,还有一个宽敞的院子,院中间是布满灰尘的劳斯莱斯轿车。

邦德取出望远镜,审视着一切。

房子是一幢比例匀称的方形建筑,共有两层。老式的红砖墙,石板的屋顶,还有阁楼层,可能有四个卧室,其中有两个主卧。墙上有些地方爬满了一棵正在开花的老紫藤,非常迷人。邦德仿佛看到了室内的白色镶板,嗅到了屋内阳光照耀的温馨气息,虽然有些霉味。后门连着宽敞的后院,劳斯莱斯车就停在那儿。后院靠近邦德那边开了门,不过另外两边被皱巴巴的铁匠作坊封闭起来,中间竖着高高的白铁烟囱,顶上的旋转通风帽是一个方形口子,像大多数轮船架梁上的得卡雷达扫描器,这个装置稳定地旋转着。这玩意装在林中工厂的屋顶上,邦德猜不出是干什么用。

突然,这宁静的一幕被打破了,好像是邦德投下一便士,启动了布莱顿海滨的透视景机。不知从什么地方传来尖厉的时钟敲击声,5点了,古宅的后门开了。金手指走出来,还穿着那件开车时的亚麻外套,没戴头盔,后面一个相貌平平的小矮个顺从地跟着,他留着两抹小胡子,戴着牛角做框的眼镜。金手指像是心情不错,他走到劳斯莱斯车前,拍了拍气阀帽。另外一个人恭敬地笑笑,从马甲口袋里掏出一个口哨,吹了起来。右手工坊开了一扇门,四个穿蓝色工装服的工人依次出来,走到车边。敞开的门传出呼呼的声音,一台重型引擎转动起来,形成有节奏的汽轮转动声,邦德想起了瑞库佛。

四个工人在车子周围站好,那个小个子大概是工头,他一声令下,几个人便开始把整车卸下来。

他们把四扇门从铰链上抬下来,从引擎上取下气阀帽,在挡泥板上上好铆钉,很显然,他们正有条不紊地把装甲层从汽车上取下来。

邦德刚做出这样的推断,那个黑乎乎的、戴着礼帽的杂役就在后门出现,对着金手指说了些什么。金手指对工头说了一句话,走进门去,留下工人在那里干活。

邦德必须采取行动了。他四处打量了一眼,记住周围的地形,从树林中摸回去。

"我是环球出口公司的。"

"哦,是吗?"桌后的墙上是一张复制阿尼戈尼绘制的女王肖像画,其他几面墙上是有关农业机械的广告。窗外传来威尔逊口岸繁忙的货运声,一艘汽船轰鸣而过。邦德瞄了窗外一眼,那艘船正行到河中央,在夜晚如镜的湖面上留下迷人的余波。邦德转过头望着那个长相一般的家伙,他无动于衷,客气地打量着邦德。

"我们想同你们做生意。"

"什么样的生意?"

"重要的生意。"

那人突然露出一丝微笑,开心地说:"你是007对吧?我认得你,能为你做些什么?"他很小心,"只有一点,最好快些,尽快干好。自从上次杜门事件后,我被当地人和雷德兰的人盯上了。当然一切还好,但谁也不喜欢这些家伙到处打听。"

"和我想的差不多,都是些公事。"邦德解开衬衫纽扣,取出一块重重的金子,"请你拍一封密电给情报局。有机会的话,把这个交上去。"那人掏出一个便签本,速记着邦德的指令。

那人记好后,把本子放到口袋里。"天啊,真是烫手的山芋,当然照办。我值半夜的班。"他指指金块,"这个会送到伯尔尼装袋。还有其他事吗?"

"听说过高北古堡的奥里克公司吗?他们是干什么的?"

"这个地方所有的工程企业,我都清楚。必须的。去年卖给他们一些手动铆,他们制造金属家具,东西挺不错的。瑞士铁路用了一些他们的产品,航空公司也有用的。"

"是哪家航空公司?"

那人耸耸肩膀:"听说所有的活都是给麦加航空公司做的,这家航空总公司有去印度最大的包机航线,日内瓦是终点。麦加是私人公司。其实,我听说奥里克公司有些股份在里面,要不怎么会得到座椅的合同呢?"

邦德的脸上慢慢浮出一丝冷酷的微笑,他站起身,伸出手:"你不知道,你已经帮我在一分钟之内完成了一个完整的拼图。非常感谢。祝你的拖拉机生意兴隆,再会!"

来到大街上,邦德迅速钻进汽车,沿着口岸朝博格斯驶去。情况摸清楚了!整整两天时间,他在欧洲跟踪劳斯莱斯车,这辆车镶了装甲敷板。他在肯特看到最后一点甲敷板装到车上,又在高北古堡看到整个敷板给拆了下来。这些薄片已经进了高北的锻炼炉,正被打成麦加运输机上的七十把椅子。再过几天,这些椅子就会在印度被卸下来,换上铝质座椅。那么,金手指能赚多少钱?五十万英镑,还是一百万英镑?

这辆劳斯莱斯"银魂"轿车压根不是"银魂",而是"金魂"!车身足足有三吨重,实实在在的18K白金。

第十四章　黑夜里的搏击

詹姆斯·邦德住进博格斯旅馆，冲洗好后，换了衣服。他掂了掂沃尔特PPK手枪的分量，琢磨着要不要带在身上。再回奥里克公司时，他可不想被人看到。如果撞了霉运被人发现了，这把枪肯定坏事。他故事虽然编得有些蹩脚，但至少还能做做掩护，就指望这个了。不过邦德的确特意挑了一双鞋子，比一般的休闲款式要重不少。

他问前台是否有索梅小姐入住，接待员说酒店没有叫索梅小姐的客人。这一点也不令人吃惊。唯一的问题是，她是趁邦德不在时离开了旅馆，还是登记了其他名字。

邦德驾车驶过美丽的勃朗峰桥，沿着灯火通明的港口向一家名为"巴伐利亚"的阿尔萨斯啤酒店开去，这家啤酒店是国联时期大人物们碰头的地方。他靠窗坐下，就着黑狮啤酒把昂新酒一饮而尽。先想到的是金手指，这家伙的身份已经确凿无疑了。他给苏联的间谍网络，可能是锄奸局提供资金援助。他把黄金走私到印度，在那里得到最高的回报。在失去了布里克瑟姆拖船后，他又冒出了新点子：先是让大家知道他有辆装甲轿车，这只会被大家当作他的怪癖。很多英国厂商出口改装车，过去是卖给印度王侯，现在是卖给阿拉伯的石油酋长们和南美总统。金手指选了一辆"银魂"，经过改装后，车子的底盘更为结实。铆接是这辆车的一个主要特点，也是能用上大块金属片的地方。金手指开着车出国一两次，好让菲里菲尔德熟悉它。紧接着，他在瑞库佛把装甲敷板拆下来，换上18K 的白金，镍和银的合金应该足够结实，即使遇上事故，车体有擦痕，金属的颜色也不会泄露什么。接着就是去瑞士，最后到小工厂。这里的工匠应该跟瑞库佛一样，也是精心挑选的，他们取下敷板后，锻造成能安装在麦加航空飞机上的座椅。而金手指的助手可能是这家航空公司的主管，也能从"黄金飞行"中分得一杯羹。这些"飞行"（一年一次、两次，还是三次？）只能接受轻量货物，带几个乘客。飞机在孟买或者加尔各答进行一次大改装，重新组装设备，然后在麦加的机库重新安装座椅。那些换下来的金质座椅会被送到金银贩子手中，最后金手指会在拿骚，或者任何他挑选的地方结算纯金信用，他会赚到百分之一百，甚至百分之两百的利润。这个过程周而复始，从英国的老金店到瑞库佛，再到日内瓦，最后到孟买。

邦德望着波光闪闪的湖面，这的确是顶级走私路线，以最小的风险换来最大的利润。金手指按着老式汽车喇叭，在三国警察钦佩的目光下一路驶过，这家伙该有多得意。如果他不作弄人，让人不爽,不是锄奸局的爪牙,那么邦德的确会崇拜这位殿堂级的江湖骗子。他的运作居然厉害到让英格兰银行都有些担心。但是现在,邦德唯一要做的是摧毁金手指,搜缴他的黄金,把他抓进牢里。金手指对于黄金过于贪婪,他的欲望过于危险,不能任其发展。

8点了。昂新酒是龙胆根提炼出的烈酒,也导致了瑞士人的慢性酗酒。邦德的胃慢慢被酒水暖热,人也没那么紧张。他又点了双料酒、一份酸菜什锦熏肉、一份方淡甜点。

不知那姑娘怎样了。那个漂亮而趾高气扬的说谎者,突然也卷到这场交易中。她到底是干吗的,借口打高尔夫球又是怎么回事?邦德站起身,走到屋后的电话亭。他打给《日内瓦日报》,找到体育版的编辑。这人还挺帮忙,但是邦德的问题让他吃了一惊。没有,夏季其他国内赛事都结束了,当然会有很多大奖赛吸引外国人到瑞士来。和其他欧洲国家一样,他们想吸引尽可能多的英美运动员,提高竞争。"没有,先生。"

邦德回到桌旁吃晚饭。这就够了,不管她是谁,都是业余选手,专业选手的幌子不会只消一个电话就被拆穿。邦德应该想到这一点,即使不情愿。因为他喜欢这姑娘,感到兴奋,但是她可能是锄奸局派来监视金手指的特工,可能也监视邦德。她具有特工的一些素质,如独立的品性、刚毅的性格。但这个想法也不对,她没接受训练。

邦德点了一片瑞士干酪,腌南瓜条和咖啡。不对,她真是一个谜。邦德只能祈求她不要有什么秘密计划,牵涉到金手指或者他,这只会添乱。

这样的话,他的任务基本完成了!现在只要用他的亲眼所见证明对金手指和劳斯莱斯车的推断是真的。只需去高北去看一眼金手指的工程,只要一粒白金粉末,他当晚便能奔赴伯尔尼,利用大使馆的编码器向国内拍封电报。接着英格兰银行会不动声色地冻结金手指在全球的银行账户,而瑞士警署特别部或许明天就会敲开奥里克公司的大门。接下来是把金手指引渡到布里克斯顿,这件复杂的案子将在湄兹斯通或者勒维斯这样的走私法庭不声不响地处理。金手指将会被判几年刑,他的移民资格将被驳回,而他非法出口的黄金储备会一点点流回英格兰银行的国库。锄奸局会咬着满是鲜血的牙齿,关于邦德的不断加厚的记录上又会添上新的一页。

现在就去把最后一段路跑完。邦德付好账,走出去,进了车。他穿过隆河,沿着闪亮的港口慢慢向前开,融进夜晚的车流中。相对他的目的而言,这是一个寻常的夜晚。空中有一轮刺眼的上弦月,一丝风都没有,没法掩护他从树林走向工厂的脚步。行了,不用着急。那伙子人可能会整晚加班呢,他必须放松,特别小心。那里的地形和他设计的路线像电影一样在邦德眼前闪过。

邦德沿着当天下午的路线开,从大路上下来后,他亮起了侧灯。他小心地将车从小路开进了林中的一片空地,关掉引擎,坐在那里听着。在一片死寂中,只有气阀帽下面滚热的金属发出轻柔的敲击声,还有仪表盘时钟的飞驰。邦德下了车,把门关紧,轻轻地走过林中的小路。

他能听到发电机引擎沉重的喘息,啪、啪、啪,很小心的声音,也很有威胁。邦德找到铁栏杆之间的空隙,钻过去,站在那儿,警觉地穿过月光斑驳的树林。

啪、啪、啪。引擎沉重的喘息声仿佛就在头顶,邦德感到浑身不自在,像第一次在黑暗中玩捉迷藏游戏。高高的白铁烟囱传出无辜的引擎声,是恐龙在洞穴里的呼吸?邦德紧绷着肌肉,一步步往前走,小心地拂开路上的小树枝,每一步都尽可能小心,像是经过一个雷区。

树林渐渐稀疏开来,一会儿工夫,邦德就找到上次掩护他的大树干了。就在找到那一刻,他一动不动地站在那儿,脉搏加速跳动。原来他发现就在那棵树下面,一个人趴在地上。

邦德张大嘴巴,缓缓地吸了一口气,吐出来,释放紧张的情绪。他轻轻地在裤子上蹭了蹭手掌上的汗,慢慢蹲下来,瞪大眼睛,像摄影镜头一样看着前方。

那个树下的身体正小心翼翼地移向一处新位置,树顶拂过一丝清风,月光在那人身上一闪而过,随后就静止了。一晃而过的还有厚密的黑头发、黑色的毛线衫和黑色的宽松长裤。还有些什么,地上一道金属光从黑发上闪过,经过树干蹿到草丛中。

邦德疲惫地慢慢低下头,从手指缝中看过去。是那姑娘,蒂丽,她正看着下面的建筑。她带了来复枪,肯定是混在无辜的高尔夫球杆中。看来她打算瞄准了,该死,这作死的小傻瓜!

邦德慢慢放松了!这姑娘是谁,又是来干什么的,这些已经不重要了。他估计了一下距离,计划好每一步,包括怎么最后一跃,左手按住她的脖子,右手握住手枪。就这么着!

邦德一跃,前胸滑过她翘起的臀部,猛地压住那姑娘的后腰,她轻轻咕哝了一声。邦德的左手指迅速握住她的喉头,摸到颈动脉。他右手握住来复枪的枪膛,弹开她的手指,摸到保险栓,将枪挪到一边。

邦德将身体从女孩身上挪开,手从脖子上滑下,轻轻捂住她的嘴。姑娘的呼吸很费劲,身体不能动弹。邦德小心地把她的手扣在背后,用右手把住。她的臀部开始扭动,双腿抽搐着。邦德用肚子和大腿压住她的腿,她强壮的肌肉凸了出来,急躁的呼吸穿过他的手指缝间,牙齿咬着他的手指。邦德小心地一点点凑近,嘴巴掠过她的头发,急切地对着她的耳朵说:"看在上帝的分上,蒂丽,不要动!是我,邦德!你的朋友。这很重要。有些事情你不知道,能不动吗,听我讲?"

那姑娘不再张口咬他的手指,身体也松弛些。过了一会儿,她点点头。邦德从她身上滑下来,躺在一边,但还是牢牢铐住她的手。他小声说:"别出大气。你在跟踪金手指吗?"

姑娘侧过白皙的脸,看了邦德一眼,气愤地对着地上说:"我要杀他。"

哦,难道这姑娘的肚子被金手指搞大了?邦德松开她的手,她抬起手,垫在头下面。她累坏了,全身微颤,神经放松了些。她双臂有些抖动,邦德伸手平整她的头发,轻柔而有节奏。他小心地望了下方宁静的一幕,还是老样子。真没什么变化?不对,烟囱通风帽上面的雷达怎么不动了?而它长方形的口子正对准他们的方向。对邦德来说,这个事实毫无意义。姑娘没哭,邦德紧挨着她的耳朵说:"别担心,我也在跟他,而我会把他害得更惨,是伦敦派我来跟他的,他们要这家伙。他对你干了些什么?"

她小声说道,几乎是自言自语:"他杀了我姐姐。你认识她,吉尔·玛斯顿。"

邦德猛地一惊,问道:"出了什么事?"

"这浑蛋每个月都会换一个女人。吉尔刚接手这工作时跟我说的。他先催眠她们,然后涂上金子。"

"老天,为什么?"

"我不知道。吉尔说这家伙是个黄金狂。我猜他是那种黄金占有狂,整个人嫁给了黄金。他派什么韩国仆人干这活,但这人不涂脊背。吉尔也没法解释。我发现,如果这样,人不会死。如果全身涂满金粉,皮肤的毛孔没法呼吸,人就没命了。韩国人随后会用松香或者其他什么东西把她们身上的黄金洗掉。金手指出价一千美元,把这些家伙打发走。"

邦德眼前出现了可怕的杂役和金粉罐子,还有金手指心满意足地看着金闪闪的人体雕塑。多么可怕的收藏。"吉尔怎么了?"

"她发了电报,让我赶过来。金手指把她扔到一家迈阿密医院的急救病房,她要死了。医生也不知道怎么回事,她把一切告诉了我,那浑蛋对她所做的一切。当晚她就死了。"姑娘嗓音干干的,"回到英国时,我去找了皮肤专家特雷林。他给我讲了这桩皮肤毛孔的买卖。有些卡巴莱餐厅的女孩需要扮成银色雕塑,便会如此。他给我看了手术和尸检的细节,我这才明白吉尔出了什么事。金手指把金粉涂满她的全身,他杀死了她。这肯定是报复她跟你跑了。"短暂的停顿。姑娘闷声说:"她跟我说起过你。她、她喜欢你。她说如果能遇到你,就把这枚戒指交给你。"

邦德紧闭双眼,内心克制不住地恶心。又死了一个!沾满鲜血的手!这一次,只因一个粗心的手势,一次无谓的冒险,同一个喜欢他的女孩狂欢二十四小时,最后竟是他未曾想过的结果。"她离开了我的公司。"两天前,在桑维奇的阳光下,他淡淡地说出这句话,大概很过瘾!邦德的指甲尖插进手掌中,上帝!如果这是他此生最后的举动,金手指也要为这起谋杀负责。至于他自己?邦德知道答案,他无法将这次的死亡推脱成工作的一部分,他将负罪终生。

那姑娘正用力拉手指上的克拉达戒指,十指相扣,拱出金质的心。她的嘴咬住关节,卸下戒指,举起来交给邦德。这枚小小的金质圆环在树干的掩映下,在月光中闪闪发光。

邦德听到窸窸窣窣的声响,随着尖厉的口哨声,砰的一声,一支钢箭的铝穗像蜂鸟的羽毛一样在邦德眼前颤抖,箭柄直射过来,那枚金戒指滑落下来,滴溜溜地滚到树干下。

邦德慢腾腾地,几乎是木然地转过头来。

十码开外,半是月光,半是阴影,蜷伏着一个黑乎乎的西瓜脑袋的人,两条腿按空手道的姿势跨得很开。他的左臂持着锃亮的半圆形弓箭,跟重剑手一样直。右手正拿着第二支箭的羽毛,箭尾紧挨着右脸颊,右胳膊肘紧拽着悬弓,而这支银箭头正指着在两张白皙的脸庞之间。

邦德倒吸一口气,对女孩小声说:"千万别动。"他又对着十码外的黑影大声说:"嘿,杂役,射得真他妈太准了!"

杂役把箭头举了起来。

邦德站起来,掩住女孩,嘴角轻轻飘出一句话:"他肯定没看到来复枪。"邦德装作无所谓,息事宁人地说,"金手指先生这地儿挺不错的,真想什么时候跟他聊聊,今晚可能有点晚了,你可以告诉他明天我都方便。"邦德对着姑娘说:"走吧,亲爱的。已经在树林里散完步了,该回旅店了。"他朝栅栏那边退了一步。

杂役跺了前脚一下,第二支箭的箭头飞向邦德的腹部中央。

"过过过。"杂役侧着头,朝下方住宅处努努嘴。

"什么?你是说他想现在见我?那也行。我们不会打扰他吗?走吧,亲爱的。"邦德从树的左边绕过去,来复枪则埋在树的右边的草影里。

他们慢慢朝山下走,邦德悄悄地对姑娘简单说了几句:"你算我的女友。我把你从英国带来,这起历险让你既惊讶又好奇。我们处境艰难,什么花招都别耍。"邦德把头向后动动,"这家伙是个杀手。"

姑娘生气地说:"你要是不插手就好了。"

"你也是。"邦德轻声说,不过又收回说的话,"蒂丽,对不起,我不是这个意思,但你恐怕也没法全身而退。"

"我有我的计划,本来子夜时分我就能到边境了。"

邦德没说什么,他看到了一个东西。高高的烟囱顶上,雷达上的长方形的口子又在转了,他们就是被这玩意盯上的,肯定是什么声呐接收器。这厮倒是有一箩筐的家伙!邦德不该低估金手指。如果把枪带来呢?不行。即使是瞬间拔枪,也没法秒杀这个韩国人。现在不行。这家伙太要命了,不管邦德带没带武器,跟他斗都是以卵击石。

他们到了院子里,宅子的后门开了,又出来两个韩国人,可能是瑞库佛庄园的仆人。他们拿着丑陋的打磨棒,穿过温暖的灯光跑了过来。"不许动!"两人面带野蛮空洞的微笑。J工作站的人在日本俘房营待过,给他描述过这种神情。"我们找东西,没惹什么麻烦。"开口的家伙挥了挥棍子:"把手举起来!"

邦德慢慢举起手,对女孩说:"不管发生什么,不要反抗。"

杂役向前走了几步,凶狠地站着,看着那些人搜身。搜得很专业,邦德冷冷地看着那些手放在姑娘身上,还有狞笑的脸。

"行了,过来。"

那伙人押着他俩穿过大门,沿着一条石头小径到了窄窄的前厅。屋子的气味同邦德想象的一样,有酸腐味、芬芳味,还有夏天的气息。大门装了白色镶板,杂役敲了其中一扇门。

"什么事?"

杂役开了门,他们被推搡进去。

金手指坐在一张大办公桌旁,上面堆满了貌似重要的文件。桌子两侧是灰色的金属文具柜。一旁的矮桌上,在金手指够得着的地方,摆了一台短波无线装置,上面有发报员的键盘,一台机器正嘀嘀嘀走个不停,邦德估计这可能同发现他们的声呐接收器有关系。

金手指穿件开领的白色丝质衬衫,外面套一件紫色的天鹅绒吸烟外套,领口露出一撮橘黄色的胸毛。他端坐在一把高背椅上,瓷蓝色的大眼直盯着邦德,对女孩一眼都没看。他没有丝毫的吃惊,除了刺骨的凶狠,他毫无表情可言。

邦德怒喝道："金手指，瞧瞧这是怎么回事？为了区区一万美元，你向警察告发我？我跟我女朋友索梅小姐跟你到这儿，就是要弄清楚你这浑蛋到底是什么意思。我们是爬了栅栏，的确是私闯民宅，但我是想在你开拔前跟上你。接着你养的这只大猩猩跑过来，差点用弓箭要了一个人的命。然后又有两个该死的韩国人搜查了我们。这他妈是怎么回事？你如果不给我文明的回答，而且道歉，我就叫警察。"

金手指眼眨都没眨，表情淡漠冷峻，对邦德的君子怒吼置若罔闻。"邦德先生，芝加哥有句老话，'第一次纯属意外，第二次是偶然巧合，第三次便是敌对行动了'。从迈阿密到桑维奇，再到现在的日内瓦。我打算从你身上拧出事实。"金手指的目光慢慢地滑到杂役的头上，"杂役，压力室。"

第三部分 敌对行动

第十五章　压力室

邦德的反应是自动的,这不需要什么理由。他立即跨出一步,猛地越过桌子朝金手指扑过去。整个身体向下俯冲,撞在桌面上,一头扎进文件堆中,他的头砰地砸到金手指的胸骨上,猛烈地冲击着凳子上的金手指。邦德朝桌子边回踢一脚,紧紧握住,又向前冲过来。接着椅子向后翻倒,两个人沿着碎裂的椅子滚下去。邦德抓住金手指的喉头,大拇指勒住他的舌根,用尽全力向下按。

接着整个屋子里的人都扑向邦德,一根木棍砸到他的脖颈子。他从金手指身上滑到地板上,一动不动。

令人眩晕的光轮慢慢转动,邦德先是看到一个圆盘,一个黄月亮,接着是一只吓人的独眼,喷火的眼球旁写着些什么。一条讯息,一条重要的讯息。一定要看清楚。邦德小心翼翼地、一个接一个地、拼读着细小的字母,"马兹达无名者协会"。这是什么含义?水猛地泼到邦德脸上,他双眼刺痛。他拼命干呕了几下,却动弹不得。他能看清了,大脑清醒过来,后脑勺处钻心地疼。他正对着一顶珐琅瓷的灯帽,下面装了一只大瓦数的灯泡。他大概是在什么平台上,手腕和脚踝都被绑了,动动手指,摸到的是光滑的铁板。

一个声音,金手指冷漠沉闷的声音:"那我们开始吧。"

邦德朝声音处扭过头去,双眼眩晕,他使劲闭上眼,又睁开。金手指坐在一把帆布椅子上,脱了外套,只穿了一件长袖衬衫,舌根处是红红的手印。一旁的折叠桌子上是各种工具:金属器械和一个操控面板等。桌子的另一端蒂丽·玛斯顿坐在另一张凳子上,手腕和脚踝都给绑了,她坐得笔直,像是在学校里。她美得无与伦比,但是吓坏了,神情漠然。她茫然地注视着邦德,看样子要么是给注射了毒品,要么是被催眠了。

邦德的头转向右边,几尺开外处站着那个韩国人。他还戴着那顶帽子,上身一丝不挂。汗津津的黄皮肤,胸部没有毛,平滑的肌肉有晚餐盘那么大,腹部在肋骨下端凹陷处。二头肌和前臂也没长毛,跟大腿一样粗。眼睛是那么得意和贪婪,他咧着长方形的嘴,露出黑不溜秋的牙齿,充满了期待。

邦德抬起头,迅速环视四周,挺疼的。是在一间厂房里,两台电炉的铁门四周白光闪烁。蓝色调的金属板垒在木架子上,不知从什么地方传来发电机的呼呼声,远处隐约有铁锤的敲击声,更远处有电厂铁器的喘息声。

邦德向下瞄了一眼自己平躺的工作台,他放下头,叹了口气。

钢质抛光板面的中央有一条狭小的缝隙,另一头在他的脚部分开的地方是一台圆形锯闪亮的锯齿。

邦德仰望着电灯泡上的一行小字。金手指开始了轻松的对话,邦德紧揪着帘布,仔细听着。

"邦德先生,英文单词 pain(痛苦)源于拉丁文的 poena,意思是惩罚,即必须付出的。你必须为你的好奇付出代价,我怀疑你是故意攻击我的。老话说,好奇害死猫。这次可能会害死两只猫,恐怕这姑娘也要算一只猫。她说她住在博格斯,电话打过去,查无此人。我派杂役到你俩的藏身处,找到了她的来复枪,还有一枚戒指,我恰好认识。其他情况经过催眠都知道了,这姑娘是来杀我的,你恐怕也是的,但都失败了,现在该受惩罚。"金手指困倦而无聊地说,"邦德先生,我遇到过很多敌人。我非常成功,非常有钱。如果要我奉劝你一句,财富不会为你赢得朋友,但会极大地提高敌人的级别。"

"简洁凝练。"

金手指没理睬他的话:"你是自由的,又有调查才能,可以在世界各地找到不少家伙的踪影。他们希望我倒霉,总想坏我的事。我说了,这类家伙很多。邦德先生,他们的遗骸像夏天马路上被碾死的刺猬一样。"

"这比方有点诗意。"

"邦德先生,我是行动上的诗人,虽然语言上不常是。我关心如何有效而适当地组织行动。今天你很倒霉,是你先挡了我的路,然后破坏了我的一个小项目。上次是其他人替你受罚,一眼还一眼,但那只眼不是你的。你挺走运,如果你找占卜师,他会说:'邦德先生,你还算走运。别惹奥里克·金手指先生,离他远远的。他是个厉害角色。如果他想捏碎你,只要睡觉翻翻身就行了。'"

"您说得非常形象。"邦德转过头,一颗像橘黄色足球的大脑袋微微向前伸着,圆滚滚的脸盘没什么表情,一只手伸向控制面板,按了一个按钮,接着工作台另一端传来缓慢的金属咆哮声,很快是刺耳的哀叫声,接着是尖厉的口哨声。邦德疲倦地转过头去,要多久才能死?有没有速死的方式?他的一个朋友从盖世太保手下活下来,跟他描述过如何屏气自杀。通过超乎寻常的意志力,几分钟不呼吸,人就昏迷不醒。随着身体失去知觉,意志和动机也离开了肉体,随即理智也消失了。肉体的求生本能推动心泵,身体便又有了呼吸。邦德可以试一试。要获得死亡的祝福,没有其他方式能绕过疼痛。死亡是唯一的出口。他不可能向金手指告密,也不可能用真相买通金手指。不行,他必须咬住那个勉强的托词不松口,但愿能走好运。M会选择谁呢?可能是008,三号小组的二号杀手。那人挺不错,比邦德更小心。M应该知道是金手指杀了邦德,他会给008发出干掉金手指的狙击令。没错,只要邦德守口如瓶,金手指很快就会倒霉的。如果他泄露了一星半点儿,金手指肯定逃之夭夭,后果不堪设想。

"听着,邦德先生。"金手指轻快地说着,"别假装友好了。还是我在芝加哥的朋友说得对,唱歌吧,死得快点,没有痛苦。这姑娘也活不成。不唱歌,叫嚷着死去。我会把这姑娘交给杂役做晚餐,就像那只猫一样。你选哪样?"

邦德说道:"金手指,别傻了。我跟环球公司的哥们说了去哪儿、干吗了,这姑娘的父母知道她跟我一块。我们来这儿前,打听了你的公司,大家很容易找到我俩。环球很厉害的。我们失踪后几天,警察就会找到你。我跟你做笔交易,放我们走,什么都不会传出去。我替这姑娘发誓。你在犯一个愚蠢的错误,我俩绝对是无辜的。"

金手指不耐烦地说:"邦德先生,你恐怕还没明白。不管你发现了什么,恐怕只是一丁点儿的真相,我有一个庞大的产业,让你俩活着离开这儿真是可笑的赌博。绝对不可能。至于警察,他们要来的话,我乐于奉陪。我的韩国伙计什么都不会说。电火炉两千度的高温足以蒸发你俩的一切,从它口中也掏不出什么。不对,邦德先生,是你要做选择。或许我可以鼓励你……"这时传来操作杆穿过铁齿的噪声,"锯子正以每分钟一英寸的速度接近你的身体。同时,"他瞄了杂役一眼,举起一个手指,"杂役会来点按摩。开始仅仅为一级,二级和三级会更有说服力。"

邦德闭上眼睛,四周弥漫着杂役恶心的动物园的臭味。肥大粗糙的手指仔细轻巧地在他身上拿捏着,这里按按,那里压压,突然拧一下,稍微停顿后,猛地来一拳。这双粗糙的手如外科医生般精确。邦德死命地咬紧牙关,几乎都要咬断了。疼痛的水珠集结在紧闭的眼眶里,锯齿的摩擦声越发尖厉,让邦德想起了很久以前在英国家乡木头的声响。家?这才是他的家,这个危险的蚕茧才是他选择的家,马上他就要葬身于"一个恒温两千度的国外火炉"了。上帝!情报局的快乐绅士安息吧!留个怎样的墓志铭呢?他该说些什么

"最后的名言"？你不能选择出生,但能选择去世的方式？就这吧,刻在墓碑上还像个样子:"不知生,但知死。"

"邦德先生,"金手指稍有些急,"真要这样吗？说出真相吧,你是谁？谁派你来？你知道什么？说出来就简单了。你俩会服下药片,没有痛苦,就像喝点安眠药水。不然的话,就会吃尽苦头,对这姑娘也不公平吧！这难道是英国绅士的行为吗？"

杂役停止了对他的折磨。邦德慢慢地将头朝金手指转去,睁开眼睛。他说:"金手指,我没什么多说的,因为什么都没有。你如果不接受我开的第一个条件,那我就再开一个。我和这姑娘可以给你干活。我俩挺能干,能派上不错的用场。"

"在我后背上插上两把刀吗？多谢你,邦德先生,不行。"

邦德决定不再啰唆,拧紧意志的发条,临死都不要转动。邦德客气地说:"那你可以走了,你自便。"他从肺部吐出所有的气,合上双眼。

"邦德先生,我可不想这么做。"金手指平静地说道,"既然你选择了一条坎坷的路,那我就让这条路尽量坎坷。杂役,二级。"

工作台的操作杆穿过锯齿,邦德感到两膝之间锯轮鼓动的风。

邦德慢慢数着震动全身的沉重脉动,仿佛是工厂另一头巨大的发电装置,但速度慢下来了,如果能降得更快些就好了。求生的意志如果不听大脑的控制,岂不是很滑稽？油缸的燃油快没了,引擎的转动还有什么意思？他必须让大脑腾空念想,让氧气离开肉体,让自己成为真空,一个无意识的深洞。

透过眼睑还能感到火红的灯光,他还能感到太阳穴膨胀的气压,生命在耳朵里缓缓打着小鼓。

一声尖叫几乎要冲出紧闭的牙门。

死吧,真见鬼!死吧!

第十六章　最后的与最大的

飞舞的鸽翼,天籁,听,引导天使的歌唱,这就是天堂吗? 简直跟幼稚园讲的一模一样。愉悦的飞行,黑暗,无数竖琴的弹奏。他真要记住这地方,看一看,这是天国之门吗? ……

耳边响起慈父般深沉的声音:"我是机长,(嗯嗯,这是谁? 圣彼得吗?)我们马上降落,请系好安全带,熄灭香烟,多谢。"

肯定是一大伙人在天上飞。蒂丽也在这架飞机上吗? 邦德尴尬地动弹一下,该怎么向其他人介绍呢? 比如薇思珀①。假设真到这个问题上,他更喜欢谁呢? 但可能是一个大地方,有不少郡县小镇,也就不会再遇到过去的女友了。但有些人最好避而不见,除非他安顿下来,找到适当的方式。或许爱的人很多,这些事情也不值

---

① 薇思珀(Vesper)是《皇家赌场》(*Casino Royale*)中的重要角色。

一提,或许有些人就是见一个,爱一个。唉！真复杂！

脑子里尽是这些乌七八糟的念头,邦德再度昏迷不醒。

轻微的摇摆让他苏醒过来。他睁开眼,阳光很刺眼,又闭上。头的上方有个声音:"伙计,小心点。飞机活动梯看上去有些陡。"马上就有一个剧烈的摇晃,前面的人没好气地说:"知道了,他妈的,那伙人怎么不把垫子放好?"

邦德挺冒火的,这儿居然有人打口水仗,难道他们以为我是新来的,不把我放眼里吗?

担架在旋转门上撞了一下,什么东西重重打在邦德伸着的胳膊上,他吼了一声:"嗨！"他想摸摸胳膊肘,但是两手动不了。

"你懂什么?嗨,山姆,最好给大夫打电话,这个人醒过来了。"

"行啊！把他跟其他人并排放。"邦德觉得自己被放了下来,要凉爽些。他睁开眼,一张布鲁克林式大圆脸对着他笑了。担架的金属支架撑在地面上。这人说:"先生,你感觉怎样?"

"我在哪儿?"邦德有些惊恐,他想坐起来,但动不了,身上出了不少汗。天啊！这难道还是过去生活的一部分?一想到这,他悲痛万分,眼泪顺着脸颊淌下来,刺痛了双眼。

"喂喂！先生,别难过！你没事。这是纽约的艾德怀尔德,你在美国。瞧,什么麻烦都没有。"这人直起身,他可能以为邦德是从哪儿来的难民呢,"山姆,走吧,这伙计吓坏了。"

"行啊,行。"这人急切地咕哝两声。

邦德的头其实能动,他环视四周,这是一个洁白的病房,大概是机场里的卫生室。屋里摆了一排整洁的床铺,阳光从高高的窗户投进来，不过有空调很凉爽。他的担架放在地上，旁边还有一个。他忍痛把头扭到一边，是蒂丽。她昏迷不醒，黑发的映衬下，惨白的脸正对着天花板。

病房那头的门给推开了，一个白大褂握住门，站在那里。金手指兴高采烈地走过来，轻快地穿梭在两张床之间。后面是杂役，邦德疲倦地合上眼，天啊！这家伙赢了。

金手指的腿在他的担架旁停下来。金手指轻声说："大夫，这俩人状态还行吧？还是富人有福分，他的朋友或者属下病了，至少能得到最好的医务治疗。神经紊乱，两人都是，而且在同一礼拜！您相信吗？只能怪我，他俩压力太大了。日内瓦最好的医生福厄大夫非常肯定地说：'金手指先生，他俩需要休息。休息，休息，还是休息。'福厄大夫开了镇静剂，我们现在正送他俩去长老会的哈克尼斯医疗中心。"金手指哈哈一笑，"大夫，有耕种就有收获，对吧？我当初捐了价值一百万美元的 X 光设备给哈克尼斯，压根没想有回报。不过现在只消一个电话，就能预备两个顶级病房。现在这样——"哗哗一沓钞票被翻动，"多谢您帮忙处理入境事务，幸亏他俩的签证都有效。入境处对奥里克·金手指先生应该放心，我本人就足以保证这俩人不会武装推翻合众国政府，不是吗？"

"的确如此，多谢您，金手指先生，乐意效劳。外面是不是停了一辆您的私人救护车？"

邦德睁开眼，朝医生声音的来处望去，眼前是一个面善而严肃的年轻人，留个板寸，戴着一副无框眼镜。邦德无比真诚地低声说："大夫，我和这姑娘绝对没有任何问题。我俩被注射了药水，被强制带到这儿,我俩从未给金手指工作。我提醒你,我们被劫持了。我要求见入境主管。我在华盛顿和纽约都有朋友,都能为我做证,我恳求你相信我。"邦德凝视着男子,希望他相信。

医生面露难色,转身看着金手指。金手指摇摇头,很是小心,仿佛生怕伤到邦德的颜面。金手指把双手往上一推,拍了拍自己头的一侧,无奈地皱着眉头:"大夫,您明白我什么意思了吧?很多天都是这样。神经错乱加上被害妄想症。福厄大夫说这两者常常一块冒出来。他俩大概要在哈克尼斯待上好几个礼拜。但不管怎样,我会把他俩治好的。也可能是因环境陌生而引起的发作,要不给他打一针镇静剂。"

医生俯身去拿黑包:"金手指先生,只要是哈克尼斯照看他,应该就没事。"接着是仪器的响动。

金手指说道:"太让人伤心了,尤其是看到我最出色的助手就这样不行了。"他俯下身,对邦德露出慈父般和蔼的微笑,像是要隐瞒什么,"詹姆斯,你会好过来。放松些,好好睡一觉,就是飞行太累了,放松些,其他事都交给我。"

邦德感到医用棉签在他手臂上涂抹,他深吸一口气,嘴里冒出一长串的咒骂。接着是针头,他张开嘴,尖叫起来,而医生则跪在身旁,耐心细致地把汗水从他额头上抹去。

这间房子没有窗户,像一只灰色的盒子。天花板中央的碗形灯是唯一的光源,四周是石膏的同心圆狭缝,一种素净的气味,还有空调微弱的调节声。邦德觉得能坐了,的确坐了起来。他觉得很困,但没什么不好,突然觉得非常饿、非常渴。上次吃饭是什么时候?两天还是三天前?他的腿踩在地板上,身上一丝不挂,他查看了身体。杂役很小心,除了右前臂上有些针眼,没有伤害的痕迹。他强忍着头晕,站起身来,在屋子里走了几步。他一直躺在轮船那种卧铺上,下面是抽屉。房间里唯一的家具是一张简单的松木桌子和一把笔直的木椅。一切干净而实用,是斯巴达风格。邦德蹲下身,打开抽屉,他的全部行李除掉手表和手枪都在里面,甚至到奥里克公司侦查穿的那双重鞋子也在里面。他扭动一个鞋跟,一把双面宽刀从鞋底的刀鞘里滑下来。如果手指握住鞋跟,就组装成一把工作匕首。邦德确认另一把刀在另一只鞋后,将鞋跟复位。他拽出几件衣服穿上,又找到香烟盒和打火机,点燃一支烟。有两扇门,他推开其中一扇门,进入一小间设备齐全的浴室和更衣室。他的洗漱用品整齐地摆放着,一旁是姑娘的东西。邦德轻轻地推开另一扇门,这间房跟他的类似,卧铺枕头上露出蒂丽的黑发。邦德踮起脚尖,往下看。她平静地睡着,美丽的嘴角浮着一丝微笑。邦德回到浴室,轻掩上门,走到洗手池上的镜子前,看着自己。黑黑的胡楂儿像是三天的,而不是两天的,于是他动手清理起来。

半小时后,邦德坐在床边发呆,这时没有把手的门突然开了。杂役站在门口,面无表情地看着邦德,然后小心地扫了房间一眼。邦德厉声说道:"杂役,马上给我吃的。再来一瓶波旁威士忌,苏打水加冰,一包大号的契斯特菲尔德香烟。还有我的手表,或者另外一块一样好的。快去!动作快点!告诉金手指我要见他,不过要等我吃好饭。快去!马上!别站在那儿发呆。我饿坏了!"

杂役瞪着血红的眼,像是在邦德身上找还有什么能捏碎的部位。他张开嘴说了什么,像是一声狗叫,又像打了个嗝。他朝地上吐了一口唾沫,退后一步,飞速地关上门,就在门要哐地关上时,突然放慢速度,啪啪地轻轻合上。

这样的接触让邦德心情不错。不管怎样,金手指没杀他俩,要他们活着。这其中的原因,邦德很快就会知道。只要还活着,就要以自己的方式活着,这包括要以恰当的方式对待杂役和其他韩国人。在他看来,在哺乳动物的等级里,这些人连猿猴都不如。

很快,一个韩国仆人就连同他的手表一起送来了一盘丰盛的食物。直到此时,邦德对四周仍然一无所知,只知道自己的房间靠近水面,在一架铁道桥附近。假设是在纽约,可能是在哈德逊河上,要么是在东河上。不过邦德对纽约地形的了解不足以定位。他的表停了,他问几点了,那人没回答。

邦德把托盘上的食物一扫而光,吸着烟,喝着挺纯的波旁威士忌苏打水。这时门开了。金手指一人进来,像个规矩的生意人,神情轻松愉悦。他关上门,背靠在上面,试探地看着邦德。邦德吸着烟,客气地看着他。

金手指说:"早上好,邦德先生。你状态恢复得不错,这总比死了好。为了省掉你问许多常规问题的麻烦,我告诉你事情的经过和你所处的位置。我有一个提议,希望你给出明确的答复。你比大多数人都要理性,所以我只要简单提醒你一下,不要耍花招,可别用刀叉或者酒瓶袭击我,否则我就抄这家伙。"一支小口径的手枪像黑色的大拇指一样从金手指的右拳里冒出来,他把手放回口袋,"我很少用这些玩意,除非万不得已。直径二十五毫米的子弹,邦德先生,我对得很准,从没失手过。"

邦德说:"别担心,我用酒瓶不会很准。"他扯了扯裤子的膝盖,跷起二郎腿,放松地坐着,"您继续说。"

"邦德先生,"金手指友好地说,"除了金属之外,我对很多材料都颇有研究,我比较喜欢纯粹的东西,就像我们说的纯银。就纯度和价值而言,人体是比较低级的材料。不过偶尔也能碰上一件东西,稍稍能派上些用场。杂役就是这样一个例子:头脑简单,四肢发达可以有限利用。我注意到你的耐力,最后还是犹豫了一下,没有毁掉这样一个物件。我住了手,这可能是个错误,不管怎样,我会采取全面措施,保护自己不受这种冲动的伤害。你的一句话救了你,你建议和玛斯顿小姐一道为我工作。通常情况下,你俩对我没什么用,但恰好我马上要做一桩买卖,可能需要你俩的一点协助,于是我决定赌一把。我给你俩注射了镇静剂,帮你付了账,取来你们的东西,幸好玛斯顿小姐在博格斯旅馆是用真名登记的。我以你的名义给环球出口发了电报,说加拿大给你提供工作岗位,你正飞过去看看前景,这位玛斯顿小姐是你的秘书。你可以补充更多的细节。这份电报不算高明,但是短期内还是能应付的。(没用,邦德心想,除非电文包含一两个无意义的短语,M 不会相信这份电报的真实性。现在特工局应该知道他落到敌方手里,那么追查工作会进展更快)邦德先生,如果我的提醒还不充分,如果有人跟踪你,那我就明确说,我对你的真实身份、你雇主的实力和资源没有丝毫兴趣。邦德先生,你和玛斯顿小姐完全消失了,我也是,还有我所有的雇员。机场会询问长老会的哈克尼斯医疗中心,但是医院从未听说过金手指和他送来的病人。美国联邦调查局和中央情报局没有我的档案,因为我没有犯罪历史。当然入境官员会掌握这些年我进进出出的细节,但没什么用。邦德先生,至于现在的方位,我俩在一家高速卡车公司的仓库,我被推举成这家知名企业的负责人。目前它被彻底改装成我那个项目的秘密总部。你和玛斯顿小姐只限在该区域内活动,你俩将在这里工作生活,尽管我怀疑玛斯顿小姐是否对做爱有兴趣。"

"我们的工作涉及什么?"

从认识金手指以来,邦德第一次在金手指惨淡的大圆脸上看到了一丝生命的痕迹,一丝狂喜照亮了他的双眼,精致的嘴唇微蜷成弧形。"邦德先生,我这一辈子都在恋爱,都在跟黄金恋爱。我爱它的色泽、它的亮度,还有神圣的重度。我爱黄金的质地,长长的、软软的,只消摸一下,我就能将其纯度估算在1K之内。当它熔化成纯金浆汁时,那热烈的气味也让我喜欢。话说回来,邦德先生,我爱黄金给予占有者的力量——控制力和严苛的努力,它实现每个愿望和怪想,甚至在必要时购买肉体、思想,乃至灵魂。邦德先生,没错,我这一辈子都在为黄金工作;反过来,黄金也在为我工作,为我赞助的那些事业工作。请问,"金手指诚挚地凝视着邦德,"世界上还有其他物质能如此辛劳自己的主人吗?"

"很多人没有一点黄金,照样坐拥财富与权力。不过你说的也有道理,那么你收集了多少,打算用来干什么?"

"大概有两千万英镑,相当于一个小国的价值,现在都在纽约,放在我需要的地方。我的黄金库像是一堆合成物,我会将它们搬到这儿,运到那儿,当我想在地球上某个地方铺开这些金子时,那个角落就会开花结果。当我有了好的收成,就再挪个地方。目前我打算用这些黄金储备鼓动一家美国公司,所以这些金条都到了纽约。"

"你是如何选择这些企业的?什么吸引了你?"

"我支持的企业能增加我的黄金储备。我投资,我转运,我窃取。"金手指缩紧了手,又有力地张开,"打个比喻,把历史看成是一趟穿越时间的高速列车,火车行进的声响和震动惊扰了飞禽走兽,有的飞走,有的惊恐地跑掉,躲藏起来,但我是那只跟随火车的老鹰。你肯定见过这样的场面,比如在希腊,老鹰会扑向被行驶的火车惊起来的东西,历史的经过就是这样。一个简单的例子,历史的进步产生了一个发明青霉素的人,历史同时引发了世界大战。很多人正在死去,或害怕死去。青霉素能救命。通过贿赂欧陆的某些军事企业,我大量囤积青霉素,用某些普通药粉或液体进行稀释,然后以暴利销售给急需这种物资的人。邦德先生,您明白了吗?你得等待猎物,小心观察,然后飞扑上去。不过话又说回来,我不是去搜寻这些企业,而是让历史的列车将它们带到我这儿。"

"你最近一次的项目是什么?我和玛斯顿小姐跟这有什么关联?"

"邦德先生,这次是最后一次,也是最大的一次。"金手指目光锐利,声音低沉而充满敬意,"人类已经登上了珠穆朗玛峰,触到了大洋之底,向外层空间发射火箭,实现了原子裂变。人类在一切领域都实现了发明、改良和创造,在一切地方都取得胜利,打破纪录,实现了奇迹。邦德先生,我是说在一切领域,但是有一个领域被忽略了,就是被粗略叫作犯罪的人类活动。我当然不是指愚蠢的战争、龌龊的杀戮。人类个体实施的所谓犯罪活动开始堕落到悲惨的地步,比如小型的银行抢劫、小欺小诈、卑贱的伪造等。不过目前在距离这里一百多英里之外就有一个史上最大犯罪的机会,舞台已经搭好,并设立了巨额奖金,只是演员还没到场,不过制片人终于到了,邦德先生。"金手指举起一个手指,弹了弹邦德的胸部,"剧组已经选好,今天下午就会向主要演员宣读剧本,接着是排练彩排。只要一个礼拜,大幕便会开启。这独特的演出只会上演一次,然后是潮水般的掌声,为有史以来最伟大的法外政变欢呼。邦德先生,这次的掌声将萦绕寰宇几个世纪。"

金手指黯淡的眼睛里像是亮起了一堆火,褐红色的脸颊多了一抹颜色。不过他仍然冷静、轻松,极为自信。邦德暗忖,此人并未有疯癫狂想的症状,金手指大概蓄谋了什么疯狂的计划,但他已经充分衡量了风险,知道不会有事。于是邦德说:"行了,别卖关子,跟我们有什么关系?"

"邦德先生,这是一次抢劫,一次无人反对的抢劫,但是需要仔细地策划。会有不少书面工作,有不少行政细节需要监督,这一直由我亲自做,不过现在你可以派上用场,就让玛斯顿小姐当秘书。你的生命已算是部分的酬劳,等行动成功实施后,你会得到一百万英镑的黄金,玛斯顿小姐能得到五十万英镑。"

邦德很带劲地问:"嘿,你是在开空头支票吧?要我们干什么?去乌有乡抢空气吗?"

"没错!"金手指点点头,"这的确是我们要干的,抢价值一百五十亿美元的金锭,差不多是全球已开采黄金总量的一半。邦德先生,我们要去占领诺克斯堡。"

第十七章　劫匪大会

"诺克斯堡,"邦德一本正经地摇摇头,"对于两个男子和一个姑娘这级别太高了吧?"

金手指不耐烦地耸耸肩:"邦德先生,随你怎么笑,但这个礼拜请收起幽默感。我手下大约有一百号人,这些男男女女是从美国六个最凶悍的黑帮里挑出来的。这支力量是和平时期所能集结的最强悍、最精锐的战斗组织。"

"很好,那又有多少人守卫诺克斯堡的金库?"

金手指慢慢摇摇头,敲了敲后面的门,咔的一声门开了。杂役警觉地蹲在门槛上,看到会谈还算友好,便直起身继续等。金手指说:"邦德先生,你有很多问题,所有问题都能在今天下午得到回答。会议2点半开,现在正好是12点。"邦德瞄了手表一眼,调好时间,"你和玛斯顿小姐将出席会议。我会向六个黑帮大佬提出动议。当然这些人也会问同样的问题,我会解释一切,你和玛斯顿小姐稍后着手细节工作。需要什么只管要,杂役负责你俩的福利,也是你俩的固定防卫。别不守规矩,也别浪费时间逃跑,或者和外界联系。你们受雇于我,就要全方位为我服务。这交易怎么样?"

邦德冷冷地说:"我一直想做百万富翁。"

金手指没睬他,而是看着自己的指甲盖儿,又冷冷看了邦德一眼,关上门走了出去。

邦德坐着盯着门看,双手猛地挠过头发,捂在脸上。他对着空屋子说:"行了,行了。"然后站起身,穿过浴室来到蒂丽卧室门口,敲了敲门。

"谁啊?"

"是我,你醒了吗?"

"嗯。"声音冷冷的,"进来。"

蒂丽坐在床边正提溜着一只鞋,穿着第一次见邦德时的衣服。她沉着冷静,对周遭并不惊讶。她抬起头,不屑地看着邦德,冷冷地抛出一句话:"你惹上的麻烦,你来解决。"

邦德和善地说道:"我应该能办到,不是从坟墓里逃出来了吗?"

"是在进了坟墓后。"

邦德望着姑娘,若有所思的样子。她还空着肚子,现在就回击似乎不够爷们。他说:"这样没一点好处。不管你愿不愿意,我俩可是在一条船上。你吃早饭了吗? 中午吃些什么? 现在 12 点 15 分,我刚吃,我去给你叫饭,回头再把情况告诉你。这儿只有一条出去的路,那个韩国猴子杂役正守着。好吧,你是用早餐还是午餐?"

蒂丽稍微让了一步,说道:"多谢。请来一份炒鸡蛋、咖啡、吐司面包和果酱。"

"香烟呢?"

"我不吸烟,谢谢。"

邦德回到房间,敲了敲门,门开了一寸。

邦德说:"行了,杂役,我还不会杀你。"

门缝又大了些。杂役面无表情,邦德下了餐单,关上门,倒了一杯威士忌和苏打水,坐在床边寻思怎么把姑娘争取到他这边来。打一开始,她就恨他,仅仅是因为她姐姐吗?金手指为什么诡秘地提到她的"爱好"?他为什么觉得蒂丽冷漠甚至敌对呢?她是美的,体态很吸引人,但邦德没法了解她冰冷的内心,行了,主要任务是和她和平共处,不然谁能忍受监狱的生活。

邦德回到她的房间,打开两扇门,这样有什么动静能听到。蒂丽还蜷缩在床上,一动不动,小心地注视着邦德。他靠在门柱上,喝了一大口威士忌,瞅着她说道:"最好跟你说我是苏格兰场的人。"这话应该有用,"我们在追捕这个金手指。他似乎无所谓,以为至少一个礼拜内没人能找到我们。他或许没错,他没杀我们是因为要我俩协同他犯罪。这是桩大买卖,挺费神的,有大量的文案筹划工作要我们处理。你能速记和打字吗?"

"是的。"她的眼睛一亮,"是什么犯罪活动?"

邦德把情况告诉她,然后说:"这当然很荒谬。我敢说,这些黑帮只要问些问题,得到的回答就能说明整个计划是不可能的。但是我也拿不定,据我对他的了解,金手指是个不同寻常的家伙,除非稳操胜算,他不会轻举妄动。或许他并不疯狂,至少不比其他类型的天才狂,比如科学家之类,但毫无疑问,他是这一特殊领域的天才。"

"那我们能做什么?"

邦德放低声音,说道:"你是说我俩该干些什么,我俩陪着玩,最大限度的。不要消极怠工,不要嬉皮笑脸。我们贪婪地追求金钱,提供最上乘的服务。对他来说救我们的命不算什么,但是除此之外,这是唯一的希望,至少我的所在国会有机会挫败他的企图。"

"你打算怎么干?"

"我心里一点谱都没有,要看局势的发展。"

"你是想让我跟你一块干吗?"

"当然了,还有其他建议吗?"

蒂丽倔强地嘟起嘴:"为什么我就该听你的?"

邦德叹了口气:"在这档子事上,做一个女权参政者没有意义,要么是听我的,要么早餐后自杀,都取决于你。"

蒂丽反感地撇撇嘴、耸耸肩,不领情地说道:"行啊,那就这样。"她的眼睛猛地一闪,"只是别碰我,否则我要你的命。"

邦德卧室的门咔的一声开了,他垂着头,和颜悦色地对蒂丽·玛斯顿说:"挑战你极富魅力。别担心,我不会接受它。"他转过身,慢悠悠地走出房间。

一个韩国人端着姑娘的早餐从他身边走过。另外一个韩国人给他的屋送了一套打字桌椅和一部雷明顿便携打字机。他放在床头,杂役站在过道上,递来一张纸,邦德走过去接过来。

这是一张大页备忘录,圆珠笔的字迹整洁清晰,但没什么显著特点。上面写的是:

准备十份议事日程。
戈尔德先生担任大会主席,并主持大会。
秘书:詹姆斯·邦德 蒂丽·玛斯顿

参会人员
赫穆特·M.普林格　　紫色帮　底特律
杰得·米的奈特　　　影子辛迪加　迈阿密和哈瓦那
比利·日格　　　　　机器帮　芝加哥
杰克·斯坦布　　　　闪烁帮　拉斯维加斯
娑罗　　　　　　　　西西里联邦
普西·加罗和　　　　水泥搅拌机　哈莱姆区　纽约市

议程
项目代号"大猛攻行动"。

(点心茶歇)

页面末尾写着:"2点20分来接您和玛斯顿小姐。请做好笔录准备,穿正装"。

邦德笑了，两个韩国人离开房间。他在桌边坐下，将纸张和墨条插进打字机调好，至少要让这姑娘看看他如何准备这份工作。老天！一群怎样的乌合之众！就连黑手党都来了。金手指怎么劝说他们来的，看在上帝分上，这个普西·加罗和小姐又是谁？

2点钟，邦德完成了抄录工作，进了蒂丽房间，连同速记本和铅笔交给她，还把金手指的便条念给她听，然后说："你最好把名字记住，这帮人大概不难辨认，如果卡住了，也能问。我去换上正装。"他冲她笑笑，"还有二十分钟。"

她点点头。

邦德跟在杂役后面穿过长廊，听到河水拍打仓库下面的木桩，一艘轮渡哀号着穿过水面，远处的柴油机轰鸣着。在他脚下某个地方一辆卡车发动加速，大概朝西头公路那边呼啸而去。他们大概是在一幢两层长形楼宇的顶层。走廊的灰色油漆像是新刷的，没有侧门，天花板上的灯罩亮着灯。到了走廊尽头，杂役敲敲门，里面响起钥匙的转动声，拔开两个门闩，两人进入一大间明亮的阳光房。房间是在库房的顶头，对面墙上有一扇宽敞的图画窗户，突出了远处的河流和泽西市黄澄澄的场景。房间因为大会被装饰一番，金手指背对着背景窗，坐在一张大圆桌旁，桌子上蒙了绿呢绒布，放着玻璃水瓶、黄色便签本和铅笔。桌旁放了九把舒服的扶手椅，其中六把椅子上放了便签本和用红蜡封口的长方形小包裹。右边靠墙放着一张长长的冷餐台，上面是闪亮的银质餐具、精致的玻璃器皿和一长串的其他酒瓶。银质冷却杯里放着香槟。各种食物中，邦德注意到两份五磅的听装白鲸鱼子酱和几盘肥鹅肝,冷餐台对面的墙上挂着一张黑板,下面的桌台上放着纸张和一个长方形大纸盒。

金手指看着他们走过厚厚的酒红色地毯,做个手势让蒂丽坐在左侧的椅子上,邦德坐在右侧。两人坐下。

"议程呢?"金手指拿过纸页,念了最上面的一页,交还给那姑娘。他的手挥了个圆弧状,她于是站起来顺着桌子分发议程。金手指把手放在桌下,按了一下隐蔽的铃铛,屋子的后门开了,一个韩国人走进来,站着待命,"都安排妥当了吗?"那人点点头,"除了名单上的人谁都不准进入房间,懂吗? 很好。他们中的有些人带了伴侣来,也可能都带了。伴侣们就待在前厅,想要什么都可以。桥牌和骰子都备了吗,杂役?"金手指看了一眼还站在邦德椅子后面的韩国人,"去站好岗,暗号是什么?"金手指举起两个手指,"没错,门铃响两下。你可以走了,要保证所有员工完美地履行职责。"

邦德随口一问:"你这儿有多少员工?"

"二十个,其中十个韩国人,十个德国人,都非常优秀,我亲自挑的。这幢大楼里的事很多,就像战时甲板下面忙碌的人。"金手指双手平放在面前的桌上,"该说你俩的职责了。玛斯顿小姐负责记录实际要点,任何可能需要我采取行动的要点。不要争论,也不要聊天。明白吗?"

邦德见蒂丽·玛斯顿一副聪明能干的模样,挺高兴的。她干脆地点点头:"当然!"

"还有邦德先生,我想知道你对发言人的任何看法。这些人我都很熟,他们都是各自地盘上的最高长官,他们能来仅仅是因为我花钱打点。他们对我一无所知,而我要让他们相信我说的一切,相信这能成功,剩下的事就让贪婪去管。但可能会有一两个想要退出,可能会表明态度,不过有些人比较可疑,对于这些人我有特别安排。在会谈中,你用铅笔在这张议程上做些记号,你在这些名字旁随便打个正负号,表示他们是赞同还是反对这个行动,这个记号我要能看到,你的看法会有用,但是邦德先生,千万别忘了,他们中只要出了一个叛徒,或者中间跑掉一个,我们要么马上没命,要么终身监禁。"

"这个哈莱姆的普西·加罗和小姐是什么人?"

"她是美国唯一的女黑帮头目,这个帮派全是女人。这次活动需要一些女的,她完全可靠。她是个秋千高手,有一个团队,叫作'普西·加罗和与她的爱车猫们'。"金手指没有笑,"这个团队并不成功,于是她把猫训练成小偷,结果慢慢成了一个极为残忍的黑帮,现在这个女同性恋团体定名为'水泥搅拌机'。这个女人可了不得,即使美国的大黑帮都敬她三分。"

桌下的蜂鸣器轻轻响了一下,金手指直起身,房间顶头的门开了,进来五个男子。金手指站起身,欢迎地点头,说道:"我是戈尔德,诸位请坐。"

一阵小心的窃窃私语。这些人悄悄地在桌旁聚拢,拉出椅子,坐了下来。五双冷冷的眼睛谨慎地打量着金手指。金手指坐下来,轻声说:"先生们,在您面前的包裹里有一块二十四克拉的金条,价值一万五千美元,这是对你们诚挚出席的答谢。议程一清二楚。加罗和小姐还没到,趁着等她的工夫,我向两位秘书——邦德先生和玛斯顿小姐——介绍一下各位。邦德先生,你右边的是杰得·米的奈特先生,他是活动在迈阿密和哈瓦那的影子辛迪加的首领。"

米的奈特先生是个大块头,日子过得不错,乐呵呵的,不过目光有些迟钝,很小心。他穿一件白色丝质衬衣,上面有小棕榈树的图案,外面是一件淡蓝色的热带外套。他手腕上复杂的金表差不多有半磅重,他绷着脸对邦德笑笑:"你好!"

"接下来这位是芝加哥机器帮的比利·日格先生。"

邦德觉得从没见过这么"比利"的家伙了。一张噩梦般的脸庞,转过来观察邦德的反应。此人一张灰白色的梨子脸,婴儿般松软的皮肤,一撮头发脏乱得像稻草。通常的"比利眼"是淡蓝色,他却是黄褐色。绕着眼珠一圈都是眼白,眼神冷冷的,挺有些催眠的效果,右边的眼睑随着心跳一抽一抽的,倒显得眼神有些深意。日格先生刚入道时可能太能说了,下嘴唇被划了一刀,这在他脸上留下了一道永久性的虚假微笑,有点像万圣节咧着嘴的大南瓜。他约莫四十岁,邦德将他归到无情杀手之类。邦德开心地对着日格冷漠的左眼笑笑,绕了过去,接下来金手指向他介绍底特律紫色帮的赫穆特·M. 斯普林格。

斯普林格先生目光呆滞,这样的人要么很有钱,要么如行尸走肉。他的眼睛是淡蓝色,像不透明的玻璃大理石,他扫了邦德一眼,目光内转,陷入自我的沉思。斯普林格先生的其余部分则体现出他是一个"特别之人",他穿着细条纹的哈撒威休闲衬衫,散发着雅柯须后水的味道。他给人一种错位的印象,像是拿着一等舱的票却落到了三等舱,抑或本该坐在剧院的小包间却给错带到大厅后排的座位上。

米的奈特先生遮住嘴,好心地轻声提醒邦德:"可别上公爵的当,我的朋友赫穆特是那种用挺括布料搭配兜帽的人。他把女儿送到瓦瑟学院,她的曲棍球杆却是用保护费买的。"邦德点点头表示感谢。

"这是西西里联邦的娑罗先生。"

娑罗先生的脸黑乎乎的,显得很稳重,因对罪孽的了解而闷闷不乐,厚厚的角质眼镜朝邦德这边反了一下光,又低着头继续用小刀修理指甲。他可是个大块头,一半是拳击手,一半是大堂领班,猜不准他在想什么,他的长处又在哪。不过邦德心想,美国只有一个意大利黑党,如果娑罗先生是老大,也是凭借恐怖的力量获取并保住位子。

"嘿,"闪烁帮的杰克·斯坦布先生具有拉斯维加斯赌场出面人的虚幻魅力,不过邦德猜他同样具有已逝斯庞兄弟的特点。他大概五十岁,穿得松垮垮的,很花哨。他的一根雪茄快吸完了,吸烟像是在吃烟,饥饿地咀嚼烟叶,他不时地把头扭到一边,小心地吐出一点到背后的地毯上,他借强迫自己吸烟掩盖了不少紧张的情绪。斯坦布先生有一双如魔术师般迅捷的眼睛,他似乎知道自己很吓人,大概不想吓唬邦德,于是冲大家眨巴眨巴眼睛。

房间的后门开了,一个身着男士黑色外套的女子站在门口,她穿一件高领的咖啡色蕾丝衫,无所谓地穿过房间,走到空椅子后面。金手指站起身,她仔细地打量他,扫了桌子一眼,无聊地冲大家嗨了一声,便坐下来。斯坦布先生说了句"嗨,普西",斯普林格先生只是点点头，其他人都小心地表示欢迎。

金手指说道："加罗和小姐，下午好。我们还在走相互介绍的程序，议程就在你面前。还有我请你收下一块价值一万五千美元的金条，以此补偿你出席会议的花销和种种不便。"

加罗和小姐伸出手打开包裹，掂了掂这块黄灿灿的金条，怀疑地看了金手指一眼："流程走完了吗？"

"走完了。"

加罗和小姐紧盯着他的眼睛，恶狠狠地说了声"不客气地说一句"，声调像打折季凶狠的女顾客。

邦德喜欢她的样子，漂亮的女同性恋者对于男性都有一种性刺激。她对满屋子人毫不客气的样子也挺逗的。"男人统统是浑蛋骗子，别跟我使男人的花招，我不吃这一套，我跟你们可不是一伙的。"她三十岁左右，白皙的皮肤，类似英国美男子鲁伯特·布鲁克的英俊外貌，高高的颧骨，迷人的下巴。邦德还从没见过紫色的双眼，而且是真正的三色紫罗兰的紫色，她的眼睛从黑黑的剑眉下直率地打量世界。她的头发和蒂丽·玛斯顿一样黑，不过像淘气男童一样剪得乱糟糟的。一张深红的嘴，看起来极富决断力。邦德觉得她超凡脱俗，还注意到蒂丽也龛着嘴崇拜地注视她，立马就知道玛斯顿是怎样的人了。

金手指说："现在该介绍我自己了。我不叫戈尔德，下面给大家讲讲我的经历。通过多次行动，大部分是非法的，我在二十年里赚了很大一笔钱，现在数额达到六千万美元。（桌边响起一圈敬重的嗯嗯声）我大部分活动都局限在欧洲，不过我创立并在香港运行了

'金罂粟分销站'。(杰克·斯坦布轻轻吹了一声口哨)在紧急情况下,你们有些人应该雇用'快乐着陆旅行社'的服务,这也是我掌管的,直到最后解散。(赫穆特·M.斯普林格先生旋出一个单孔望远镜,对着一只黯淡的眼睛,非常仔细地打量着金手指)我提这些小企业,是想说明,虽然你不了解我,但是过去我替诸位扫除了不少障碍。先生们,还有这位女士,正是通过这些经历,我对各位有所了解,所以今晚才邀请美国犯罪界的上流人物——你们。"

金手指仅在三分钟内就让自己掌握了会议的主动,这给邦德留下了极深的印象。现在所有人都全神贯注地注视着金手指,就连普西·加罗和小姐都听得入迷。邦德没听说过金罂粟分销站和快乐着陆旅行社,但是从这些老主顾的表情来看,肯定是像钟表一样精密的组织,现在每个人都不敢漏掉金手指的每一个字,仿佛他就是爱因斯坦。

金手指还是面无表情,他挥了挥右手,直截了当地说:"我提了两个还算成功的项目,是小项目,还有其他许多更高级别的项目,没有一个失败的。据我所知,到目前为止,没有哪个国家的警察档案里有我的名字。我是想说明对于我的、我们的职业我了解得很透彻。好了,先生们,还有这位女士,我打算向各位提供一份共同事业的合伙身份,这次运作肯定会使各位的财产在一周内达到 one billion 美元。"金手指先生举起手,"数学表达 billion 在欧洲和美国有不同的含义,我这儿指的是一千个百万,就是十亿。诸位清楚了吗?"

第十八章　诸罪之罪

河面上传来拖船的汽笛声,此起彼伏,一阵风似的跑远了。

邦德右手边的杰得·米的奈特先生清清喉咙,加重语气说:"戈尔德先生,不管你叫什么名字,不要在定义上纠缠。不管你换哪种方式,十亿美元都是个大数目,接着讲。"

娑罗先生慢慢抬起黑眼睛,望着桌对面的金手指,说道:"是啊,老大一笔钱。不过这爷们,你拿多少?"

"五十亿。"

拉斯维加斯的杰克·斯坦布爆笑一声:"听着,伙计们,朋友们分个几十亿。如果这位先生能让我赚十亿美元,我愿意当马前卒,咱们也别在钱上太斤斤计较。"

赫穆特·斯普林格先生在金条上轻轻拍了拍单孔望远镜,说道:"啊,戈尔德——先生!"他用家庭律师严肃的口吻说道,"你提的可是些大数字。据我估算,总共大约是一百一十亿美元。"

金手指更为精确地说:"确切的数额接近一百五十亿美元。我只是指我们能搬运走的数目。"

比利·日格先生兴奋地咯咯笑起来。

"的确如此,戈尔德先生。"斯普林格先生又举起望远镜,观察金手指的反应,"但是美国只有三个地方存有数目如此巨大的金锭或者钞票,一个是华盛顿的联邦造币厂,一个是纽约市的联储银行,还有一个是肯塔基的诺克斯堡,你想让我们'摧毁'其中一个吗?如果是,又是哪个?"

"诺克斯堡。"

在一片惊叹声中,米的奈特先生顺着说道:"先生,除了好莱坞的神经病,我从没遇过什么人像您这样有'远见'。而先生,'远见'是一种将眼前物体误认为是奇特项目的能力。你应该跟精神科医师好好谈谈,或者吃一片眠尔通。"米的奈特先生伤心地摇摇头,"真不幸,如果真有那十亿,摸着当然舒服。"

普西小姐语气深沉,但又无聊地说:"对不起,先生,我的那套弯曲别针可没法对付那个储钱罐。"她打算站起来。

金手指和蔼地说:"先生们,啊,还有这位女士,各位的反应如我所料,请听我把话说完。这样说吧,诺克斯堡跟其他银行一样,但这家银行更大,所以其防卫设施相应更强、更独特,要打入内部就需要相应的实力和天赋。这也是这个项目的独到之处,也是重要之处,其余都不打紧,诺克斯堡并非固若金汤。大家都觉得布林克保安押运公司牢不可破,直到一伙子人打定主意在1950年抢了它的一辆装了一百万美元的装甲车。同样大家都觉得没人能从新客劳教所逃出来，但还是有人找到了逃生通道。先生们，不是你们想的那样。诺克斯堡是一个神话，跟其他神话一样，是可以打破的。我能接着讲这个计划吗？"

比利·日格像日本人一样咻咻出了口气，不客气地说："得了，听我说，你大概不知道，第三装甲师驻扎在诺克斯堡。如果那只是个传说，那为什么俄罗斯人不趁着他们下次打冰球时攻占美国呢？"

金手指微微一笑："日格先生，恕我冒昧，但我要更正一下，目前驻扎在诺克斯堡军事单位的等级是这样的——你说的第三装甲师只是先头部队，此外还有第六装甲团、第十五装甲骑兵大队、第一百六十号工兵大队，半数以上的兵力来自美国陆军，并经过装甲兵分配训练中心和军事人才研究一号中心的考核，还有相当数量的兵员跟第二大陆装甲指挥所、陆军后勤保障局和装甲中心有紧密关系。此外还有一支武警，由二十名军官和四百名左右的现役军人组成。简单来说，在六万人口中，大概有两万是这样或那样的战斗部队。"

"是啊，谁还敢朝他们吹嘘嘘？"杰克·斯坦布吸着雪茄，极为不屑。还没等人回答，他恶心地吐出烂糟糟的雪茄，在烟灰缸里揉碎。

一旁的普西·加罗和小姐像鹦鹉吐痰一样，猛地嚼嚼牙齿，说道："嘿，杰克老弟，买点好的烟叶，你这抽的像是摔跤手的冒烟树干。"

"普西，得了，关你鸟事！"斯坦布先生粗鲁地回答。

加罗和小姐不依不饶,又冒出一句,甜甜地说:"杰克老弟,不知道了吧?你这样的纯爷们我还是喜欢的。其实前两天,我还为你写了首歌。想知道叫啥吗?《如果有后来,我就试试你》。"

米的奈特先生呼哧呼哧大笑起来,日格则高声尖笑。金手指轻拍手掌以求秩序,他耐心地说:"先生们,请听我把话说完。"他站起身,走到黑板前,铺开一张地图。这是诺克斯堡的详细地形图,包括高德曼陆军飞行基地,还有进入城区的公路和铁道线路。桌子右边的委员们把椅子转了过来,金手指指了指金锭存放处,它位于由迪斜公路、金锭大道和藤林路形成的三角地带的左手拐角处。金手指说:"我一会儿给诸位看存放处的详细平面图。"他歇了一会儿,"先生们,这个小镇布局还算一目了然,下面我来讲讲它的主要特点。"他的手指从地图顶部的中央一直穿过小镇,又越到金锭存放处以外的区域,"这儿是从北边三十五英里的路易斯维尔开出来的伊利诺伊中央铁路,这条线穿过小镇,到达南边十八英里的伊丽莎白小镇。小镇中央的布莱登堡车站跟我们没关系,但是跟连接金库的复杂旁轨网倒是很有关系,从华盛顿铸币厂运来的金锭就是在这些交通港上下货。出于安全考虑,抵达金库的其他交通方式是变化的,要么是从迪斜公路开过来的护送大卡车,要么是开到高德曼飞行基地的货运飞机。大家都看到了,金库是孤立的,并不同这些路相连。在这片大约五十公顷的草原上,没有任何天然屏障。只有一条路通往金库,一段长约五十码的车道,这条路经过金锭大道上戒备森严的各道关卡。这些大卡车一进入装甲防护栏,会沿着金库外围的环形道开到后面的入口,把金锭卸下来。先生们,这条环形道是用钢盘或者钢片制造的,钢盘装在铰链上,在紧急情况下,这条路的整个钢制表面能通过液压竖立起来,形成第二个钢制内栅栏。还有肉眼不易察觉的,但我知道在金锭大道和藤林路之间的平原地带上有一条地下运送隧道,这是通过各扇钢门直达金库的另一方式,可以从隧道墙到达金库的地下一楼。"

金手指歇了口气,同地图拉开一定距离,扫了圆桌一眼。"好了,先生们,金库就在这里,到达的主要方式就这些。还有一个例外,前门只是一个通往接待大厅和办公室的入口。有问题吗?"

没人提问,所有人的目光都落在金手指身上,等他说下去。他权威的言语再次吸引了大家,这家伙似乎对诺克斯堡的秘密掌握得比已公布的多得多。

金手指转过身,对着黑板拉下了第二张地图,这是金库的局部平面图。金手指说:"瞧,先生们,这是一幢庞大而稳固的两层建筑,就像一个方形的两层蛋糕。请注意,为了防止炸弹,楼顶设计成梯级。一楼的四个角有四个小碉堡,这是钢制的,同大楼内部相连。金库外部的尺寸是一百零五乘一百二十一英尺,地面以上的高度是四十二英尺,是用田纳西大理石建造的,钢筋加固。确切的数字是一万六千立方尺的大理石,四千立方码的混凝土、七百五十吨的加固钢和七百六十吨的结构钢。这幢大楼里有一个两层的、用钢筋混凝土建造的、由很多小隔间组成的金库。库门重二十多吨,外壳是用钢板、I型材和钢制圆筒经环带箍牢,再用混凝土密封起来。金库的屋顶独立于大楼屋顶,建筑材料也是类似这样的。一条双层走廊围绕着金库,使其同大楼外墙上的办公室和储藏室相连。没有一个人全面掌握金库大门的总开关,金库的各位高级官员只能分别打开各自知道的那部分。当然,这里配备了最新、最尖端的防护装置。大楼的守备力量雄厚,而一英里以内的装甲中心的后援力量更为厉害。大家明白了吗? 我先前说过,金库的实际库存大概有价值一百五十亿美元千足金锻造的金条。每块金条是各位面前金条的两倍大,重约四百金衡制盎司,常衡重大约是二十七半磅。这些金条存放在金库的小隔间里。"金手指扫了圆桌一眼,"先生们,还有这位女士,对于诺克斯堡金锭存放处的特点和内容,我要讲的就是这些,这也是我们需要知道的。如果目前没有问题的话,我接下来会就如何潜入金库获取宝藏做简单说明。"

一片沉默。桌子旁的眼睛都全神贯注、如痴如醉。杰克·斯坦布先生紧张地从马甲口袋里掏出一支中号雪茄,塞在嘴的一角。

普西·加罗和小姐怒斥道:"如果你把烟点燃,我发誓用这块金条要你的命。"她威胁着拿起金条。

"宝贝,别紧张。"斯坦布先生嘴里吐出一句话。

杰得·米的奈特先生语气果断:"先生,如果你抢过这块肥肉,就会获得最高荣誉。请接着往下讲,这次活动要么一败涂地,要么是史上最牛的罪行。"

金手指不动声色地说道:"很好,先生们,下面就是行动计划。"他稍作停顿,小心翼翼地打量着每个人的眼睛,"不过希望各位现在必须明白,这得完全保守机密。到目前为止我的话,可以看作是一个疯子的唠叨,但是我下面的话会使各位参与到美国和平历史时期的最大阴谋。每个人都要发誓绝对保密,并受其约束,各位能做到吗?"

邦德几乎是本能地注意到底特律斯普林格先生的眼神。其他人都肯定地应和,唯独斯普林格先生掩住眼睛,虽然他说了"我庄严发誓",但显然跟二手车销售员一样装腔作势。邦德在斯普林格名字旁随便画了一个减号。

"这样好极了。"金手指回到桌边的座位上,坐下来拿出铅笔,若有所思地说道,"首要问题,在某种意义上,也是最难的,是如何处理运输的问题。十亿美元的金锭重约一千吨,这需要一百辆载重十吨的卡车,或者大约二十辆六轮重型运输车。我提议后一种。我这里有一个此类货车的特许出租公司的清单,如果各位想做合伙人,我提议在这次会议后,立刻联系各自地盘上的相应公司。显然大家都想用自己的司机,这个也交由各位处理。"金手指露出一丝诡秘的微笑,"毫无疑问,'卡车司机联盟'应该是一个可靠的人力来源,诸位也可考虑从'黑人红球快运'招募战时在美国陆军服役的司机。不过这些细节需要精确的安排与协调,同样还有交通管理的问题,当然诸位可以就分享道路做适当安排。运输飞机辅助交通运送,还得确保高德曼飞行基地上空的南北通道畅通。当然,随后的金锭装运是各位自己的事情。至于我呢,"金手指冷静地看了一眼圆桌,"我要用铁路,因为我运送的东西更为笨重,所以请为我保留这条外送通道。"金手指并没停下来看大家的反应,继续平静地说,"跟这个交通问题相比,其他安排相对简单些。首先,我建议在第一天让整个诺克斯堡的所有文职和军队人员暂时失去战斗力,对此我已经做了具体的安排,只等我一声令下。简单说,小镇有两处水源地,提供所有的饮用水和其他水供应,还有两个净化厂每天生产七百万加仑的水,由专门的总工程师负责。这位先生将非常愉快地接见来访的东京市政水务部副主管,此人希望在东京周边的新郊区设计一个类似规模的水厂。这个要求让总工程师先生非常得意,他会向日本先生展示所有设施。这两位先生,当然已为我所用,会让各自的人携带一种小剂量的高浓度鸦片催眠剂,这是战时德国化学战专家发明的。这种物质迅速通过一定量的水扩散,虽然高度稀释,但是其药效可以使任何喝了半杯污染水的人立刻昏迷。症状是立刻进入深度睡眠,而受害者大约在三天后醒来,不过更为清醒。"金手指抬起一个手掌,"先生们,6月份我在肯塔基就想,一个居民不可能在二十四小时内不喝半杯水。我希望我们进城时,整个城区人口即使站着都会进入深度睡眠。"

"这是怎样的神话?"这样的场景让加罗和小姐两眼放光。

"《穿靴子的普西》。"杰克·斯坦布不客气地说道,"先生,请接着往下说,挺好的,我们怎么进城呢?"

"我们呢,"金手指说道,"在第一天晚上坐一列离开纽约的特别列车。我们这一百来号人穿上红十字的工作服。加罗和小姐,希望您能提供必要的护理小队,这也是邀请您出席会议需要承担的辅助但很重要的角色。"

加罗和小姐热情高涨:"一定照办,罗杰!我的姑娘们穿上制服可温柔了。杰克老弟,怎么样?"她侧到一边,戳了戳斯坦布的肋骨。

"我看她们穿上水泥外套还好看点。"斯坦布先生不耐烦地说,"嘿,你怎么老打岔呢?先生,请继续。"

"在距离诺克斯堡三十五英里的路易斯维尔,我和助手配备精巧的工具,打算乘坐首节机车。当列车靠近诺克斯堡时,我们要进行空气采样。到那时当地居民遭受神秘灾难的消息可能会传出来,引发邻近地区,甚至整个国家的恐慌。我们在黎明时分抵达后,救援飞机可能就来了。因此,最先的任务是控制高德曼飞行基地的塔台,宣布关闭机场,引导所有的飞机去路易斯维尔。我和助手一离开路市,会以尽量人道的方式处理司炉工和司机。幸好我对火车头有必要的了解,到时我会驾驶这列火车穿过诺克斯堡,并开到金库一侧的铁道线上。"金手指稍作停顿,严肃地慢慢扫视一圈,还算满意后,接着用平缓的语气说,"先生们和这位女士,到这个时候,各位的货运大卡就该到了。交管人员会根据预案,将它们安排在金库的邻近地区。飞行人员将开着卡车进驻并接管机场。接着我们就进入金锭存放处,无须理会地面上到处可见的睡着的人。怎么样?"

桌对面娑罗先生的黑眼睛猛地一亮,他轻声说:"到目前为止都很好。不过怎么着,"他鼓起双颊,吐了一口粗气,"你以为二十吨重的大门会自动倒下来吗?"

"没错,"金手指很是沉稳,"基本上就是这样。"他站起身,走回黑板下方的桌子,取出一个粗笨的大纸盒,小心地放在面前的桌子上,看上去盒子挺重的。

他坐下来,继续说:"我的十个专业助手会为打开金库做准备,与此同时,担架队进入金锭存放处,尽量将所有发现的内部人员转移到安全地点。"邦德觉察到金手指接下来说话时,发出邪恶的咕噜声,"先生们,还有这位女士,大家肯定都同意避免不必要的伤亡。诸位也应该注意到,到目前为止,除了伊利诺伊中央铁路公司的两名雇员头部发麻外,并没有死伤。"金手指没停下来,伸出手放在大盒子上,接着说道,"先生们,当你和属下需要武器时,除了那些常规小型武器,上哪儿去找?是到军事机构,先生们。你们在附近的军事基地找军需商品的销售店购买冲锋枪和其他重型武器,你们要么是施压,要么是敲诈勒索,要么是靠金钱贿赂。我的做法也是一样。

但是只有一种厉害的武器,其威力足以炸开诺克斯堡的金库。我在多方寻找后,终于在德国的某盟军军事基地获得了一枚,这恰好花了我一百万美元。先生们,这是一枚原子核弹头,专门为中程弹道导弹设计。"

"我的老天!"杰得·米的奈特伸出手,抓住桌子边。

坐在桌边的人的脸煞白煞白的。邦德感觉下巴以上的皮肤紧绷着,他从口袋里掏出一支契斯特菲尔德香烟,想缓解一下紧张情绪。他点燃烟,灭了火,把打火机放回口袋。万能的主啊!他这是惹了什么麻烦?他的大脑回放着同金手指交往的历次图景:第一次是在佛罗里达卡巴那俱乐部屋顶上,那个赤条条的褐色身体。接着是同 M 的会谈,会面只是讨论追踪一个黄金走私者的问题,这当然是条大鱼,而且为俄罗斯人工作,但还是一个人的作恶,邦德至少还能在高尔夫球上对付他,并且冷静迅捷地跟踪他,像挖其他罪犯一样能够把他挖出来。但看看现在!这可不是狡兔三窟中的兔子,甚至不是狐狸,而是一条眼镜王蛇,地球上最致命的生物!邦德疲倦地叹口气,伙伴们,又撞进毒穴了。这次是真正的圣乔治和恶龙之战,而圣乔治最好抢先一步,在恶龙孵出小龙蛋之前采取行动。邦德不禁苦笑,他能做什么?看在上帝分上,他在这儿能做什么?

金手指举起手:"先生们,还有这位女士,请相信我,这个物体就是件无害的器械,没装上武器,即使用斧子砍,也不会爆炸。不到行动当天,不装上导弹,它是不会爆炸的。"

比利·日格惨白的脸上汗津津的,一句颤抖的话从假笑的嘴中蹦了出来:"先生,那什么、什么是……那些人说的核泄漏?"

"日格先生,只有微量的核泄漏,绝对限定在当地。这是最新款的核炸弹,据说是'干净'的核炸弹。不过,我会给第一支进入大楼废墟的小队发放防护服。他们会形成第一道人链,把金条转移到等候的卡车上。"

"先生,到处乱飞的爆炸碎片怎么办?我是说钢筋混凝土之类的东西。"米的奈特先生的声音像是从胃里发出来的。

"米的奈特先生,金锭存放处的外围钢制栅栏会保护我们,卡车大概会有一些损坏,但这个风险可以接受。"

"那、那些睡着的家伙呢?"娑罗先生的目光很贪婪,"还、还能让他们多睡一会儿吗?"显然这家伙并不是真的担心他们。

"我们尽量多安排些人到安全之处,但小镇还是会遭受轻微损失。据我估计,死伤人数大约是诺克斯堡三天内的交通事故人数,行动只是保持交通事故的常规水平。"

"我们也他妈够好了!"米的奈特先生的神经稍稍缓和了些。

"还有问题吗?"金手指平淡地问。数字念完了,也预估了前景,投票的时刻到了。"还必须敲定具体的细节。这方面……"他先是对邦德,接着对玛斯顿小姐说道,"这里的员工能协助我。这个房间是我们的调度室,大家白天晚上都能进来,项目的代号是'大猛攻行动',请一直使用这个代号。我建议,想参加的人员请提名你们最信赖的行动助手,其他人员按照通常的银行抢劫接受训练就行了。先生们,还有这位女士,如果你们决定参与此次计划,我相信大家会把整个项目看作是战时行动,因此必须果断处理低效或不安全的状况。好了,诸位,我要求你们代表各自的团体进行回复。哪些人愿意参加这次赌博？米的奈特先生？"金手指的头向右微微一偏,眼睛如 X 光吞噬了所有人,"来,"他稍作停顿,"还是不来？"

第十九章　秘密的附录

"戈尔德先生,"杰得·米的奈特低沉地说道,"自打该隐杀了亚伯,犯下人类第一桩罪起,您的这次行动肯定是人类最可怕的罪行。"他稍作停顿,加重语气补充道,"能与您并肩参与这次行动,我感到很荣耀。"

"谢谢你,米的奈特先生。你呢,日格先生?"

邦德有些怀疑比利·日格,他在除了日格和斯普林格以外的名字旁都标了加号。他给日格一个圆圈,给斯普林格一个减号,这个结论是通过观察他俩的眼神、嘴巴和双手做出的。这个怪笑人的右眼随着脉搏一眨一眨的,像是上了节拍器,双手放在桌子下面,一成不变的假笑说明不了任何东西。

比利·日格从桌下拿出手来,他的手在绿呢绒台布上蜷成猫窝状,两个大拇指快速交替转动。过一会儿,他朝金手指抬起做了噩梦般的脸。右边跳动的眼睑停了下来,两排牙齿开始像口技人的木偶那样动起来。"先生……"他发 b、m、p 的音有一些难度,只能像马从人手里吃糖果一样,将上嘴唇贴到牙齿上才能发出来,"我和朋友们早就遵纪守法了。我的意思是,20 世纪 40 年代一过,地面上处处是尸体的日子早就一去不复返了。我们这帮伙计老老实实地找姑娘、吸大麻、玩赛马。手里没钱花的时候,联盟的老伙计就塞点票子过来。啥意思,老人家……"怪笑人张开手,又缩成圈,"过去的好日子一去不复返了。吉姆·克罗西莫、乔尼·托瑞欧、迪扬·欧班年、艾尔·凯博那,这些伙计都去哪儿了?都在摆弄监狱篱笆上的牵牛花呢。先生,那时还没您,我们这种人在密尔沃基后面的小波西米亚打遭遇战,习惯打了之后躲起来。接着大家都厌倦了,有些人还能打,但人也累得不行,您明白我的意思了吧?20 世纪 50 年代我接管队伍时,大伙一致认为还是别干军火生意。看看现在怎么样,先生,您出现了,希望我和伙计们帮助您引爆史上最大的炸弹。先生,想让我对您的动议说什么呢?行吧,我就告诉你。每个人都有价格,对吧,十亿美元,这买卖不错。我们收拾大理石碎片,再把投石机带过来。我们加入。"

"怪笑人,你他妈说个'是'要绕这么一大圈吗?"米的奈特先生酸溜溜地说。

金手指客气地说:"日格先生,多谢你精彩的陈述。我非常欢迎你和你的属下。"

娑罗先生没急着回答,而是从外衣口袋里掏出一个电动剃须刀。他一按开关,整个房间都是愤怒蜜蜂的嗡嗡声。娑罗先生头向后一仰,若有所思地在右脸上剃须,眼睛像是在天花板上寻找答案。他突然关上剃须刀,放在面前,头像攻击中的蛇一样上下晃动。他的黑眼睛如枪口一般凶狠地望着桌子对面的金手指,缓慢地从月盘脸上的这个器官打量到那个器官。这时娄罗先生的半边脸剃光亮了,另一半还是黑魆魆的,意大利人的胡须真能疯长。邦德猜他每隔三四个小时就要剃一次。娄罗先生终于有话说了,他的声音令房间颇有些寒意,他轻声说:"先生,我一直在观察你。对于做大事的人而言,你看上去很放松。上一次有个家伙也很放松,被我用斧子彻底放松了。好吧,好吧。"娄罗往后一靠,不情愿地摊开手掌,"行啊,我们也来。但是先生,"他停了停,加重语气说,"要么我们拿走十亿美元,要么是你的命,怎么样?"

金手指嘲讽地撇撇嘴:"多谢,娄罗先生。我接受你的条件,当然希望活下去。赫穆特·斯普林格先生,你呢?"

斯普林格眼露凶光,颇为傲慢地说:"我正在充分考虑此事,但我要跟同事再商量一下。"

米的奈特不耐烦地插嘴道:"还是那个老滑头。他在等什么'灵感'?在天使调频上聆听上帝的讯息?他可能已经有二十年没听人间的声音了。"

"那么,斯坦布先生……"

杰克赫·斯坦布冲金手指皱着眉头,平静地说:"先生,我想您知道这个风险,也给了最好的报酬,我在拉斯维加斯的一台机子跑得相当不错,不停地给出大奖。如果我们出力出枪,这个活动的收益还是不错的,算上我吧。"斯坦布先生收起了笑脸,又面露凶光,跟金手指一道望着普西·加罗和小姐。

加罗和小姐垂下眼帘,避开两人的目光,她对着屋里的人冷冷地说:"我那旮旯地的生意可不轻松。"她用银色的长指甲弹了弹面前的金条,"跟你交个底,我的银行卡可是透支的,不过,反正存的钱不够,当然要来。我和美少女们还得吃东西。"

金手指稍微同情地笑笑。"真是好消息,加罗和小姐。那么,"他对着桌子那边,"斯普林格先生,您是否决定了?"

斯普林格先生慢慢站起身,像歌剧院观众一样,克制地打着哈欠,又微微打嗝。他掏出一条讲究的亚麻手绢,拍拍嘴唇,漠然地扫视圆桌,最后落到金手指身上。他慢慢晃动着脑袋,像是在锻炼颈部肌肉的纤维组织。他表情严肃,像是拒绝贷款的银行经理。"戈尔德先生,我在底特律的同事们恐怕不会同意您的计划。"他给在场的人微微鞠了一躬,"我还是要感谢您这个极为有趣的计划。先生们,女士们,再见。"在刺骨的沉默中,斯普林格先生小心地将手绢放回左手衬衣的袖口中,轻轻从门口走出去。

门咔的一声猛地关上。邦德发觉金手指的手随意地放到了桌下,大概是给杂役一个暗示。什么暗示呢?

米的奈特先生恼怒地说:"还好他走了,这种顽固腐朽的人。"他轻快地起身,转向邦德,"现在喝点酒怎么样?"

众人站起身,聚在冷餐桌旁。邦德居然夹在普西·加罗和小姐和蒂丽·玛斯顿之间,他给两个人倒了香槟。加罗和冷冷地打量他,说道:"帅哥,一边去。我们女生有秘密要谈。对吧,小可爱?"玛斯顿小姐先是脸红,接着又煞白煞白的,她恭敬地、小声地说:"是的,加罗和小姐。"

邦德冲蒂丽冷冷地笑笑,朝房间另一头走去。

米的奈特看到邦德撞了一鼻子灰,便走过来,诚恳地说:"先生,如果那个布娃娃是你的,你可要看紧些。普西有成打这样的宝贝,想怎么来就怎么来。"米的奈特疲倦地嘘口气,"这些小姐真够烦人的。等着瞧,她很快就会在镜子前琢磨怎么分头。"

邦德乐呵呵地说:"我会留意的,但能干什么呢?她是那种很独立的女生。"

"这样吗?"米的奈特颇有兴致地说,"我大概能替你打开局面。"他把领带理直,"我去会会玛斯顿,她的自然资源相当不错,等你过来啊。"他冲邦德眨眨眼,走开了。

邦德安静地享受着鱼子酱和香槟的大餐,心想金手指还挺会主持会议。这时另一头的房门开了,一个韩国人匆匆朝金手指走过去,金手指垂着头,听着耳语。他神色严肃,用一把刀叉敲着装有萨拉托加矿泉水的水杯。

"先生们,还有那位女士,"他悲痛地看了众人一眼,"我刚刚接到一个坏消息。我们的朋友斯普林格先生不幸从楼梯上摔下去,当即死亡。"

"噢,噢!"日格先生的脸上笑出一个洞来,"他的助手斯莱派·汉普古德说些什么?"

金手指正色道:"哦,汉普古德先生也从梯子上摔了下去,正在疗伤。"

娑罗先生敬佩地看着金手指,轻声说:"先生,您最好赶在我和助手究里奥下楼梯之前,将它们修好。"

金手指十分严肃地说:"已经找出问题了,马上派人维修。"他若有所思地说,"只是担心底特律那边会误解这起事故。"

米的奈特乐呵呵地说:"先生,压根不用多想。那帮人挺爱搞葬礼的,能让心情轻松些。那个老地狱也活不了多久了,这十二个月,他手下那些家伙都在瞎捣鼓。"他对站在一旁的斯坦布说,"杰克老弟,我说得没错吧?"

"的确如此,杰得。"斯坦布先生明智地说,"算你赢了,斯普林格先生就得给干掉。"

"干掉"是谋杀的俗称。一直到上床睡觉,邦德都在琢磨这个词。杂役收到暗号后,就把斯普林格及其助手干掉了,邦德一点办法都没有,即使他想帮忙。虽然斯普林格跟他一点关系都没有,可能也活该这么倒霉,但是还有其余五万九千九百九十八个人也要被干掉,除非自己,也只有自己能采取点行动。

顶级大佬们的会议终于结束了,众人都被派了任务。金手指打发走蒂丽,只留邦德在屋里,让他做记录,接下来的两个小时,两人把活动最小的细节都过了一遍。当说到在蓄水池里下药时,邦德问了药品的细节和药效的速度(邦德需要确切的时间表以保证诺克斯堡的居民能按时倒下)。

"你用不着管这事。"

"为什么不?一切都取决于此。"

"邦德先生,"金手指逃避似的朝远处看了一眼,"那我就把真相告诉你,因为你没机会告诉其他人。从现在开始,杂役和你的距离不超过一码,他会寸步不离地跟着你。好吧,可以告诉你,整个诺克斯堡的人在第一天的子夜就会全部殒命,或者失去活动能力。这种物质会被投入过滤厂外的供水管中,这是一种高浓缩的沙林毒气。"

"你疯了!你不会是要杀掉六万人吧?"

"为什么不呢?美国的公路司机每两年就干掉这么多人。"

邦德惊悚万分地凝视着金手指,着魔一般。这不可能是真的!他并非当真要如此!他紧张地问:"什么是沙林毒气?"

"沙林毒气是最厉害的醋酸曲安类的神经毒气,1943年经德国国防军改良,由于担心可能的报复,因而从未使用过。实际上,它比氢弹更具杀伤力,缺点是难以在人口稠密区使用。苏联人在波兰边境的戴亨菲尔斯缴获了德国人的所有存货。我是从朋友那里获得了必要的剂量,将其注入供水管道是针对人口稠密地区的理想方法。"

邦德说:"金手指,你这个恶心的浑蛋!"

"别犯傻了!还有活要干。"

稍后讨论怎么把数吨的黄金运出小镇时,邦德最后又试了一把:"金手指,这么多货,你运不出去。没人能挪动一百吨重的黄金,更别提五百吨重的了。最后只能是卡车装着被伽马射线污染过的金条损毁道路,而后面是美国陆军的追杀。就为这个,你竟然要杀六万平民,太可笑了。即使你能运出一两吨,你他妈的把它们藏在什么地方?"

"邦德先生,"金手指很有耐心,"正好苏联的一艘巡洋舰'斯维尔德罗夫斯克号'将对弗吉尼亚的诺福克港进行友好访问,正好是在行动第二天从诺福克起航。黄金先是坐火车,再由大卡车在行动最后一天的子夜送到船上。我将乘船奔赴喀琅施塔得。一切都精心策划,所有的差池都备了预案。我策划这个行动已经五年,也该上演了。我在英国和欧陆的活动都收拾干净了,过去生活留下的玩意就交给清道工吧,这些家伙闻到味道,很快就会跟上来,那时我该走了。邦德先生,到时候我就移民了,还会带着美国的黄金心脏走。"金手指挺陶醉地说,"当然,这场独特的演出不会完美无瑕,但已经没有时间彩排。我需要这些蠢笨的黑手党带着人和枪过来,但直到最后一刻,他们才会知道计划。他们会犯错,可以想见他们要把掠夺品搬走也不容易,有些被抓起来,有些丢掉性命。我管不了那么多,可以说,这些人是这出好戏需要的业余演员,是从大街上拉过来的额外人员。我对演出结束后他们的命运没有丝毫兴趣。行了,接着谈工作。天黑前,这个文件我需要七份。刚才说到哪儿了?"

邦德的脑子乱得像团麻,实际上金手指的行动不单单以锄奸局为后台,锄奸局还有其最高常委会,这实质上是美国人和苏联人的对抗,金手指则是其前哨!从一个国家偷运东西是不是战争行为呢?但是谁会知道苏联有这些黄金呢?如果计划按金手指的意思进行,没人知道,甚至对那些黑帮成员也不会泄露什么。对于这伙人而言,金手指跟他们一样,是另一个黑帮成员,稍稍不同寻常些。那么金手指的属下,把黄金送到海岸的卡车司机呢?还有邦德本人和蒂丽·玛斯顿呢？有些人可能会没命,包括他和蒂丽;有些人,比如那群韩国人肯定会上巡洋舰。金手指不会留下任何蛛丝马迹,连一个目击者都没有。这是包含所有旧式元素的现代海盗。金手指正在准备进攻诺克斯堡,如同劫掠巴拿马的海盗摩根船长,两者没有区别,除了金手指拥有最新式的武器和技术。

而世界上只有一个人能阻止这一切,但是该怎么办呢?

第二天,邦德没完没了地抄写文书。每半小时金手指的运作室就会递来一张纸条,要这个进度表、那个抄件,还有什么估计表、时间表和存储清单,又拿来一台打字机,还有地图、参考书什么的,只要是邦德要求的必需品都拿来了。但是杂役没放松丝毫警惕,他小心地给邦德开门,每次他来送饭、递纸条、送东西时,都非常谨慎地打量邦德的双眼、双手和双脚。邦德和那姑娘不可能是团队成员,只是危险的奴隶,除此之外,什么都不是。

蒂丽·玛斯顿话很少,她像台机器般工作着:快速、主动、精确。邦德起先想同她做朋友,把想法告诉她,但她只是冷静而客气地回应一下。直到晚上,他只知道她在联合利华做文秘,是个不错的业余溜冰运动员,而且还是冰雪节上的明星角色。她爱好室内射击,爱玩来复枪,已经是两家射手俱乐部的成员。她朋友寥寥,没谈过恋爱,没订过婚,独自居住在伯爵宫的一处两居室的住所。她二十四岁。是的,她知道现在很麻烦,但会有变化的。这个诺克斯堡的项目真是扯淡,肯定要出问题。她还觉得加罗和小姐犹如女神,指望加罗和小姐帮助自己摆脱这堆乱麻。女人们啊,对于细节的事总是很在行，跟着本能走，邦德不用担心她，不会有事的。

邦德的结论是，蒂丽的荷尔蒙肯定是紊乱的，这类人他挺了解的，她们和男同性恋的产生是支持妇女解放和性别平等运动的直接后果。经历了20世纪50年代的性解放，女性特质逐渐消失殆尽，要不就转移到男子身上，双性恋、同性恋到处可见，即使不是完全意义上的，但这些人也糊涂地不知道自己是谁。结果这群人性别失调，女人颐指气使，男人总是要人哄。邦德替这些人难过，但没时间顾得上他们。邦德想起跟这姑娘飞驰过卢瓦尔河谷时的那些幻想，不禁哑然失笑。

一天结束时，金手指递来最后一张条子：

> 我本人与五位负责人将于明日十一点整，乘坐专属包机从拉加迪亚机场起飞，对"大猛攻"项目进行航测。你陪同，玛斯顿留下。
>
> 戈

邦德坐在床边，盯着墙，又站起来朝打字机走过去。他打了一个小时的字，在纸面上以单倍行距把整个活动的细节在双面纸上打出来，接着叠好，装进小拇指一般大小的圆筒，小心封上口。接着他又打了一个便条：

> 十万火急。重谢五千美元。任何人发现这张便条后，请送至纽约市拿骚街154号平克顿侦探社的菲利克斯·莱特尔处。

送到即支付现金,保证不提问。

邦德把便条裹在圆筒外面,将"五千美元"涂红,把这个小物件粘在三英寸透明胶带中间。接着他又坐在床边,小心地将胶带的一头粘在大腿内侧。

第二十章　大屠杀之旅

"先生,飞行控制台来电,想了解我们的身份,说这里是限制飞行区域。"

金手指站起身,走到驾驶员座舱。他拿起手提麦克风,声音在十座比奇商务飞机中清晰地回响。"早上好,我是派拉蒙影业公司的戈尔德先生。我们的地域航测是经过授权批准的,是为即将拍摄的 A 级片做准备,故事是反映 1861 年南方军的突袭,最终导致谢尔曼在马尔德劳山被抓。没错,是这样的,主要演员是加里·格兰特和伊丽莎白·泰勒。什么?通行证?当然有通行证。我看看啊,(金手指什么都没找)好了,找到了。这是由五角大楼特别服务处主任签署的。好的,肯定会给装甲兵中心的指挥官一份,好的,多谢。希望这部影片你会喜欢。再见。"

金手指甩掉脸上轻松的表情,把麦克风递过去,走回机舱。他伸直腿，站着俯视机上乘客："行了，女士、先生们，看得差不多了吧？大家都看清楚了，同你们的那份城区平面图一致。飞机不能再低于六千英尺了，要不再溜一圈，就下去吧。杂役，拿点小食来。"

众人七嘴八舌地问了一通，金手指挨个做了解答。杂役从邦德身旁站起来，朝后面走去。邦德跟在后面，在其怀疑的目光下进了小盥洗间，锁上门。

他坐下来，静静地想怎么办。到拉瓜迪亚机场这一路上没有机会，他和杂役单独坐在一辆不起眼的别克轿车的后排，司机把车门和窗户锁得严严实实。金手指坐在前面，他身后的隔离护栏也关上了。杂役微微侧身坐着，两手隆起，如沉重的工具一样放在大腿上。他一直盯着邦德，直到轿车驶过边境，开到专属飞机库，大家登上私人飞机。邦德夹在金手指和杂役中间动弹不得，只能登上悬梯，坐在杂役的一边。十分钟后，其余的人到了，彼此简单打了招呼后，都没多说什么。这些人都像换了个人似的，不再妙语连珠，也没什么废话。这些家伙都打过仗，即使普西·加罗和也换上一件黑色的达康绒防水衣，腰间束黑皮带，颇有点国民警卫兵的味道。在飞机上，她有一两次扭过头来，相当仔细地看着邦德，但对邦德的微笑并没反应。她可能不清楚邦德是谁，在这儿干吗。他们回到拉瓜迪亚的路线会一模一样，要么现在行动，要么就永远别干。可从哪儿下手呢？是放在一层层的手巾纸中吗？但这儿要么很快就被清理掉，要么好几个礼拜没人来。烟灰缸有人清空吗？不一定，但是有一样是肯定的。

门把手咔咔作响，杂役有些不耐烦了，邦德这小子在飞机上玩火吗？邦德叫道："进来，猴子。"他站起身，拎起坐凳。他把大腿内侧的小纸条揭下来，贴在坐凳下方前面的边上。若用马桶，肯定要把坐凳搬起来，飞机一回到机库，肯定有人看到纸条，这五千美元的悬赏正等着他呢。只要没人在清洁工前面发现它，即使干活最快的清洁工也不会看不见的。但是邦德觉得机上的乘客不会抬起坐凳，这个小间太小，站都站不稳。他轻轻放下坐凳，在洗手池里放了点水，洗了洗脸，理顺头发，走了出去。

杂役气咻咻地等在外面，他推开邦德，仔细地把盥洗室看了一遍，走出来把门关上。邦德回到座位上，现在 SOS 紧急求救信号放进了玻璃瓶，玻璃瓶也平漂在水面上了。谁会发现它？要等多久？

所有人包括机长和副机长在着陆前都去了那该死的小洗漱间。每个人出来时，邦德都担心会有冷冷的枪口顶着自己的后脑勺，刺耳怀疑的话，还有展开纸条的声音。不过最后众人都坐进了别克轿车，驶过三区大桥，开进曼哈顿街区，沿着河边的林荫大道，最后开过仓库的层层关卡，回到工作地。

一场角逐开始了，金手指有条不紊的犯罪机器和邦德点燃的导火索之间的角逐。外面进展如何？接下来的三天里，邦德每小时都在想象可能发生的一切：莱特尔告诉上司，开会，立刻飞到华盛顿，联邦调查局和胡佛、陆军和总统。莱特尔坚持要按邦德的条件来，不要采取可疑的行动，不要质询调查，除非按照当天的整体行动方案，切勿轻举妄动，这样才能一网打尽。那些人会接受邦德的条件吗？还是不敢冒风险？他们同大西洋彼岸的 M 商量过吗？还是 M 认为邦德应该撤下来？不会这样，M 应该明白关键之处，同意不用考虑邦德的性命,任何因素都不能破坏大清洗。当然他们还会找两个"日本人",撬出金手指在第一天等着的密码信息。

是这样进展的吗,还是都在磨磨蹭蹭?莱特尔被派去执行其他任务了吗?"这个007是谁?代表着什么?嗨,史密斯,帮忙核查一下。到仓库那边去看一下。对不起,先生,五千美元,没那回事。这是回拉瓜迪亚的车费,你可能上当了。"

或者更糟糕,这些事情压根就不会发生?飞机还是待在基地的一角,没人来清扫?

分分秒秒就这样过去,邦德处理完各种事务,大脑夜以继日地承受着各种思绪的煎熬,而致命的犯罪机器悄无声息地运转着。第一天的行动在最后的疯狂活动中一闪而过。到了晚上,金手指送来一张便条。

> 第一阶段行动成功。按照计划午夜乘坐火车。将所有地图、进程表和行动指令拿过来。
>
> 戈

邦德穿上外科大夫的白大褂,蒂丽·玛斯顿装扮成护士,站在集合队伍的中央,金手指小队快速穿过宾夕法尼亚火车站几乎空荡荡的大厅,下到特别等候区。包括金手指在内的所有人都穿着野外医疗队常见的白色外套,佩戴着臂章,昏暗的站台上阴森森一大片。各个黑帮武装队等在那儿,现场有着赶往事故现场的紧急救援力量应有的沉默与紧张气氛。车厢里配置的担架和防护服也增添了现场的戏剧感。车站主管正在同打扮成高级内科医生的米的奈特、斯坦布、日格和娑罗轻轻交谈。加罗和小姐站在附近,还有一群白脸护士,垂着眼睛,像是站在一个死人坑旁。她们没化妆,发型颇具异域风情,仔细地塞在深蓝色红十字医护帽的下面。她们显然彩排过,眼下演得非常好,个个显得忠于职守、仁慈善良,愿为救助人类的苦难而献身。

见金手指一帮子人走过来,车站主管赶忙迎了上去。"戈尔德大夫?"他神情庄重,"我担心传来的消息不是太好,可能今晚就会见报。路易斯维尔的所有列车都停了,诺克斯堡的火车站也没消息,不过我们会送你们过去。万能的主啊,到底出什么事了?从路易斯维尔来的人都在说苏联人会从空中喷东西。"主管紧盯着金手指,"我当然不相信这样的流言蜚语,但出什么事了?食物中毒吗?"

金手指神情庄重,和蔼地说:"朋友,我们是去摸清情况的,所以急匆匆赶过来。你如果要我猜一下,请注意只是个猜测,可能是某种昏睡症,我们称其为'锥虫病'。"

"是这样的吗?"主管对这种病的名称很着迷,"我当然相信您,大夫,尤其对您和紧急行动队感到非常骄傲。"他伸出手跟金手指握了握,"大夫,祝您好运。您的医疗团队如果上车的话,我会尽快让列车运行起来。"

"主管先生,多谢你。我和同事们不会忘记你的服务。"金手指微微低了一下头,医疗队也行动起来。

"上车!"

邦德和蒂丽·玛斯顿待在一个卧铺车厢里,四周全是韩国人和德国人。金手指在前面车厢里开心地跟那几个总管聊着天。普西·加罗和小姐从一旁晃过,她没睬昂着头的蒂丽,而是试探地看了邦德一眼。门乓地关上了,她一只胳膊搭在邦德前面的椅背上,俯视着他:"嗨,帅哥,好久不见。叔叔好像不让你掉队。"

邦德说:"嗨,靓妹,这身装束挺配你的。我有些头晕,能不能来点按摩?"

那双深紫色的眼睛仔细打量他,轻声说:"邦德先生,知道吗?我感觉你是个骗子,这是直觉,懂吗?你跟那个洋娃娃是干吗的?还穿这身衣服?"她的头向后一摇。

"我们是打杂的。"

列车慢慢开动。普西·加罗和直起身,说道:"就算吧。如果这次出了什么岔子,你这位帅哥应该知道原因,懂吧?"

她没等邦德回答,就走去参加首领们的联席会议了。

那一夜,又忙又乱。列车车长理解地打量着,众人要尽量伪装。列车上举行着重要的会议,像是严肃的医疗秘密会议,没人吸烟,没人爆粗口,没人吐痰,黑帮之间的嫉妒争斗都得到了严格掌控。东部的黑帮让人不寒而栗,面对杰克·斯坦布那群日子很舒服的西部牛仔,很可能爆发枪战,头领们不得不一直提防甚至准备处理可能的麻烦。金手指早已预见了所有这些细微的心理因素,并做了准备。"水泥搅拌机"的女匪们被小心地隔离开,没人喝酒。帮团头头们让手下忙着做进一步的汇报,模拟使用地图,没完没了地讨论逃跑计划。各派之间还会相互打听对方的计划,金手指常被叫去判断某某到墨西哥边境该走哪条路,到沙漠该走哪条路,到加拿大又该走哪条路。邦德有些吃惊,这一百来号最吓人的劫匪,在兴奋和贪婪的驱使下,竟然非常安静。这是金手指创造的奇迹。除了此人沉稳和冒险的特质以及细致的规划和显露的自信安抚了黑帮们的好斗神经,甚至在你拼我抢中树立了一点团队精神。

随着列车的铁轮驶出宾夕法尼亚宽广的土地,车上这帮子人渐渐不安地睡去。但金手指和杂役没睡,保持着警惕,很快,邦德放弃了用隐藏刀具对付杂役的想法,他是想在列车经过一个小站或者上山坡放慢速度时为自由放手一搏。

邦德有一阵没一阵地打着盹,车站主管的话让他思绪万千,想象着可能的情况。那位主管先生肯定以为他们知道真相,以为诺克斯堡进入紧急状态。路易斯维尔的消息是真的吗?还是一个庞大掩护计划的一部分?如果是掩护计划,那么又是怎样的精心策划?难道没人出点错,是不是什么可怕的错误及时提醒了金手指?如果消息是真的,投毒成功的话,邦德还能做什么?

邦德决心再使一招。在他们动手的兴奋时刻,他要靠近金手指,用隐蔽的小刀卡在他的脖子上。这一招是报私仇,除此之外能有什么用呢?金手指的小队会听从另外一个人的调遣,安装核弹头并发射吗?谁又有足够的实力和沉稳来接管?娄罗先生?可能吧。行动可能会部分成功,他们运着大量黄金溜之大吉,除了金手指的人群龙无首。而与此同时,那六万人已经死了吗?他还能做什么能阻止此事发生?是否还有机会刺杀金手指?在宾夕法尼亚车站闹出点事好不好?邦德凝视着窗户里的黑色倒影,听着火车跨境的甜美叮当声,火车前行时喇叭的吼叫声,他脑中满是疑惑、问题和指责。

第二十一章　历史上最富有的人

红彤彤的黎明渐渐漫溢出来，太阳驱散了阴影，无边无际的黑色草原慢慢现出了著名的肯塔基蓝。6点钟，火车开始减速，不久便滑过路易斯维尔的正在醒来的郊区，随着一声液压的回响，停在几乎废弃的车站。

一小群人恭恭敬敬地等候着。一夜没睡的金手指黑着眼圈，朝一个德国人点点头，威严地拿起一个黑色小皮包，踏上了站台。接着是秘密的小会，路易斯维尔的车站主管说着什么，金手指插问些问题，得到回答后，一本正经地点点头。金手指疲惫地走回列车，娑罗先生被派去做文字记录，他站在卧铺车厢另一头的门口处。邦德听到金手指伤心地说："大夫，恐怕情况非常糟糕。我现在带这个去火车头，"他举起黑色小包，"我们正慢慢开进受感染区域。请让所有人员预备好防毒面具。司机和司炉工也备了面具，其他车站人员都已撤离火车。"

娄罗先生严肃地点点头。"教授,好的。"他关上门。在德国随从和一群摇头晃脑的人的尾随下,金手指离开了站台。

长长的列车短暂停留后,默默地、毕恭毕敬地驶出站台,站台上的一小群官员和四个满脸惭愧的列车员举起手祈祷。

还剩半小时三十五英里!护士们拿来了咖啡和油炸面圈(金手指什么都考虑到了),给神经衰弱的人拿了两颗中枢神经刺激剂。护士们脸色苍白,一声不吭。没人开玩笑,也没人说三道四。列车紧张地要爆炸了。

过了十分钟,列车突然减速,火车咣当一声猛停下来。咖啡洒了一地,列车几乎停下来,然后又是震动,回到原速度。一个新手从死人手中接管了火车头。

几分钟后,斯坦布先生一阵风似的穿过列车。"还有十分钟!伙计们,起来吧!各小队带上装备。一切进展顺利!保持冷静!记住各自的任务!"他冲到下个车厢,又把命令说了一遍。

邦德转过身,对杂役说:"听着,猴子,我要去盥洗室,玛斯顿小姐大概也去。"他对女孩说,"蒂丽,怎么样?"

她漠然地说:"行啊,最好这样。"

邦德说:"好的,走吧。"

姑娘身边的韩国人怀疑地看着杂役,杂役摇摇头。

邦德说:"你最好别碰她,不然我揍你。这,金手指可不喜欢。"他转过身,对女孩说,"蒂丽,走吧。这些猴子我看着。"

杂役叽里呱啦叫了一阵,似乎让其他韩国人明白。守卫站起身说:"好吧,不过别上锁。"他跟着女孩穿过卧铺车厢,等着她出来。

杂役也按这个程序跟着邦德。邦德一到里面,脱下右边的鞋子,掏出小刀,塞进皮带的内侧。有只鞋子没有后跟,但是今天早上不会有人注意。邦德洗漱一番,镜子里是一张苍白的脸和一双紧张的灰蓝色眼睛。他走出去,回到座位上。

远处的右前方闪着微光,清晨的雾霭中低矮的房屋如海市蜃楼般显现,渐渐地邦德看清楚了,是带着控制塔的飞机库。高德曼机场!火车沉重的喘息松弛下来,窗外滑过一些齐整的现代别墅和房地产新项目,像是没人居住,左边飘着勃兰登堡站台路的黑丝带。邦德伸直了脖子,诺克斯堡闪亮亮的现代市区在光霭中显得很柔和,参差不齐的天际线上方,空气如水晶般清澈,一丝烟雾都没有,没人做早餐!列车缓慢前行。去车站的路上有一起很严重的交通事故,两辆轿车似乎迎头撞上。一个男子的身体倒挂在撞坏的车门处,另一辆车像只死臭虫一样翻了个底朝天。邦德的心脏怦怦直跳,接着是大信号站,塔架上吊着什么白乎乎的玩意。这是一件男士衬衫,里面倒挂着一个人,头比窗户的下沿还要低。一排现代平房。一具裹着汗衫长裤的身体脸朝下躺在平整的草坪中央。割草线很漂亮,割草机正停在新翻地块的边上。一位妇女想抓住一条晾衣绳子,绳子断掉了,一大堆白色家居服、抹布和浴巾落下堆在一块,盖住了那个女的。现在火车慢腾腾地开进了小镇。每条街道,每一处人行道,到处都是四仰八叉的人,有单个的,有连成片的,有的在门廊的安乐椅上,有的在十字路口的中央,而红绿灯还有条不紊地闪烁。还有的在停下来的轿车里,而有的就直接撞到了商店橱窗里。死亡！随处可见的死亡！没了一切活动,除了刽子手的火车驶过坟场时铁轮的咔咔声。

这时车厢里又忙乱起来。比利·日格咧着大嘴笑哈哈地走过来,在邦德身边站住。"嗨,小伙子!"他开心地说,"老戈尔德肯定是下了蒙汗药。有些人真倒霉,不过是开着车出来兜风,就给撞上了。但不是常说,不打碎几个鸡蛋,哪能做鸡蛋煎饼呢？我说得没错吧？"

邦德勉强笑笑:"没错。"

比利·日格嘟着嘴安静地笑笑,走了过去。

列车车轮滚过勃兰登堡站,这里有成堆的人。男人、女人、儿童横七竖八地躺在站台上,有的脸朝上对着屋顶,有的扑在泥灰中,有的侧缩成一团。邦德努力找一点动静,一双好奇的眼睛,哪怕是一只微颤的手。什么都没有！等等！那是什么？紧闭的窗户里传来微弱的婴儿啼哭声。三辆童车立在售票处外面,母亲们则倒在了一旁。当然是这样！童车里的婴儿喝的是牛奶,而非致命的水。

杂役站了起来,金手指的整个团队也起来了。韩国人还是那副表情,只有眼睛像紧张的动物一样眨个不停。德国人脸色苍白,挺严肃。没人盯着其他人看,所有人列队走向出口,排好队等着。

蒂丽·玛斯顿拉了拉邦德的袖子,颤抖地说:"这些人只是睡着了吗？有些人的嘴角怎么挂着泡沫？"

邦德也看到了,是粉色的泡沫。他说:"有些人昏过去时,大概正在吃糖果或者其他玩意。你知道美国人总爱嚼东西。"他又轻轻说了一句,"别靠近我。可能有人射击。"他瞪了她一眼,她明白了。

蒂丽并没看他,愣愣地点点头,嘴角蠕动着说:"我去普西那边,她能照应我。"

邦德笑了笑,鼓励她说:"那也好。"

列车越来越慢,随着火车头的一声长鸣,终于停了下来。车厢门全开了,各个小分队拥到了金锭存放处那边的站台上。

一切都按军队的精确度推进着。各小队按战斗顺序排列好,先是带轻机枪的冲锋小队,接着是担架队把警卫等其他人员抬出来(邦德想,当然是多余的点缀),然后是金手指带领的炸药小队,十个人带着笨重的防水帆布覆盖的物资。后面还有一个由多余司机和交管人员组成的混合编队和一群护士。这些人都配了手枪,跟一群荷枪实弹的后备小队断后,好处理突发事件,用金手指的话说,"可能会有人醒来,然后突然闯进来。"

邦德和蒂丽跟金手指、杂役和五个匪帮头目组成了指挥小组。他们待在两列列车的平顶上,一边是旁轨大楼,从这里行动的目标和进攻路线一览无余。邦德和蒂丽负责处理地图和时间表,注意秒表,邦德则留心观察行动中拖延掉链子的情况,并立即汇报给金手指,由他通过步谈机跟匪帮头子沟通,加以整改。等到引爆炸弹时,他们就躲在机车头的后面。

火车拉响了两声汽笛。邦德和蒂丽回到第一个火车头屋顶的座位,这时冲锋小队带领其他小队快步走过铁轨和金锭大道之间二十码的空地。邦德尽量靠近金手指,而这家伙正拿着双筒望远镜看着,嘴紧贴着胸口前的微型话筒。但是杂役像一座结实的肉山杵在他俩之间,他的双眼对进攻的闹剧毫无兴趣,一眨不眨地盯着邦德和蒂丽。

邦德假装浏览塑封地图册,时不时看看秒表,计算着尺寸和角度。他瞄了一眼隔壁的四个男人和一个女人,这些家伙全神贯注地看着眼前的景象。杰克·斯坦布兴奋地说:"他们穿过第一道门了。"邦德正半琢磨着自己的计划,匆匆瞄了一眼战斗现场。

这样的场景真是非凡。中央坐落着巨大敦实的环形陵寝,阳光从光洁的花岗岩外墙上倾泻下来。开阔的空地外的迪斜公路、金锭大道和藤林路上排列着卡车和运输车辆,每个运输队的头一辆和最后一辆车子上插着各匪帮的旗帜。司机们躲在金库的护墙外面,而战斗分队的成员们正有条不紊地下火车,穿过大门。绝对的宁静包裹着运动中的世界,仿佛整个美国面对这个巨大的犯罪行动,屏住了呼吸。金库外面横躺着士兵们的尸体,拿着药盒子的哨兵还握着自动手枪。护墙内是两个东倒西歪的士兵小队,有的人衣衫不整地横躺着,有的压在伙伴身上。外面的金锭大道和大门之间,两辆装甲车撞到一块,卡在一起,两挺重机枪,一挺对着地,一挺朝着天,还有一个司机横挂在驾驶座上。

邦德拼命寻找一丝生命迹象,一丁点儿动静,甚至没一点儿线索表明这不过是场精心策划的埋伏。什么都没有!连一只猫都没有,作为布景的建筑群里没有一点响动传出。只有几个小分队忙活着各自的任务,要么就原地待命。

金手指对着微型话筒,静静地说:"最后的担架。炸弹小队准备好。掩护好。"

此时掩护部队和担架队朝出口冲去,躲在一堵护墙的下面。爆破小队成批地躲在大门口,在他们进去之前,清扫场地会拖延五分钟。

邦德突然说:"他们提前了一分钟。"

金手指的目光越过杂役的肩膀,苍白的双眼像是着了火。他逼视着邦德,嘴巴扭曲成刺耳的怒吼:"邦德先生,看到了吧?你错了,我对了。再过十分钟,我将是世界上最富有的人,也是历史上最富有的人!你还有什么好说的?"他啪啪地吐出这些话。

邦德镇定地说:"还要等十分钟才能见分晓。"

"是吗?"金手指说,"就算吧。"他看看表,对着话筒说。金手指的小队慢慢、轻轻地跨过大门,四个人扛着沉甸甸的担子。

金手指的目光跳过邦德,看着第二个火车头顶上的那群人。他用胜利者的姿态说道:"先生们,还有五分钟,大家务必藏好。"他又看着邦德,轻声补充道,"邦德先生,要说再见了,谢谢你和那位姑娘的协助。"

邦德的眼角捕捉住什么东西在移动,是一个旋转的黑点。它沿着上升轨迹到最高点稍作停留,接着传来震耳欲聋的信号的声音。

邦德的心怦怦直跳。成队的士兵猛地苏醒过来,两辆卡住的装甲车上的机关枪摇摆着回到大门口,不知从哪儿传来扬声器的怒吼:"放下武器,不许动。"可后续部队噼噼啪啪地乱射一气,一切立刻乱套了。

邦德一把抓住蒂丽的腰,从距离站台十英尺的高处一块跳下去。邦德靠左手支撑落地,用屁股把蒂丽垫着站起来。当他要跑到火车后面躲起来时,金手指大叫道:"干掉他们!"金手指的自动步枪朝左侧的水泥地噼噼啪啪一阵扫射,但他只能用左手射击,所以邦德并不担心,邦德担心的是杂役。这时,邦德拽着蒂丽正要冲下站台,他听到身后紧追的跑步声。

蒂丽使劲往后拽,怒吼道:"不,不要,站住!我要跟普西在一块,跟她一起是安全的。"

邦德大吼一声:"住嘴,你这个傻瓜!快跟我跑!"可是她拖着他,速度放慢了。她猛地挣脱手,朝一节卧铺车厢的门冲过去。邦德想,老天,这下完了!他从皮带里抽出小刀,转过身对着杂役。

杂役在十码开外的地方,一刻不停地冲过来。他一手抹下那顶可笑而致命的帽子,看了一眼目标,这顶半月形的黑色钢帽嗖地从空中滑过,一举击中了女孩的后脖颈,她一声不吭地倒在平台杂役奔来的路上。路上的障碍栏挡住杂役,他正要朝邦德踢过去,却踢不高。他转身一跃,左手如同利剑一般戳向邦德。邦德躲过这一击,拿着刀朝上挥舞过来,刀落到靠近杂役的肋骨处,但是在飞行的冲击力下,刀子从手里飞了出去。站台上传来叮当声。杂役又扑将过来,他显然没受伤,展开双手和腿脚,试图再跳一下,再来一脚,他正在气头上,眼睛红彤彤的,颤抖的嘴角沾着点口水。

车站外面机枪的扫射此起彼伏,火车司机又拉响了三声汽笛。杂役咆哮着,向上一蹿,邦德全身向侧面扑过去。什么东西重重地砸在他的肩膀上,一下将他击倒在地。他躺在地上,心想,完了,没命了!接着他颤巍巍地站起来,脖子拱到肩膀上,以缓解冲击力。但是并没再受到一计狠拳,邦德茫然地看见杂役飞奔而去的身影。

领头的火车头已经开动了,杂役上了车,朝司机室跳过去,有一会儿工夫,他悬挂在车厢外,两脚乱蹬想找个落脚处,接着他躲进了车厢,巨大的流线型机车加速驶离。

邦德身后军需主任办公室的门突然开了,传来一长串跑步的声音:"圣地亚哥!"有人高喊一声,圣詹姆斯,这是莱特尔在科特斯有次开玩笑跟邦德说的战斗暗号。

邦德转过身。那个褐色头发的德州佬还穿着战时海军特种兵的战斗制服,带着一群穿卡其布制服的人从站台上咚咚地跑过来。他握着一把单人的反坦克步枪,右手扣着钢制枪栓。邦德赶紧跑上去,说道:"你这浑小子,别杀我的狐狸,都结束了。"他从莱特尔手上一把抓过反坦克步枪,叉开双腿躺在月台上。此时火车头开出了两百码远,正要穿过迪斜公路的那座桥。邦德大叫一声:"躲开!"让众人站在机枪反冲线外面,上了保险栓,小心对准目标。步枪微微一颤,射出的炮火穿透车身,火光一闪,喷出一股子蓝烟。飞驰而过的机车尾部落下几块金属,可机车已经过了桥,转个弯后就不见了。

"你是新手,打得还不错。"莱特尔评论道,"后面的发动机基本完蛋了,不过这种机车有两个发动机,它可以用另一个继续行驶。"

邦德站起身,热情地对着青灰色的鹰眼笑笑。"你这个蠢蛋,"他嘲讽地说,"你他妈干吗不封锁那条线?"

"听着,侦探先生,如果对舞台管理有任何不满,请直接跟总统说。他很随和,并且亲自指挥了这次的行动。头顶上有一架侦察机,那个火车头有人收拾,到中午,这些老金贩就会进局子。再说我们怎么知道他在火车上呢?"他没说下去,对着邦德肩膀中间打了一拳,"真见鬼,见到你我真高兴。我们这群人是派来保护你的,一直四处找你,害得老子们被两处夹击。"他对着士兵们说,"是不是啊,伙计们?"

大伙笑了:"上尉,的确如此。"

邦德亲密地看着这个多次跟他出生入死的德州人,一本正经地说:"菲利克斯,上帝保佑你。你向来擅长救我的命,但这次差点就晚了,蒂丽已经走了。"他走到一边,菲利克斯紧跟其后。那个小东西还躺在倒下的地方,邦德跪在一旁,头上那个角度的划伤足以让它致命,邦德摸摸她的脉搏,站了起来,轻声说:"可怜的小傻瓜,她太不看好男人了。"他看着莱特尔,辩解道:"菲利克斯,她只要跟着我,就没事的。"

莱特尔不是很明白情况,手搭在邦德胳膊上说:"那是肯定的,没事了,别太放在心上。"他朝手下说道:"你们两个把这姑娘抬到那边的军需办公室。欧布莱恩,你把救护车开过来,停在指挥岗那边,告诉他们我们已经接到了邦德中校,马上就带过来。"

邦德站着,看着地上这堆尸骨和衣物,回想起这个聪明傲气的姑娘驾着凯旋三号汽车,头发上的花点头巾迎风飞舞,可她已经去了。

此时在他头顶上空,一个旋转的小点腾空而起,飞到最高位时,停留了片刻,接着褐红色爆炸弹爆炸了,这是停火的信号。

第二十二章　最后的伎俩

两天后。菲利克斯·莱特尔开着黑色的斯度迪拉克轿车,挤过三区大桥上拥挤的小路送邦德去赶飞机,时间还来得及。这是晚间英国海外君主航空开往伦敦的飞机。莱特尔似乎想改变邦德对美国汽车鄙视的看法。现在他把变速杆推到了二挡,这辆低矮的黑车一下子冲到了一辆冷库车和一辆老爷车之间的狭窄空间。这辆老爷车有些心不在焉,整个后窗差不多贴满了度假的明信片。

随着引擎跳到三百马力,邦德牙齿紧闭,猛地向后一仰。等轿车完成超车的动作,气咻咻的喇叭声从身后消失后,邦德轻声说:"你终于从童车班毕业了,买了一张快车车票。你想再快些,让车子散架吗?有一天你整个不开车了,哪儿都不能去,这便是死亡慢慢降临的时候。"

莱特尔笑了,说道:"看到前面的绿灯了吗?我打赌,在变红之前,就能冲过去。"轿车像是挨了一脚似的向前一跃。邦德感觉上了一趟自杀航班,生命仿佛突然中断。不管怎样,在莱特尔的三个高音喇叭的鞭打下,前面小轿车的钢墙让出了一条小路。开过交通灯时,速度计指到九十,接着车在中间的车道上悠然地跑起来。

邦德平静地说:"这里的交通警察有问题,你的那张平克顿的侦探证不管用。问题不在于你的车开得有多慢,你挡住了后面的车。你需要的是一辆不错的劳斯莱斯老爷车,比如配有厚玻璃的'银魂'轿车,这样能欣赏自然风光。"邦德指了指右边的巨型破旧汽车堆,"最高五十,能在你要的地方停下来,还能倒回去。球状喇叭,也配你沉稳的风格。实际上,很快市场上就会有一辆这样的车,就是金手指的。这个该死的金手指到底干了什么?就没人捉住他吗?"

莱特尔看了一眼手表,开到外面的车道,将速度降到四十码。他认真地说:"跟你说实话,我们有点担心。报纸不让我们好受,而埃德加·胡佛那群家伙更是要命。他们先是保持安全高压态势,我们也不能说这不是我们的错,再有伦敦一个叫 M 的家伙坚持这样。这样他们就有话说了,说我们在拖后腿之类的话。"莱特尔郁闷地辩解道,"詹姆斯,跟你说,他们赶上了火车头。金手指将速度控制在三十,让它一直在车轨上跑。他和韩国人不知从哪儿下了车,那个加罗和小姐和其他四个黑帮头目也消失了。我们在伊丽莎白维拉外面的东向公路上找到了等着的卡车大队,可是一个司机都没有,很可能逃走了,金手指和这支相当精锐的部队肯定躲起来了。他们并没登上诺福克的'斯维尔德罗夫斯克号',我们在港口周围派了些便衣,他们报告说这艘巡洋舰上没有陌生人,而且按计划航行的。

东河仓库附近连一猫都没有。也没人在艾德怀尔德、墨西哥和加拿大的边境地区露面。我打赌杰得·米的奈特把这些人和东西都整到古巴去了。如果他们驾驶两辆大卡,不要命地往前赶,大概已经在行动第二天开到佛罗里达的戴特纳海滩,米的奈特在那边的组织相当严密。海岸警卫队和空军尝试了各种办法搜寻,但一无所获。他们可能白天躲起来,晚上到了古巴。大家很担心,总统急疯了,但是也没用。"

前一天邦德在华盛顿踏上了最厚最红的地毯,出席了铸币厂的演讲会,在五角大楼享用了丰盛的音乐午餐,同总统的十五分钟会面有些尴尬。剩下的时间和埃德加·胡佛办公室的速记小组辛苦地做了笔录,而邦德一个在 A 站的同事列席了笔录。这些事完了后,邦德又通过大使馆的跨洋电台跟 M 简单谈了一刻钟。M 谈了谈此案在欧洲这边的处理情况。和邦德料想的一样,金手指发给环球出口公司的电报受到了紧急处理。警方搜查了瑞库佛庄园和高北古堡的工厂后,又发现了黄金走私骗局的额外证据。印度政府受到警告,麦加飞机已经飞往孟买,其余的清理活动正在展开。瑞士特别行动队很快找到了邦德的车,并查清楚邦德和蒂丽到美国的路线。可就在艾德怀尔德,这些人消失了,美国联邦调查局也没查出他们的行踪。M 似乎很欣赏邦德对"大猛攻行动"的处理,但是英格兰银行还是担心金手指那根价值两千万英镑的金条,这些都存在纽约完美保险库公司,但是在行动第一天,他跟手下开着卡车全都运走了。英格兰银行已经向委员会发出一份照会,一旦发现这些金条,就进行冻结。需要通过这个案件来证明这些金条是从英国走私出去的，或者这些走私金条经过种种非法手段后提升了价值。但这些事情由美国财政部和联邦调查局处理，况且 M 在美国没有司法权，邦德最好立刻回国，把后续事情处理好。哦，还有一件事，交谈就要结束时，M 声音有些沙哑，美方请求英国首相让邦德接受美国荣誉奖章。当然 M 已经向首相解释情报机关通常不搅和这类事情，尤其是外国的，不管这个国家是多么友好。M 知道邦德其实愿意这样，他知道规则。邦德当然说好，他向 M 表示非常感谢，并会马上乘下一趟飞机回国。

轿车现在不声不响地沿着凡·维克高速路向前开，邦德稍稍有些不满，难道案子就这样马虎收尾？一个匪帮的头目都没抓到，而且两项任务都失败了，一个是抓住金手指，另一个是缴获他的黄金。"大猛攻行动"的流产只是一个奇迹。一直到比奇商务机参加行动的前两天，保洁员才发现纸条，等赶到平克顿侦探社时，莱特尔再有半小时就要去东海岸调查一桩跑马丑闻。不过莱特尔真是神速，先是上司，再是联邦调查局，接着是五角大楼。由于联邦调查局对邦德的了解，又通过美国中情局同 M 取得联络，足以在一小时内让总统知道具体情况。随之而来的是一个巨大的迷魂阵，诺克斯堡的全体居民都参与其中。两个"日本人"很容易就被捉住了，经化学战争部核实，他们手提箱里装的伪装成杜松子酒的三品特毒气足以让整个诺克斯堡殒命。这两人立刻就范，还说了发给金手指"一切就绪"这样的电报。电报发出了，接着陆军宣布紧急状态。公路、铁路和航空区都停止了到诺克斯堡地区的运输，只有匪帮的车队一路畅通。接下来的都是演戏，包括口吐粉色泡沫，哭泣的婴童，想必能平添几分真实。

没错,就华盛顿方面而言,非常满意。可是英国方面呢?谁会在乎两个被杀害的英国姑娘呢?现在美国的金锭安全了,谁又介意金手指还逍遥法外呢?

他们穿过艾德怀尔德干枯的平原地带,经过一个价值千万美元的钢筋混凝土架构,这里终有一天会成为人来人往的机场。轿车最后停在邦德熟悉的一堆混凝土外面,里面传来了礼貌而冰冷的声音。"泛美世界航空通知:总统航班 PA100 即将起飞。""环球航班呼叫墨菲机长,请墨菲机长尽快联系。"英国海外航空饱满的元音和长笛般的发音,"英国海外航空通知百慕大航班 BA491,乘客们将在九号门下飞机。"

邦德拿上背包,向莱特尔道别。他说:"菲利克斯,感谢这一切,每天都给我写信啊。"

莱特尔紧握住他的手,说道:"当然了,小子,放松些。让那个老家伙 M 早点把你派过来。下次来我俩抽点时间好好狂欢一下,你也该到我老家看看,我想让你瞧瞧我的那口油井。再见了。"

莱特尔上了车,从到达坪加速离开。邦德举起手,斯度迪拉克轿车从来的路上飞驰而去,莱特尔的车窗上闪过一道钢钩的亮光,像是在回应。他走了。

邦德叹了口气,拿起背包,走到英国海外航空的检票窗口处。只要没人烦他,邦德并不讨厌机场。还要等半个小时,他心满意足地溜达着,人流如织,他在餐厅买了一杯波旁威士忌苏打水,又在书店看有什么可以读的东西。他买了一本本·霍刚的《高尔夫现代基础》和雷蒙德·钱德勒的最新悬疑小说,然后又晃到纪念品商店,看有没有好玩的鬼玩意带给秘书。

这时英国海外航空的播音系统上,一个男子正在念一长串君主航班乘客的名字,要求他们去检票口。十分钟后,邦德正在买一款最新、最昂贵的圆珠笔,这时他听到了自己的名字。"请乘坐英国海外航空飞往甘德和伦敦君主航班航班号510班机的詹姆斯·邦德先生前往检票台。多谢。"显然是可恨的征税表格让他瞧瞧在美国挣了多少钱。依据常规,邦德从没去过纽约的国内收入办公室拿通行证,只有一次在艾德怀尔德吵了一架就放行了。他走出商店,走到海外航空的柜台前。票务官客气地说:"邦德先生,请出示您的健康证件。"

邦德从护照上抽出表格,递了过去。

票务官仔细看了看,说道:"先生,非常抱歉。甘德目前出现了伤寒病例,要求所有过去六个月以内没有打预防针的转机乘客必须接受注射。先生,的确非常麻烦,但是甘德对这些事非常敏感。不是直航也真糟糕,但是今天是顶风。"

邦德讨厌预防接种,恼火地说:"够了,我这儿不知被扎了多少针。过去二十年,被那些该死的玩意烦透了。"他看了四周一眼,奇怪,海外航空区域空无一人,他问:"其他乘客呢?都去哪儿了?"

"先生,他们都同意了,正在打针。请您这边走,一分钟都用不了。"

"那好吧。"邦德不耐烦地耸耸肩,跟着这人进了海外航空站经理办公室。和通常一样,穿白大褂的医生,盖着下巴的口罩,还有准备好的针管。"最后一个吗?"医生问了海外航空的人一声。

"是的,大夫。"

"行了,外套脱掉,把左边的袖子卷上去。甘德人就是这么敏感,真没辙。"

"该死的。"邦德说,"他们怕什么?黑死病扩散?"

一股子刺鼻的酒精味,注射器猛地一扎。

"多谢!"邦德咕哝一声,他拽下袖子,起身去拿椅背上的外套。他放下手去拿,没够着,再够下去,下去,身体瘫了下去,躺倒在地板上。

飞机上的灯都亮了,似乎还有不少空座位,那为什么他一定要跟一个乘客挤在一块?这家伙怎么老是拱胳膊?邦德想起身换座位,突然一阵恶心袭来。他合上眼,等了等。太奇怪了!他从不晕机。脸上怎么有冷汗?拿手帕,擦掉。他又睁开眼,低头看着双臂,两腕竟然被绑在座椅的扶手上。出什么事了?他打了针,然后就晕过去,还是出其他事了?真见鬼,这是怎么回事?他看了一眼右边,呆若木鸡!是杂役坐在那儿,杂役!穿着英国海外航空公司制服的杂役!

杂役面无表情地瞟了他一眼,按了一下空乘人员的铃铛。后面茶水间叮叮咚咚地响,身边有裙子窸窸窣窣的声音。他抬起头,竟然是普西·加罗和,穿着空中小姐的天蓝色制服,整洁而清新。她开口道:"你好,帅哥。"她投来深邃锐利的目光。邦德很熟悉,什么时候?几个世纪前,恍若隔世。

邦德绝望地说:"看在上帝的分上,怎么回事?你们从哪出来的?"

这位小姐一边品尝鱼子酱,一边喝香槟,开心地笑道:"你们英国佬即使在两万英尺的高空,也要过得跟莱利一样。不过我没看到球芽甘蓝,即使有茶,也没工夫泡。行了,放松些,老叔要跟你谈谈。"她扭着屁股走到过道上,进了驾驶员机舱。

此时邦德不再吃惊。金手指身穿过于肥大的英国海外航空公司的机长制服,头中央规矩地扣着帽子,掩上身后的舱门,来到走廊上。

他站在那里,冷冷地看着邦德:"嗨,邦德先生,所以命中注定我们要把这一局打完。邦德先生,不过这次你的袖子里可没藏牌。哈哈!"他狂叫一声,夹杂着愤怒、敬畏和几分尊重,"结果你的确是我牧场上的一条蛇。"他慢慢地摇了摇巨大的脑袋,"我居然还让你活着!为什么不把你当成臭虫一样砸死!没错,你跟那女孩还算有点用,但是我真是疯了,居然冒这个险。是呀,疯了!"他放低嗓门,慢慢说,"邦德先生,告诉我,你是怎么做到的?你怎么通风报信的?"

邦德镇定地说:"金手指,我们得谈谈,有些事情我会讲,但是你必须解开这些带子,再给我一瓶波旁酒、冰块、苏打水和一包契斯特菲尔德香烟。等你告诉我想知道的,我会决定告诉你什么的。你说得没错,我不占优势,至少不像是。因此我不会失去什么,而你要从我这儿得到什么,最好按我的方式来。"

金手指严肃地低着头。"你的条件我不反对。出于对对手能力的尊重,你会舒舒服服地走完最后的旅程。"他严厉地说:"杂役,打铃让加罗和小姐来解开这些带子。把他搞到前面坐,坐在后面也没坏处,但别让他靠近机舱门。如果有必要,立刻干掉他,但最好让他活着到目的地。明白吧?"

"啊啊!"

五分钟后,邦德要的东西送来了,面前的盘子上放着威士忌和香烟。他倒了一杯浓烈的波旁威士忌。金手指坐在走道对面的椅子上。邦德拿起酒杯,抿了一小口,正要再喝一大口时,他看到了什么。他小心地放下杯子,没碰到沾在杯底的纸杯托。他点燃一支烟,又拿起酒杯,取出冰块,放回冰桶,然后几乎把酒一饮而尽。现在能看清杯底的字了。他小心地放下酒杯,没碰杯托。那张条子上写着:

我和你在一起。

邦德转过身,感觉挺舒服。他说:"好了,金手指。首先,现在怎么回事?你怎么搞到飞机的?我们往哪儿飞?"

金手指跷起二郎腿。他看着走道,注意力从邦德身上移走,不急不缓地说道:"我们弄走了三辆卡车,一路开到哈特拉斯角的邻近地区。一辆车装着我私人的黄金储备,另外两辆装着司机、相关人员和匪帮的人。这些人中除了加罗和小姐外,我都用不着,我只保留了几个核心成员,花了一大笔钱把其他人陆续打发走了。在海岸边,我找了个借口让加罗和小姐待在车上,在一个没人的地方跟四个匪帮头目开个会。按照我一贯的做法,每人都尝了一颗子弹。回到卡车上,我对众人说,这四个人想单独行动把钱抢到手。这样一来，我身边只剩下六个助手、加罗和小姐和金条。我雇了一架飞机飞到新泽西的纽瓦克，装金条的箱子被当作是 X 光片的铅，得以顺利通关。我独自到纽约的一个地方，通过无线电跟莫斯科通了话，对'大猛攻行动'的不幸失败做了说明。在这过程中，我提到了你的名字。"金手指凶狠地看着邦德，"我想你应该知道，我的朋友们是锄奸局的成员。他们认出了你的名字，告诉我你的身份，我立刻明白了很多曾经隐瞒的事情。锄奸局说很想采访你，我认真考虑了一下，很快设计出正在进行的方案。我装作你的朋友，没费什么工夫就找到了你预定的航班。我的三个手下曾经是德国纳粹空军，驾驶这辆飞机保证没有问题。剩下的就是细节了。通过虚张声势的扮演，并动用一点点武力，我们在艾德怀尔德对英国海外航空的所有人员，包括机组人员和所有乘客都进行了必要的注射，这些人正慢慢恢复。机组人员昏迷后，我们换上他们的衣服，把黄金运上飞机，把你放倒后，放在担架上运上飞机。很快，新的机组成员包括空中小姐上了飞机，于是起飞了。"

金手指稍作停顿，从容地抬起手。"当然这中间有些小波折，比如要求我们沿着 α 滑行道至四号跑道，我们跟着荷兰皇家航空的飞机就做到了。艾德怀尔德的程序不是很容易，我们可能没经验，显得笨手笨脚。不过呢，邦德先生，靠着沉着镇定，坚强的神经和冷漠吓人的样子，其实不难对付民航局，毕竟都是些小职员。我通过无线接收器了解到，对这架飞机的搜寻正在展开。我们在楠塔基特还没出高频的频带时，已经有人问我们，然后是远程预警通过高频率展开问询。这些都没影响到我，机上有足够的燃油，而且我已经从莫斯科拿到飞往东柏林、基辅或者摩尔曼斯克的通行证,只要天气允许,走哪条路线都可以。应该没有什么麻烦,即使有,我也会通过无线电化解问题。没人会朝一架价值连城的英国海外航空飞机开枪的。神秘和混乱是最好的保护伞,直到我们进入苏联领土,当然随后会消失得无影无踪。"

自从知道了"大猛攻行动"的细节后,邦德明白金手指无所不能,他也是见怪不怪了。金手指说他偷了一架同温层飞机,这虽然很荒谬,但是跟他走私黄金和购买核弹头相比,真是小巫见大巫。这些事情虽然有一丝神奇的天才成分,但是仔细琢磨起来,倒符合逻辑,仅仅是在规模上有些不同,即使针对杜邦先生的小骗局也设计得很巧妙。毫无疑问,金手指是个艺术家,一个犯罪领域的科学家,和切利尼、爱因斯坦一样伟大。

"行了,英国特工邦德先生,我们在做买卖。你能告诉我什么?谁派你来跟我的?他们怀疑什么?你是怎么干扰我的计划的?"金手指向后一靠,双手搭在肚子上,盯着天花板。

邦德告诉金手指的当然是真相的删节版。他没提锄奸局,没提邮箱的地点,也没说"荷马"无线电传感器的秘密,对于俄罗斯人而言,这可能还是个新玩意。他总结道:"金手指,你明白了吧?你不过是逃脱了。如果不是蒂丽·玛斯顿在日内瓦搅局,你早就落网了,现在正待在瑞士的监狱剔着牙齿,等着被遣返回英国。你太小瞧英国人了,他们行动是不够快,但还是会赶到的。你以为到了苏联就安全吗?别太肯定。前阵子,我们还从那边把个人搞了出来。金手指,我最后给你一句警言:'千万别小看英国人'。"

第二十三章 TLC 治疗①

月色笼罩大地,飞机在上空颠簸前行,非常不舒服。灯全灭了,邦德静静地坐在黑暗中,担心得出汗,不知该做些什么。

一个小时前,普西送来了晚餐,餐巾纸里藏了一支铅笔。她狠狠说了杂役几句,算是为他好,便走开了。邦德吃了点东西,喝了不少波旁酒,而想象却绕着飞机打转。他寻思能干些什么迫使飞机在甘德或者新斯科舍的一个地方着陆。实在万不得已,就一把火烧了飞机,这当然是闹着玩,或者强行将机舱门打开。这两个自杀的方法也不切实际。这时一个德国人从检票处走过来,站在邦德身边,打断了他思考问题的烦恼。

他咧着嘴,向下看着邦德,说道:"英国海外航空的服务还算周

---

① TLC 是 Tender Loving Care 首写字母的缩写,指温柔关爱治疗。

到吧？金手指先生担心你有愚蠢的想法，让我来后面盯着一点。最好坐好，享受旅程，怎么样？"

邦德还没回答，这人便回到机舱尾部去了。

这时有个念头折磨着邦德，跟他先前的想法有关，迫使舱门打开。1957年那架飞越波斯湾上空的飞机就遭遇了同样的问题。邦德坐了一会儿，虽然看不见什么，还是瞪大眼睛看着前方的椅背。也许有用！应该是可行的！

邦德在餐巾纸内侧写道："我尽力而为。系紧安全带。多谢！詹。"

普西过来取餐盘时，邦德丢下餐巾纸，捡起来递给她。他握着她的手，冲着探寻的眼睛微笑。她弯腰拿起餐盘，在他脸上吻了一下，直起身，语气强硬地说："帅哥，我会梦到你的。"然后往飞机厨房走了过去。

邦德打定了主意，也想好该怎么动手了。脚后跟的小刀就藏在外套下面，他把安全带长的那头绕在左臂上，现在只消杂役从窗户那边转过来。指望杂役睡觉不大可能，但至少他会让自己舒服。邦德的眼睛一直落在前方座位上，注视着长方形珀斯佩科斯窗户中昏暗的侧影，不过杂役一直亮着那盏阅读灯，一动不动地坐着，他瞪着天花板，微微张着嘴，双手放松地搭在靠手上。

一个小时，两个小时。邦德昏昏欲睡，很有节奏地打着鼾，他希望有催眠作用。现在杂役的手放到了大腿上，头点了一下，又竖起来，扭到一边避开墙上刺眼的灯光，并把他的右脸贴在窗户上！

邦德还是在均匀地打鼾，绕过韩国守卫同绕过饥饿的藏獒一样困难。慢慢地，一寸寸地，他握着刀，踮起脚尖蹲在地上，挪到了墙和杂役坐凳之间。动作到位了，匕首刀尖对着珀斯佩科斯窗户的中央，邦德紧紧抓住安全带的一头，把刀向后抽回了两寸，深吸一口气。

窗户被撞破时，邦德不知道会发生什么。媒体报道的波斯空难是气压舱释放的吸力把靠近窗户的乘客整个旋转起来，抛了出去。现在他抽回匕首，一阵空气怪异的号叫声，几乎是尖叫在耳边呼啸，邦德猛地贴在杂役座椅的后背上，巨大的冲击力把安全带从他手中夺了过去。他贴在椅背上，目睹了一个奇迹。杂役全身像是朝着呼啸的黑空洞拉长过去。他的头和胳膊猛撞在窗框上，发出嘭的巨响。他的身体如同牙膏一般，慢慢地、一点点地被吸进黑洞，发出可怕的嗖嗖声，这时杂役腰部以上都被吸到了外面。人体牙膏一点点往外挤，随着乒的一声巨响，屁股穿过玻璃，最后双腿也不见了，像是从火枪里打了出去。

接着便是世界末日。餐厨间的瓶瓶罐罐发出可怕的巨响，巨大的飞机竖起来，来了个自由落体。邦德昏迷前最后知道的是引擎歇斯底里的尖叫声，接着毯子、枕头从眼前一阵风似的被抛出去。最后邦德死命地抱住前面的座椅，高度缺氧的身体因剧烈的肺部疼痛而瘫倒。

邦德昏迷中觉得肋骨被狠狠踢了一下，嘴里有鲜血的味道，他叫唤了一声。接着身上又被猛踢了一脚。他忍着剧痛勉强在座椅间站起来，向上看看。剧烈的泄压将机舱温度降到了冰点，破窗后引擎发出巨大的咆哮声，刺骨的寒风折磨着他。金手指俯视着他，在黄光的映衬下,他如恶魔一般。他握着一台小巧的自动手枪,收回腿,又踢了一脚。邦德噔地来火了,他抓住金手指的腿,猛地一扭,几乎扭断了脚脖子。金手指惨叫一声,撞得飞机摇晃起来。邦德跃身跳到走道上,膝盖噔地插进金手指的腹股沟,左手握住了枪。

邦德平生第一次怒不可遏,用拳头和双膝朝着挣扎的身体轮番猛击,前额重重地砸在光亮亮的脸上。手枪又颤抖着对准他,邦德毫不畏惧地用手边滑过枪,只听到座椅之间一阵噼噼啪啪的枪响。此时金手指的手卡住了邦德的喉咙,邦德也卡住了金手指的喉咙。下去,再下去,邦德的大拇指摁住了动脉,他大口喘着气,使出所有力气。对手死之前,他会晕过去吗?会吗?他能承受金手指双手的强力吗?那张光亮的圆盘脸慢慢变了颜色,由棕褐色变成了深紫色。眼神开始游离闪烁,邦德喉管上的手松开了,手滑落下来。这时对手的嘴张开,伸出了舌头,肺部涌上一股可怕的汁液。邦德斜坐在金手指沉默的胸部,慢慢松开一个个僵硬的手指。

邦德深叹一口气,跪坐片刻,慢慢站起来。他茫然地上下打量着飞机,普西·加罗和躺在靠近餐厨间的座椅上,像一堆待洗的衣服被捆在那里。再过几步,那名警卫横躺在走道中间,那只手和头摆得很可笑,飞机俯冲时,这家伙肯定没系安全带,像洋娃娃一样被抛到机舱顶部。

邦德搓了一下脸,手掌和脸上如火烧一般灼痛,他疲惫不堪地跪下,寻找那支手枪,是一把柯尔特25自动手枪。他轻轻弹出子弹盒,还剩三发子弹,有一发已经上膛了。邦德半走半摸到走道上那女人躺着的地方。他解开她外套的扣子,按在她的胸上,心脏像小鸽子一样在他掌心怦怦直跳。他解开安全带,让普西脸朝下躺在地板上,邦德叉开腿跪下来,很有节奏地在她的肺上按了五分钟。她开始呻吟时,邦德起身离开,到走道上从死警卫的皮套里取出上满子弹的鲁格尔手枪,穿过一片狼藉的餐厨间。一瓶波旁威士忌还没破,轻轻地来回滚动。他捡起来,拔出瓶塞,把酒倒在嘴里,酒水如同消毒剂一样火辣辣的。他放回酒塞,继续往前走,在驾驶员座舱外面停了一分钟,想了想。他两手各持一把枪,打开舱门,走了进去。

在器械灯灯光的映衬下,五张阴森森的脸转了过来,几张嘴如同黑洞,眼白亮闪闪的。这儿引擎的轰鸣没那么厉害,有一股子汗味和香烟的味道。邦德绷紧腿站好,紧握着枪说:"金手指已经死了。任何人动一下,或者违抗我的命令,我就干掉谁。飞行员,告诉我现在的位置、航线、高度和速度。"

飞行员咽下一口唾沫,张口说:"长官,我们在古斯湾以东五百英里上空,金手指先生要求尽量把飞机迫降在北部海岸上,然后在蒙特利尔重新装机,还要回来打捞黄金。现在的地面速度是每小时两百五十英里,高度是两千。"

"以这个高度还能飞多久?燃油肯定快用完了。"

"没错,长官。按这个高度和速度,估计还剩两个小时。"

"给我一个时间。"

飞行员立刻回答:"只有一个华盛顿时间,是凌晨4点差55分。这个高度还要过一个小时天才破晓。"

"'查理号'气象观测船在哪里?"

"长官,大概在东北向三百海里处。"

"飞行员,能在古斯湾停吗?"

"长官,一百英里的速度到不了,只能停在北边的海岸边。"

"好的,改变航程往查理号那边飞。接线员,接通电话,把话筒给我。"

"是,长官。"

飞机进行了大幅度的转弯,头顶上的扩音器里传来断断续续的声音。

接线员温柔的声音传了过来:"查理大洋站。我是雷鸟510,G – ALGY 呼叫查理,呼叫查理……"

突然冒出一个尖厉的声音:"G – ALGY 报告位置,报告位置。这是甘德控制中心。情况紧急。G – ALGY……"

伦敦那边有微弱信号,接着是一阵兴奋的叽叽喳喳声,这时声音从各个方向传来。邦德可以想象所有飞行控制站正在协调紧急措施,电波下众人忙碌着大方案,拿起电话急切地相互交谈。甘德控制站的强烈信号把其他信号传送压了下去:"我们已经定位 G – ALGY,大约是北方五十度,东方七十度。所有工作站停止传送,这是首要任务。我再说一遍,已经定位 G – ALGY。"

突然插进查理平静的声音。"我是查理大洋站,呼叫雷鸟510。查理呼叫 G – ALGY,能听见吗? 请雷鸟510回话。"

邦德把小手枪放回口袋,接过递来的话筒。他按下开关,安静地对着话筒,透过长方形的塑料窗看着机组成员。

"查理,我是 G – ALGY 雷鸟510,昨晚在艾德怀尔德被劫持,劫机人员已被干掉,机舱泄压后部分损坏,我的枪对着机组成员。燃油所剩不多,飞不到古斯湾,建议尽量靠近你们迫降,请发出光源信号。"

一个新声音,可能是船长的:"雷鸟,我是查理。收到你的消息,明白。说话者身份,我再说一遍,说话者身份。"

想到自己的话将引发轰动,邦德不禁笑了笑:"雷鸟呼叫查理。我是英国特工007,我重复一遍代号007特工,白厅电台能够证实我的身份,我重复一遍,请向白厅电台证实。"

令人惊诧的停顿,全球的声音都想挤进来,大概是甘德的控制台清除了这些电波,查理又说道:"雷鸟,我是查理,化名加百利天使。好的,我会同白厅联络,光源信号照办。不过伦敦和甘德需要更多细节……"

邦德打断道:"对不起,查理,我没法一边盯着五个人,一边彬彬有礼地交谈。请告诉我海流情况,我要中断广播,直到紧急迫降。"

"好的,雷鸟,我明白。两级风,海面平静,没有碎浪,应该可以降落。很快会在雷达上观察到你,并持续观测你的波长。我们会为你准备一杯威士忌,以及五副手铐,祝你好运。"

邦德说:"多谢查理,请再添一杯茶,机上还有一位漂亮的女士。雷鸟说毕,退出。"

邦德松开开关,把话筒递给接线员,说道:"飞行员,他们发射信号光,观测波长。风力两级,海面平静,没有碎浪。请放松,应该能活着出去。一到水面,我就把密封门打开。在这之前,谁从驾驶室出来,我就一枪毙了他,懂吗?"

邦德身后传来女郎的声音:"我刚打算过来跟你在一起,但现在不敢,我可不想被毙。不过你可以打个电话回去,准备两杯威士忌,我喝茶会打嗝。"

邦德说:"普西,回你的座位去。"他又看了一眼驾驶室,走了出来。

两小时如同漫长的两年。邦德躺在查理号气象船温暖的船舱里,全身都疼,迷迷糊糊地听着加拿大的一档晨间广播节目。离开驾驶室后,邦德走到飞机的尾部,穿上救生衣,这时同温层飞机以一百英里的时速猛冲进第一波的巨浪中,巨大的飞机先是滑行了一阵,接着朝着水幕砰地撞上去,毁掉了飞机后半部。压在行李箱里沉重的金条将飞机一分为二,邦德和女郎被抛到冰冷的巨涛上,海面上是红色的信号灯光。他们穿着黄色救生衣,吓得目瞪口呆,在水面上漂着,直到救生艇过来。这时水面上只是漂着几大块飞机残骸,几个机组成员带着黄金,直接沉入了大西洋海底。救生艇找了十分钟,没有发现尸体,便放弃了搜索,将探照灯的光束打回到老护卫舰的铜墙铁壁上。

他俩被当成火星来客,受到皇室规格的接待。邦德回答了最紧要的问题,但是他太累了,没法应付这么多突如其来的问题。他沉醉在平静和威士忌的热量之中,想着普西·加罗和为什么选择他的庇护,而非金手指的。

与隔壁相连的舱门开了,普西走了进来,她只穿了一件灰色的渔民毛线衫,袖子捋起来,好比维尔特斯的一幅油画。她说:"不断有人问我要不要用酒精擦一擦,我于是不停地回答说,如果要擦,也是你给我擦,也是我跟你一起擦。"

邦德沉稳地说:"普西,把门锁上,把毛衣脱掉,到床上来,别着凉。"

她照做了,像一个听话的孩子。

普西躺在邦德的臂弯里,仰视着他,用女人而非劫匪也不是同性恋的声音说:"等我到了纽约的新客劳教所,你会给我写信吗?"

邦德垂头望着深紫色的眼睛,目光不再专横冷漠。他轻轻地吻着她,说道:"别人跟我说你只喜欢女人。"

她说:"我没遇到过男人。"嗓音又刚毅起来,"我是南方人,知道在那儿处女的定义是什么,就是比兄弟跑得快的女孩。可是对我来说,我没叔叔跑得快,当时我才十二岁。詹姆斯,这可不好。你应该能猜出发生了什么。"

邦德对着那张白皙美丽的脸笑了笑:"你需要一个 TLC 治疗。"

"什么是 TLC?"

"温柔关爱治疗的缩写。这是流浪儿童被带到儿童门诊时要参加的课程,报纸上都这么写。"

"这个我喜欢。"她望着头上那张激情而残忍的嘴,伸出手去,拨开落在邦德右眉上的半卷儿头发,凝视着那双眯缝的灰色眼睛,"什么时候开始?"

邦德的右手慢慢地从她结实的大腿上摸到平坦的腹部,一直到右胸,乳尖充满欲望。他轻轻地说:"就现在。"于是无情地压了下去。